série dirigée

NUBIAN INDIGO

DU MÊME AUTEUR

LA NAVIGATION DU FAISEUR DE PLUIE, Actes Sud, 1998 ; Babel n° 729, 2006.
LE TÉLESCOPE DE RACHID, Actes Sud 2000 ; Babel n° 492, 2001.
LE TRAIN DES SABLES, Actes Sud, 2001 ; Babel n° 622, 2004.
LÀ D'OÙ JE VIENS, Actes Sud, 2004.

Titre original :
Nubian Indigo
© Jamal Mahjoub, 2005

© ACTES SUD, 2006
pour la traduction française
ISBN 2-7427-5928-X

Photographie de couverture :
© Joseph Marando

JAMAL MAHJOUB

NUBIAN INDIGO

*Une histoire d'eau,
d'amour et de légendes*

traduit de l'anglais (Soudan)
par Jean et Madeleine Sévry

ACTES SUD

CHAPITRE I

Il y a des gens qui disent que toute histoire comporte un début, un milieu et une fin, mais ce n'est pas toujours vrai. Certaines ne s'arrêtent jamais, poursuivent leur route, changent de nature au contact de la courbe docile du temps, à la façon d'un oiseau qui en plein ciel se retourne sur le dos pour filer en sens inverse. C'est comme si vous plongiez dans un lac, où tout peut arriver. Vous brisez la surface, vous vous enfoncez. De l'air à l'eau. Vous touchez le fond trouble, et vous vous dites que c'est la fin, mais vous continuez à vous enfoncer indéfiniment entre les couches.

La première fois que je fis ma proposition à K., je n'eus pas la certitude d'avoir été compris. Il fit oui de la tête, un tout petit signe, et puis ce fut tout. Bien sûr, il était saoul. Comme nous tous. Cela se passait dans la maison d'un ami commun, peintre lui aussi, mais beaucoup plus exubérant que nous deux. Je ne sais comment, ce soir-là, je sentis que K. était exactement le garde-fou qu'il me fallait pour que je ne me contente pas de laisser mon projet dans le vague. Il avait les pieds sur terre, là où tant de questions abstraites me paralysaient. Et puis, avec K. à mes côtés, je serais obligé de travailler. Il m'empêcherait de sombrer dans le désespoir.

De façon très concrète, il me sembla également que c'était un très bon partenaire. D'après ce que je savais de lui, c'était quelqu'un de doux, et qui ne s'en faisait pas trop : difficile d'imaginer que des conflits puissent apparaître entre nous. Il n'avait pas le côté hystérique de l'artiste, il n'était pas du genre à faire des scènes. K. était l'un des hommes les plus calmes, les plus placides que j'aie jamais rencontrés. On peut être calme sans être ennuyeux, car il avait ses opinions, même si dans certains cas, pour les connaître, il eût été plus simple de lui arracher une dent !

La première fois que nous nous sommes rencontrés, c'était dans une galerie d'art, à l'occasion d'une exposition d'artistes en exil organisée par une femme aux manières rudes et à la voix sonore qui s'appelait Magda. Elle semblait venir d'un autre temps, d'une autre contrée, et elle portait, avec une certaine élégance exotique, une superposition bizarre de tuniques amples qui dissimulaient son embonpoint. Nos bienfaiteurs ont souvent ce genre de style. Ce n'est pas la peine de s'interroger longuement sur ce qui les motive, ni de se demander pourquoi nous les attirons. Car nous n'avons pas d'autre choix et, par conséquent, il ne faut pas poser trop de questions. Magda avait les ongles vernis et très longs, et elle portait de lourds bijoux bédouins en argent. Un redoutable nuage de parfum précédait chacune de ses apparitions. Elle n'entrait pas dans une pièce, elle l'investissait. Il y avait quelque chose d'aristocratique dans sa façon de se comporter, et si on l'interrogeait elle n'hésitait pas à vous démontrer qu'elle était apparentée, par des liens aussi tortueux que lointains, à une obscure famille noble d'Europe de l'Est. C'était son exil à elle, ce qui expliquait un peu pourquoi elle s'intéressait à nous. "Oui, notre jour viendra !" disait-elle d'un air songeur avec un fort accent étranger et un léger clin d'œil complice. Et sans aucun doute, il devait arriver, mais d'ici là, comme nous, elle devait se contenter de son sort : l'espoir lui tenait lieu de compensation. Un royaume lointain et qu'on ne peut atteindre est parfois plus séduisant dans notre mémoire que dans la réalité.

Le temps et les événements qui suivirent occultèrent le projet pendant des années. Je perdis K. de vue. A plusieurs reprises, alors que les choses commençaient à prendre tournure, ce voyage fut encore ajourné. On n'y pensait plus, comme souvent dans ces cas-là. Comme il fallait s'y attendre, nous nous retrouvâmes chez Madbouli, autour d'une table encombrée de livres. Nos regards se posèrent au même instant sur un visage auquel nous n'avions pas prêté attention. Sur-le-champ, nous quittâmes cette librairie, loin des bruits de la rue, pour nous réfugier dans le havre de paix de Gnoppi.

Nous avions des tas de choses à nous raconter. Beaucoup de temps s'était écoulé. Je venais de passer quelques années en Europe alors que K., hormis un bref séjour à l'étranger à l'occasion d'une exposition de ses œuvres, était resté ici. Dans la géographie de nos migrations, Le Caire était devenu un point presque stable. Au pays, la situation ne nous offrait que peu d'espoir. A cette époque, pour survivre, K. peignait des motifs pour un compatriote qui fabriquait des T-shirts. Ça lui payait le loyer, et ne lui prenait que la matinée, de sorte que l'après-midi il avait le temps de travailler pour lui. Tandis qu'il parlait, je sentis qu'après toutes ces années nous avions changé. Nous ne nourrissions plus, comme avant, de folles ambitions. Maintenant, nous nous contentions de notre sort, reportant toute notre ambition sur notre travail, loin du monde des audaces artistiques. Lors de ces retrouvailles, après une si longue absence, c'était une évidence. Mais aussi, de façon inattendue, cela rendait notre projet plus urgent. Aucun de nous ne l'avait oublié. Nous l'avions simplement mis de côté, en attendant qu'il mûrisse. Si nous devions le faire, c'était maintenant ou jamais. K. devait avoir la même idée en tête, car à cet instant il jeta un regard sur sa tasse de café et sur le sucre répandu sur la table, après quoi il remonta ses grosses lunettes sur son nez et déclara : "L'autre jour, j'ai pensé à nos vieux plans. Je crois que changer d'air, ça me ferait du bien. Ici, je m'encroûte !" Il parlait vite, comme s'il avait ressassé ces mots dans sa tête, avant d'éprouver une envie soudaine de les prononcer. Puis il alluma une autre Cléopâtre et, pendant un moment, il en tira quelques bouffées en fixant le plafond.

Pour tout dire, m'avoua-t-il, il vivait maintenant dans l'attente des nouvelles du pays, et dès que la situation le permettrait il voulait rentrer. Année après année, il sentait bien que quelque chose en lui se desséchait. Et il se consacrait entièrement à sa peinture, tout en sachant que ses racines demeuraient là-bas. Ceux qui y étaient restés avaient souffert, mais les événements les avaient changés, ce qui n'était pas son cas. Tous deux, nous avions vu des gens craquer, incapables de mener une existence normale dans un tel délabrement. "Il y a des moments où on ne sait plus très bien qui on est, dit K. Pour toi, c'est sans doute différent. Moi, ce qui me manque, ce sont les paysages."

Je me demandai s'il avait raison. Il est vrai que j'étais parvenu à adapter mon travail à tout ce qui m'entourait. Mais à vrai dire, trop souvent, je doutai fortement de ce que je devais faire.

"Quand je me demande qui je suis, d'où je viens, je ne vois qu'une succession de départs, des fuites en avant. Des démarrages, rien d'achevé, dit K. D'une certaine façon, quand on se pose ce genre de questions, c'est déjà trop tard. On perd notre pays de vue, et alors on s'interroge sur notre part de responsabilité dans cet échec. Le jour où on a construit ce barrage et où le lac a englouti des millénaires d'histoire, n'était-ce pas comme si on nous avait coupé un membre ? N'avons-nous pas fait de l'histoire un fantôme ?"

Pendant qu'il parlait, je sentis monter en moi un grand trouble. Il faut avouer que j'avais moi-même en partie renoncé à ce projet, par manque de temps, et parce que j'avais pris d'autres engagements. Je sentis aussi que ma première réaction avait été la bonne : oui, K. était le partenaire idéal.

"Alors, cet avion, finit-il par demander en me regardant, rassuré, me semblait-il, de voir qu'à force d'y songer il avait fini par s'en persuader, dis-moi, c'est pour quand ?

— Non, pas l'avion, lui répondis-je en songeant déjà au roman que j'avais en tête, on va prendre le train."

K. n'avait pas l'air convaincu : quel voyage ! Alors je lui racontai l'histoire de mon grand-oncle Kuban et du train présidentiel.

CHAPITRE II

Ondulant au rythme du paysage, des oriflammes de lumière s'échappaient des vitres du compartiment et venaient se cogner à l'obscurité comme des dents d'ivoire jauni. Des arbres filaient, des palmes se balançaient langoureusement, comme attirées par un tourbillon souterrain. De hautes rangées de canne à sucre agitaient leurs ossements blancs au clair de lune. Une poignée de fanes de maïs, de paille et de feuilles flétries de jacaranda aspirées tout à coup à l'arrière semblaient hésiter, puis venaient se poser doucement sur les rails qui tremblaient dans le sillage tortueux du train.

Dans ce vacarme, le président de la République faisait route vers le sud, impatient d'arriver à un rendez-vous organisé à la frontière, cette ligne qu'un trait de plume, telle une lame acérée, avait tracée arbitrairement. C'est elle qui séparait les rochers de vastes étendues de sable, tenait à l'écart deux peuples encore unis par un fil étrange et luisant qui s'enroulait au plus profond du continent. Ce fil, c'était le fleuve.

Cela faisait presque une heure qu'il se tenait là, sans bouger, le nez collé contre la vitre du compartiment. Un train a quelque chose de rassurant. On a le sentiment de glisser d'un point à un autre sur une ligne tracée sur la carte. Il aurait pu dormir chez lui, et s'y rendre en avion le lendemain matin. Non, pas un jour comme celui-là, non. Dans ce train, il se sentait sécurisé comme un enfant. Et tandis qu'il contemplait la nuit sans étoiles, il imagina un instant qu'il était au cœur d'un grand lac qui n'existait pas encore et que, telle une énorme carpe, il se déplaçait dans ses flots sombres et silencieux.

Dernièrement, le président (plus connu sous le nom de raïs) avait été assailli par le doute. Il doutait de ce qu'il souhaitait accomplir. Pas dans l'immédiat, mais d'une façon plus globale. Un sacrifice s'imposait, mais il s'était dit qu'avec le temps les avantages que les masses devaient en retirer allaient justifier son projet. Arracher un peuple à l'âge de pierre impliquait forcément des souffrances. Mais un jour ces gamins n'auraient plus besoin de passer leur enfance, dès l'âge de dix ans, à sortir du four des briques fumantes, ou à gratter le sol noir et rocailleux pour récolter quelques légumes. Un jour, tout le monde serait sur un pied d'égalité. C'est cela qui comptait ! S'habiller proprement, avoir de quoi manger convenablement, au lieu d'aller fouiller dans les ordures pour y déterrer des épluchures. La possibilité d'apprendre à lire et à écrire, dans une école digne de ce nom. Il n'était pas sûr de croire encore à son propre discours. Pensait-il vraiment que tous les hommes sont égaux ? Et que serait-il resté de son projet, s'il avait prêté l'oreille à toutes les idées, à tous les arguments qu'on lui opposait ? Avant, tout était beaucoup plus simple. Et ce mal atroce qui un jour était venu secouer sa poitrine comme un oiseau qui bat de l'aile, était-ce l'âge ? Etait-ce la fuite du temps qui recouvrait tout d'un nuage de poussière ?

"Sidi, s'il vous plaît !"

S'arrachant à sa rêverie, le raïs se retourna soudainement en direction de cette voix. Dans l'embrasure de la porte, éclairée par les lumières du couloir, la sombre silhouette d'un homme mince venait d'apparaître.

"Vous savez bien qu'il ne faut pas vous exposer de la sorte ! On a vu des tireurs d'élite faire feu sur un train présidentiel, enfin, vous le savez bien !"

Agacé, le raïs poussa un grognement et prit le coffret de santal sur la table. D'un geste, il donna un ordre, se pencha au-dessus de la flamme d'un gros briquet et aspira profondément.

"Mais qu'est-ce que tu m'apportes là ?"

Kuban, valet de chambre, cuisinier attitré, ordonnance qui veillait à ce que tout se passe bien, se tenait là, vêtu comme d'habitude d'une djellaba en coton d'un blanc immaculé qui faisait ressortir sa peau sombre. Les revers et les manchettes étaient de soie brodée, et elle tombait avec élégance sur ses chevilles. Il avait passé par-dessus un modeste gilet de laine pour se protéger de la fraîcheur de cette nuit d'hiver. Il portait un fez rouge, de la même couleur que la large ceinture qui lui serrait la taille. Il n'avait pas revêtu son uniforme, ce qu'il faisait lorsqu'il était de service au palais. Il préférait cette tenue-là à l'autre, si raide avec son col rigide et ses épaules rembourrées. Bien malgré lui, Kuban ne put réprimer une moue de dégoût en voyant le désordre, la pagaille qui régnaient dans la suite présidentielle. D'un air indifférent, il regarda le portrait accroché au-dessus du fauteuil en cuir derrière le bureau. Il n'était pas très ressemblant, par contre son air juvénile avait quelque chose de flatteur.

Le raïs se laissa tomber dans son fauteuil, derrière le grand bureau en acajou rouge recouvert de cuir, dont les pieds reposaient sur des griffes de lion en cuivre, avec sur les rebords de fines incrustations de nacre. Il s'appuya sur les coudes et regarda longuement un verre de lait chaud, agrémenté de miel, de cannelle et d'amandes mondées que l'on venait de poser devant lui. Il tambourina sur la table et jeta un regard sévère à son serviteur.

"Mais qu'est-ce que c'est que ça ?

— Le docteur a bien dit qu'il fallait arrêter le café.

— Ah bon, parce que maintenant je te paie pour que tu joues à l'infirmière ?

— Non, sidi, acquiesça le grand gaillard.

— Pour autant que je sache, ton seul domaine, c'est celui des affaires domestiques !

— Mais oui, sidi." Et à nouveau, il acquiesça, avec un peu trop d'insistance.

Le président soupira. "Est-ce que, au cours de toutes ces années passées à mon service, je t'ai jamais demandé le moindre conseil médical ?

— Le docteur m'a menacé de m'envoyer en prison. Si je ne fais pas ce qu'il faut pour vous maintenir en bonne santé, on va m'accuser de trahison. Et alors, ils vont me donner en pâture aux crocodiles." Tout en parlant, Kuban ne quittait pas des yeux le portrait, comme s'il s'adressait à cette silhouette peinte sur la toile plutôt qu'à la personne assise devant lui.

"C'est un docteur, pas un policier ! Et donc il n'a pas le droit de faire ça.

— Oui, mais moi, je n'ai pas le droit de le lui dire", lui répondit Kuban d'une voix douce.

Nous étions dans une impasse. Le raïs grogna et, se laissant amadouer, comme un enfant, il leva la cuillère d'argent pour l'enfoncer dans le lait épais et sucré. Kuban fit semblant de regarder ailleurs, comme le ferait une mère pour ne pas contrarier un enfant capricieux. Puis, se déplaçant dans cette pièce d'apparat, il vida les cendriers remplis de mégots, essuya les tables, ramassa les verres. Il faisait tout pour donner l'impression qu'il se moquait éperdument de savoir si son maître allait céder et se décider à boire ce verre de lait chaud.

Après avoir regardé longtemps d'un air soupçonneux le verre placé devant lui, le raïs finit par y goûter. A sa grande surprise, il trouva cela très bon. Il le reposa sur sa soucoupe et le contempla d'un air triste. Il sentit qu'il se faisait vieux et devenait gâteux.

"Alors, qu'est-ce qui ne va pas, aujourd'hui ? fit-il sèchement.

— Ah, parce qu'il faut aussi que je sois toujours de bonne humeur ?"

Le raïs roula de gros yeux et prit un ton suppliant. "Mais enfin, tu vois bien que je le bois ?" et, soulevant son verre, il le menaça du doigt en lui disant : "Et je n'aime pas, je te l'ai déjà dit, qu'à une de mes questions tu répondes par une autre !

— Toutes mes excuses, fit le serviteur en se penchant profondément.

— Toi, j'aurais dû te faire fusiller, marmonna le président de la République, en inclinant la tête pour absorber une autre gorgée. Comment se fait-il que tu puisses t'en tirer en me parlant comme ça ?

— Parce que je suis votre mauvaise conscience.

— La culpabilité, j'en ai assez comme ça ! Je n'ai que faire de celle des autres.

— Vos désirs sont des ordres", dit Kuban d'un air dégagé en époussetant un siège avec son chiffon.

Le raïs repoussa le verre de lait et prit une autre cigarette. Il se cala dans son fauteuil. Jusque-là, le voyage s'était déroulé dans un tourbillon de réunions, de discours à rédiger, d'affaires à régler. Pendant six heures, dans cette salle d'apparat, il avait dû supporter les aides de camp qui bavardaient, prendre un café avec eux, dîner, prendre encore un café ; mais à présent ils ronflaient tous dans le compartiment voisin. D'habitude, à cette heure tardive, il aimait bien bavarder avec Kuban, cela l'aidait à se détendre, avant d'aller se coucher ; mais ce soir il sentit qu'il se passait autre chose.

"Qu'est-ce qu'il y a encore ? Tu boudes ?"

Cette vieille complicité remontait au jour où Kuban avait été affecté en tant qu'ordonnance auprès d'un jeune officier subalterne.

"Je veux m'entourer de gens en qui j'aie confiance." C'est ce qu'il avait dit en privé, dans la fièvre qui suivit le coup d'Etat. "A partir de maintenant, tous ceux qui vont m'accompagner devront partager mon sort, quel qu'il soit. Si je tombe, ils tomberont avec moi. C'est le moment de se décider. Et si vous préférez me quitter, je vous promets que je ne vous en tiendrai pas rigueur."

Qui donc aurait refusé de se voir ainsi porté par le vent de l'histoire ?

"Comment pourrais-je diriger un pays, si je ne peux pas savoir ce que pense mon personnel ?"

Personne au monde ne partageait une telle intimité avec le raïs, pas même sa femme, disaient certains. Le matin, il était le premier à le voir et, tous les soirs, il était le dernier. C'est lui qui inspectait ses appartements. C'est lui qui lui préparait ses vêtements, ouvrait son lit, faisait et défaisait ses bagages. Tous les matins, armé d'un grand rasoir, il le rasait. Un petit geste du poignet aurait alors suffi à mettre un terme aux fonctions du président. On racontait que lors d'une semaine où Kuban n'avait pas pu assurer son service (il était cloué au lit par une crise de paludisme), tous les matins, le raïs avait pointé un revolver chargé sur les testicules de son remplaçant pendant toute la durée de cette délicate opération. Et ce barbier de fortune tremblait si fort que lorsqu'il fut relevé de ses fonctions ses doigts étaient couverts d'entailles.

Le raïs s'installa confortablement sur son siège pour pouvoir se débarrasser de ses chaussures qu'il fit voler devant lui l'une après l'autre ; puis il posa ses pieds sur le bureau, prit une autre cigarette dans le coffret de santal, sans plus songer à son lait chaud. On entendit la molette de son briquet.

"Allez, dis-moi ce qui ne va pas", fit-il en expirant de la fumée et en tirant sur sa cravate.

Le train eut comme un frémissement, puis il reprit son allure habituelle. On entendait le cliquetis régulier des roues passant sur les joints. Kuban parcourut la pièce du regard. Ses yeux se fixèrent sur le plancher, près de la fenêtre, à l'endroit où la lune venait déposer un éclat mouillé sur le vernis.

"Quand j'étais petit…" commença-t-il, mais il sentit qu'il parlait trop vite. Il s'éclaircit la gorge, se tut et, malgré lui, il hocha la tête. Il n'avait pas l'habitude de dire ce qu'il pensait, et il avait la sensation de se retrouver perché tout en haut d'un rocher surplombant un abîme. Perdant toute patience, le raïs fit claquer sa langue. D'un revers de la main, il balaya la cendre qui traînait sur le bureau et vit alors un dossier dans un classeur ouvert qui lui rappela qu'il avait des choses plus urgentes à faire. Kuban restait immobile.

C'était maintenant ou jamais. Il respira un grand coup. Il sentait bien que le temps passait, l'enserrait de toutes parts et qu'un pareil instant ne se présenterait jamais plus. Il prit son courage à deux mains, et une fois de plus il essaya de prendre la parole. "On a toujours été…" Mais à nouveau comme un nageur en détresse, les mots lui échappaient à l'instant même où il tentait de les saisir et il sombra dans le silence.

Alors que le raïs faisait semblant de commencer à lire son dossier, il comprit tout à coup ce dont il s'agissait. Aucun doute n'était permis, aucun, à tel point que lorsqu'il en prit conscience il regretta de ne pas l'avoir saisi plus tôt. Il repoussa le classeur et se leva.

"Alors, c'est bien de ça qu'il s'agit ?" demanda-t-il en plissant les yeux à travers un nuage de fumée.

Kuban avala sa salive, mais il ne pouvait toujours pas parler. Sa langue lui collait au palais. Si seulement ce plancher pouvait s'ouvrir d'un seul coup et l'engloutir ! Au-dessus de lui, le lustre semblait prendre un malin plaisir à se balancer. Combien de fois ne s'était-il pas imaginé cette conversation ? Et dans ces moments-là, c'était tout simple. La douleur lui serrait les côtes. Personne ne pouvait reprocher à Kuban son manque de loyauté. Allez, c'était le moment.

"Effendi, cela me fend le cœur !"

En poussant un cri, le raïs laissa tomber ses poings sur la table, si fort que cela fit sursauter Kuban. "Ah, toi alors ! Te faire parler, c'est plus difficile que de construire une pyramide !"

Kuban ouvrit la bouche, prêt à faire des excuses. Mais la main qui se levait maintenant lui interdit de parler.

"Pas croyable ! Si on élevait une pyramide de pierre pour que mon nom reste gravé dans l'histoire, vous seriez tous bien contents de m'en-fermer dedans ! Pas même besoin d'attendre. Vous me jetez dedans tout vivant, et on n'en parle plus !" D'un pas hésitant, le président fit le tour de son bureau. Kuban cligna des yeux, mais il tenait bon. Il se préparait à recevoir un coup, même si, pendant toutes ces années de service, on ne l'avait jamais frappé. Au lieu de quoi le raïs vint se tenir tout contre lui, si près qu'il put sentir cette odeur familière de savon, de transpiration, de coton, d'eau de lavande, de gomina d'importation et de tabac. Et tout à coup, tout cela lui sembla parfaitement étranger, cette odeur, et jusqu'à cette familiarité, maintenant, tout cela révélait sa propre trahison.

"Regarde-moi !"

Kuban avait les yeux rivés sur un tout petit coin des lambris.

"Mais enfin, regarde-moi !"

C'était un serviteur. Normalement, il ne devait pas affronter ce regard. Rester sourd, aveugle, entrer dans les appartements privés des gens et en sortir en silence, parvenir à ne pas se faire voir, devenir transparent quand on se déplace dans les replis de la vie de son maître, mais surtout, ne pas regarder, ne pas voir. Ses yeux se tournèrent len-tement dans sa direction, pleins d'appréhension. Sur son cou, il sentait le souffle lourd de la colère de son maître. Maintenant, il pouvait distinguer les poils minuscules des oreilles, le grain de beauté, la marque du temps qui avait creusé des rides autour des yeux. Pourtant, il ne pouvait pas se décider à rencontrer son regard, pas encore.

"Tu es un soldat, comme moi, fit le raïs, et tu sais ce que c'est que la mort. Tu sais bien que quand j'ordonne à l'armée de partir en guerre j'en-voie des hommes à la mort. Tu m'as vu verser des larmes sur leur sort. Il y a des tas de gens qui n'ont pas vu ça, mais, toi, oui. Ce ne sont pas seulement des soldats qui meurent, mais aussi des innocents, des femmes et des enfants. Toutes les nuits, je les sens qui viennent souffler sur mon visage.

— Oui, mais mon peuple va être noyé, murmura Kuban qui avait du mal à reconnaître sa propre voix.

— Tu sais, pour faire mourir les gens, il y a d'autres moyens que la guerre. Je peux aussi les condamner à la misère. Je peux les laisser regarder leurs enfants mourir de dysenterie, par manque d'eau potable, ou de médicaments pour les en guérir, alors que cela fait des siècles que l'on sait soigner cette maladie ! Pour faire mourir les gens, il y a des tas de méthodes.

— En attendant, on va tous être noyés, dit Kuban, d'une voix tremblotante.

— Balivernes ! répliqua le raïs. On a prévu leur réinstallation. Tout est au point. On construit des maisons neuves, des villes, des villages, des routes.

— Quand on le barrage sera terminé, et la vallée remplie d'eau, il ne restera plus rien de nous.

— Mais tu ne comprends donc pas qu'en ce moment nous faisons l'histoire ? Et les gens auront de belles maisons. Des maisons neuves, comme vous n'en avez jamais eu. Et puis de la terre. Tu as vu les plans ? Non, bien sûr. Moi, je peux t'affirmer que les fermiers auront de bonnes terres, et les pêcheurs, de l'eau douce." La voix du raïs baissa d'un ton, il était à la fois incrédule et inquiet quand il vit Kuban se tasser sur lui-même et fixer le sol. "Ne vois-tu donc pas que ce sacrifice en vaut la peine ?" Le silence s'installa dans le compartiment. On n'entendait plus que le bruit du train se balançant doucement sur les rails.

"Sidi, durant toutes ces années, je n'ai jamais remis en cause un seul des ordres que vous m'avez donnés. Jamais !"

Le raïs déroulait des cartes, des plans sur la table, comme un tailleur en train de déployer des rouleaux de soie devant un client. "Avec toute cette eau, nos fermiers vont pouvoir faire deux, voire trois récoltes par an."

Ce n'est pas la soie qui intéressait Kuban, mais celui qui se tenait derrière le métier à tisser. "Moi, je suis un mur de silence, et vous avez toujours pu me parler en toute liberté."

Le raïs, en pointant son doigt : "Sans parler de l'électricité que ce barrage va produire. Nous allons éclairer le monde.

— Mais il est bien noir, ce couteau qu'on m'enfonce dans le cœur !"

La lourde tête s'inclina, et quand il reprit la parole, c'était à voix basse. Dans un murmure, il semblait s'adresser à un djinn caché au creux de l'ombre, ou à un avenir qui n'existait encore que dans son imagination. "Cette nourriture, il nous la faut. La population s'accroît au-delà de toutes nos espérances. Dans vingt ans, elle aura doublé.

— Moi, je sens qu'on nous trahit. Mon peuple…"

A nouveau, le silence s'installa et, une fois de plus, le rythme cadencé du train envahit l'espace. Tout à coup, le président de la République éprouva de la lassitude, il était épuisé. Il retourna à son fauteuil en cuir matelassé, et s'y enfonça lourdement. Puis il prit la cuillère et se remit à la tourner sans conviction dans le verre de lait.

"Une nappe d'eau sur près de quatre cents kilomètres de long, reprit doucement Kuban, toujours à voix basse. Elle va recouvrir le pays. Notre passé se retrouvera noyé sous ce lac.

— Les temps changent, Kuban. Si nous ne nous remuons pas un peu, alors, nous serons engloutis. Et pendant que nous restons là, à ne rien faire, nos ennemis se renforcent. Ils attendent le jour où ils pourront nous mettre à genoux. Nos amis occidentaux rigolent. Nos efforts les amusent. Vous ne pouvez pas faire pousser des fleurs dans le désert, disent-ils en échangeant des sourires. Tous, ils veulent que nous nous mettions à genoux devant eux comme des mendiants. Eh bien moi, je ne veux pas mendier !"

Kuban releva le menton. "C'est votre barrage qui va nous engloutir, pas les autres.

— Tout le pays est conscient du sacrifice que ton peuple est en train de faire, et des générations entières en éprouveront de la reconnaissance. Nous sommes tous frères. C'est pour le bien de tous."

Pour la première fois, Kuban se raidit. Il se redressa, en tendant sa main rugueuse au raïs pour qu'il la regarde. "Peut-être sommes-nous tous égaux devant le Tout-Puissant, peut-être même y croyez-vous, mais si nous étions frères, véritablement égaux, diriez-vous encore la même chose ?"

CHAPITRE III

Le raïs soupira. Bien sûr, Kuban avait raison. Ce qui l'avait amené ici, c'était le fleuve ou, plutôt, l'eau du fleuve. Il fallait qu'il nourrisse son peuple. Il se retrouvait devant un dilemme, car il lui fallait choisir entre un plus grand développement qui impliquait une baisse de la natalité, et un développement moindre, avec des revenus plus faibles, mais davantage de bouches à nourrir. En réduisant le développement, on provoquait une baisse des revenus en même temps qu'une démographie galopante. C'était donc une arme à double tranchant : si on se lançait dans une réforme de la santé et de l'instruction, on allait assister à un accroissement de l'espérance de vie, et à une baisse du taux de mortalité infantile. C'était la clef du succès ! Mais avant d'y parvenir, il fallait donner à manger à des millions de gens. Ce barrage allait lui permettre d'irriguer plus de terres, de développer les cultures. Ce barrage, le pays en avait besoin. Lui-même, il en avait besoin. Or cette idée n'avait rien de populaire. Mais une grande idée a-t-elle jamais été populaire ? Il était l'homme qui allait mettre fin à des siècles de soumission. Il allait arracher la richesse de la nation des mains des propriétaires terriens, ces snobinards qui affectaient de parler français, et de leurs banquiers roublards. Et il allait la rendre à son pays, à l'instant même où tout le monde disait qu'il n'en serait pas capable. Oui, il allait le faire. Il avançait à tâtons, tout à la fois maladroit et habile, mais avec une chance peu commune, il se frayait un passage à travers les pièges et les traquenards. On disait de lui qu'il était arrogant, têtu et impulsif. Pour qui se prenait-il donc, ce parvenu aux dents longues, ce cogneur à la lourde mâchoire qui s'avançait comme un boxeur ?

Personne ne voulait entendre parler de changement. Il avait fini par comprendre que la politique était un jeu réservé à des jongleurs et à des acrobates. Mais peut-on jouer longtemps avec le feu ? Ce jeune officier qui veut changer le monde et tout rendre à son peuple ! Les gens en place ne l'appréciaient guère, mais il leur montrait bien qu'il n'y avait pas d'autre choix possible, et le peuple l'aimait. Il s'était emparé du pouvoir. Il ne l'avait jamais demandé. Revêtu de son uniforme, il l'avait tout simplement saisi à pleines mains. L'amour de l'uniforme est universel. Et quand ses rivaux virent que des foules entières descendaient dans la rue, ils commencèrent à reculer. Et ceux qui résistaient encore ? Eh bien, en cas de nécessité, il était capable d'avoir le cœur dur. N'importe comment, plus question de tergiverser : on était avec lui, ou contre lui, un point c'est tout. Il ne supportait pas les objections, les médisances, les critiques mesquines. Il connaissait la chanson, il était le roi de la jungle. Les opposants se retrouvaient en prison, ou pire encore. Ceux qui s'en sortaient se convertissaient, et lui vouaient un culte. Ou alors, pleins de mépris, ils le tournaient en dérision, disant qu'il parlait de lui-même à la troisième personne, comme s'il n'était que le messager d'une cause. Nous aurions pu faire ceci, ou faire cela, avait-il coutume de dire, en parlant de lui-même. C'était vrai. Il avait conscience de son autorité, de son pouvoir. Il le fallait.

Mais ce qui les laissait pantois, c'était sa sincérité, car ce qu'il disait, il le pensait vraiment. Quand il prônait la justice sociale, l'égalité, une éducation pour tous, cela allait droit au cœur du peuple. S'il en était ainsi, c'était parce qu'il laissait parler son cœur. Sa voix était la leur, et il soulevait les masses dans son propre pays, comme dans toute la région. Sur la terre entière, les gens relevaient la tête et tendaient l'oreille.

Pendant des siècles, on avait dilapidé les richesses de ce pays, on l'avait démantelé pour deux fois rien. Quand il était arrivé au pouvoir, la plupart des biens de la nation étaient entre les mains de banquiers étrangers, de débiteurs, d'investisseurs privés et d'une bourgeoisie locale ; tous faisaient des manières, avec leurs moustaches et leurs vêtements de luxe. Ils traînaient derrière eux un héritage de banqueroutes, de décadence et de corruption, comme des rats charriant la peste. Il allait mettre un terme à tout cela. Bientôt, les riches se retrouvèrent dépouillés de leurs biens ou de leurs privilèges, les propriétaires privés de leurs domaines, les industriels de leurs usines. Il s'empara de tout, et on les vit pleurer dans leurs mouchoirs de soie et s'envoler à l'étranger comme une nichée de moineaux.

Mais ce n'était pas tout. L'éducation, ça coûte de l'argent. Les médicaments aussi. Et ce n'est pas la peine de se laisser aller à des rêves grandioses si on ne peut pas tenir ses promesses. Il lui fallait remplir les ventres, mettre du pain sur les tables. Il lui fallait de la nourriture, des champs, de l'eau, de l'électricité, et pour avoir tout cela il lui fallait ce barrage. Et pour y arriver, des relations, des investisseurs, et des financements solides. C'était un casse-tête, un instant critique avec lequel il se débattait depuis des années.

Pour gagner la partie, il ne lui restait plus qu'à jouer gros. Il y avait un atout dont il n'avait pas encore osé s'emparer. Mais il était bien là, planté au milieu de son chemin. Avec lui, tous ses problèmes seraient résolus. Et elle était là, juste sous son nez, cette voie d'eau, la plus importante jamais créée par l'homme, elle allait lui permettre d'éponger ses dettes, d'arracher son pays au marasme dans lequel il était plongé depuis des siècles.

Ainsi, il s'empara du canal. Son canal. Avec ses rives, ses eaux, ses bassins et chenaux, ses manœuvres et ses débardeurs. Ce canal, c'était le sien. Au début, il s'adressa à des investisseurs étrangers, qui lui montrèrent un petit document lui rappelant à quel point ils le tenaient à la gorge. Trop tard, lui disaient-ils en souriant. Ce pays, il y avait maintenant un siècle qu'on l'avait vendu. Alors, il fonça. Un beau matin, il prononça un mot, et ce mot c'était le nom de l'ingénieur qui avait conçu cette huitième merveille du monde, et pendant qu'il parlait, ses troupes intervinrent et le canal fut rendu au peuple. Et eux, que pouvaient-ils faire ? A vrai dire, il n'avait fait qu'envahir son propre pays.

Oui, que pouvaient-ils faire ? Eh bien, ils déclarèrent la guerre. Ils lancèrent un défi, et ils envoyèrent des troupes sur terre, par mer et dans les airs. Des parachutistes descendirent d'un ciel serein. Ils bombardèrent ses aérodromes et, en quelques heures, ses forces aériennes furent anéanties. Il sentit qu'il allait tout perdre. Sur l'échiquier, sa main se mit à trembler. C'est alors, bien sûr, qu'il comprit la véritable nature de ce jeu : ils allaient rafler la mise. Ils n'attendaient que cette occasion-là pour se débarrasser de lui.

Disons que, finalement, il fut sauvé par le gong, ou, si vous préférez, il l'échappa belle. La diplomatie fit donner sa cavalerie, qui chassa la meute des chiens. En termes de politique internationale, cela faisait songer à un gros poisson en train de poursuivre les plus petits. Lui, il n'était jamais que du menu fretin. Et cette affaire ne pouvait qu'inciter tout le monde à nager en eau trouble car, disaient-ils, c'est la stabilité de toute la région qui était en jeu. Echec et mat ! Il lui fallait continuer le combat. Respirer un grand coup.

Une chance incroyable ! Non seulement il parvint à sortir indemne de cette histoire de canal et des territoires qui l'entouraient, mais, qui plus est, tout auréolé de gloire. D'une renommée comparable à celle de ces héros antiques qui, l'épée à la main, pourfendaient les monstres. Lui, le modeste enfant du pays, avait réussi à faire face aux fantômes du passé et il les avait forcés à quitter la scène. Ainsi, plus rien ne s'opposait à la construction de son barrage. Pas un simple talus de terre comme on le faisait autrefois, mais le plus grand barrage du monde.

Et qui en avait besoin, sinon lui ?

Quand quelques journalistes poussaient la plaisanterie jusqu'à le comparer aux géants de granit érigés sur les rives de ce même fleuve il y a des siècles de cela, ils prenaient le risque de croupir en prison, ou de subir les pires tortures. Le voilà qui maintenant se croit l'égal des rois et des reines de notre Antiquité, disaient-ils d'un ton moqueur. Cette muraille allait se dresser dans le ciel, tout comme les temples, les obélisques inutiles qui avaient rendu ce pays si célèbre. Et dans quelque temps, elle allait remplacer les pyramides sur les paquets de cigarettes. Les accusations les plus folles fusaient de toutes parts : il faisait passer son orgueil personnel avant les intérêts de la nation. Un barrage, un ouvrage technique qui se prendrait pour un monument ? Quelle absurdité !

Plus sombres, des voix marmonnaient de vieilles malédictions. Toucher au fleuve, c'était à coup sûr réveiller la colère des divinités antiques enterrées à une époque où le monde baignait dans la lumière d'une Révélation. Mais ils étaient toujours là, ces démons profondément enfouis dans le lit du fleuve. S'en mêler revenait à perturber l'ordre naturel des choses. Il mourra avant même de l'avoir achevé, disaient-ils. Et ils n'avaient pas tout à fait tort.

La technologie, c'est le dieu de notre époque. A ceux qui doutaient, il affirmait que dans un proche avenir les gens allaient parcourir d'énormes distances pour venir contempler cette merveille d'architecture. Elle allait devenir le symbole même de la modernité. Une borne qui marquerait la fin d'une époque et le renouveau d'une autre. Il n'était pas question pour lui de perdre son temps avec des architectes farfelus qui voulaient édifier des gratte-ciel en pisé, ou des arches en terre battue. Ce barrage représentait le summum de l'ambition humaine, à partir de là, le pays allait connaître une véritable indépendance. Oui, c'était un rêve, et rien d'autre.

Mais tous les rêves ont un prix.

A cet instant, le raïs poussa un soupir. Il regarda les stores, et la douce lueur que le train diffusait sur le paysage qui défilait. Il sentit qu'il y avait là une ironie. En s'avançant, il éclairait le pays de sa lumière. Mais le temps œuvrait contre lui, comme pour le réduire en poussière. Déjà, ses ennemis se rassemblaient, même si l'on était encore assez loin d'une guerre, car que pouvaient faire vingt-sept villages reculés et une ville poussiéreuse dans cette course au progrès ?

"Mais oui, tu as raison, fit-il tout à coup d'un ton conciliant. Tu vois, si les territoires concernés n'étaient pas aussi loin, et si leurs habitants étaient plus près de la capitale, alors, pour moi, ce serait beaucoup plus compliqué. Mais, crois-moi, cela ne m'empêcherait pas de continuer !" Il sentit que cette affirmation sonnait un peu creux. "Bon, je vais te dire autre chose." Il se leva et du doigt il traça un cercle sur son bureau. "Je ne demanderais pas mieux, bien sûr, que de faire plaisir à tout le monde. Ah, si seulement je pouvais obtenir l'aide d'un djinn, ou d'un sortilège ! Mais ça, on le trouve dans les contes de fées. Dans le monde des adultes, il nous faut faire des sacrifices.

— Charité bien ordonnée commence par soi-même", dit Kuban. Aussitôt, il comprit qu'il n'avait plus rien à dire, et il se retourna pour sortir. Arrivé au seuil, il s'arrêta pour regarder en arrière. "Vraiment, j'ai de la chance. Je vis dans le palais d'un roi, et pourtant je peux m'exprimer en toute liberté." Il s'inclina, mais cette fois-ci c'était sincère. "Ce n'est pas tout le monde qui a l'oreille d'un président !

— Tout ce qui est dit ne doit pas sortir de cette pièce, inutile de te le rappeler.

— Moi-même, il ne me viendrait pas à l'idée d'en parler, acquiesça Kuban d'un signe de tête. Si seulement j'avais pu empêcher que mon peuple ne soit dispersé aux quatre vents…

— Personne ne pourra empêcher cela, dit le président en faisant un geste d'apaisement.

Tout n'est pas perdu. En ce moment même, plus de vingt pays ont envoyé des équipes d'archéologues pour mettre au jour des secrets que l'histoire a enterrés depuis des siècles. Ma foi, je les imagine bien en train de faire des découvertes qui vont nous apprendre quelque chose sur nous-mêmes, fit-il avec un rire de gorge qu'il interrompit presque aussitôt car il sonnait faux. On va vous construire un beau musée.

— Un musée ? Autant dire un tombeau. Parce que si vous barrez le cours du fleuve, bien sûr, cela revient à l'étrangler !

— Moi, je nourris la terre. Il nous faut cette eau, pour qu'elle nous donne la vie.

— Oui, mais un fleuve, ce n'est pas que de l'eau.

— Ce n'est pas que de l'eau ? répéta le président, perdant patience. Comment ça ? demanda-t-il d'un ton autoritaire. En quoi un fleuve, ce n'est pas que de l'eau ? Explique-toi !"

Une fois de plus le silence s'installa ; à nouveau on entendit le cliquetis du train sur les rails. Kuban aurait bien aimé retourner à ses fourneaux, et que tout se passe comme avant.

"S'il te plaît, fit le raïs, explique-moi ce que représente ce fleuve."

Kuban hésitait, puis il se rétracta. "Impossible, je ne trouve pas les mots." D'un geste nerveux, il tira sur sa large ceinture. "Mon père, peut-être, ou son père auraient pu vous le dire, ou alors mon autre grand-père, qui a disparu à l'ouest avec une caravane chargée d'or, et dont on raconte qu'il aurait été vendu comme esclave à des navires surgissant de la mer des Ténèbres."

Nous y voilà bien, se dit le raïs. Vous posez à cet homme une question toute simple, et lui, il se met à feuilleter les pages de l'histoire comme un lézard qui cherche le soleil. Il s'appuya sur son bureau, en tripotant la molette du gros briquet de cuivre qui avait la forme d'un navire et faisait songer à une vieille lampe à huile. Une flamme jaillit au bout de la mèche.

"La nuit n'est pas finie, dit le raïs en s'intallant à nouveau dans sa chaise et en bâillant. Raconte-moi donc l'histoire de ton fleuve si précieux."

Kuban hésitait. Il respira profondément, se demandant par où il allait commencer.

Dehors, la nuit descendait sur ce train qui les emmenait vers le sud, dans son manteau sombre, sous les yeux grands ouverts de la pleine lune, pour glisser doucement à côté des nappes d'eau d'un lac naissant. Il se tenait là, notre philosophe qui avait l'oreille du roi. S'il trouvait les mots justes, si son récit parvenait à s'envoler, alors, avec un peu de chance, il allait peut-être changer le cours de l'histoire. Mais comment pouvait-il faire autrement ? Il n'avait plus qu'à se lancer. Par où commencer ? Tous les récits s'enchevêtrent. Dans l'un se trouve l'embryon d'un autre, et c'est ainsi qu'il déroule la spirale de l'histoire, qui lui échappe des mains et se retrouve dans les nôtres…

CHAPITRE IV

Le vieux Kertassi avait pris l'habitude de changer de domicile toutes les nuits. Au début, il logeait dans la ville, après quoi, au bout de quelques semaines et quand ses derniers habitants finirent par la quitter, il commença à s'aventurer le long du fleuve, loin de cette eau qui montait. Il n'avait pas l'intention de s'installer, plus simplement il remettait à plus tard la date de son départ. Il avait assisté à celui de la plupart des membres de sa famille et de ses amis, et il finit par en avoir assez de les voir le supplier de les rejoindre en toute hâte, à tel point que lorsqu'il retrouva enfin le silence il éprouva un grand soulagement. Cela se passa tout naturellement ; il allait, sans but précis, sans que personne le sollicite, il décrivait des cercles de plus en plus larges en se promenant tranquillement d'une maison à l'autre, et en s'installant dans celles que les gens avaient abandonnées. Alors, il se glissait dans leur intérieur, s'asseyait à leur table et dormait dans leur lit.

Dans son sommeil, il se voyait mener la vie de ceux qui avaient quitté la région. Il finissait par se perdre, au milieu de toutes ces maisons blanchies à la chaux, agglutinées et perchées sur des escarpements rocheux, de tous ces villages qui s'étiraient le long du fleuve, comme si un serpent en période de mue y avait laissé traîner sa peau. Il finissait par se perdre, avec tous ces bâtiments qu'il contournait, ces places, ces ruelles, et ces porches qu'il franchissait. Impossible de se souvenir de tous ces escaliers qu'il montait et descendait, de tous les appels qu'il lançait et qui demeuraient sans réponse. Il traversait ce monde comme le ferait un esprit tourmenté, et personne ne le voyait.

Un jour, il vit une créature couverte d'écailles descendre des escaliers sur le ventre, pour disparaître dans l'eau trouble en agitant sa longue queue.

Il se demanda s'il était vivant ou s'il était mort, s'il rêvait, ou s'il était bien éveillé.

Parfois, un chien ou un chat venaient se frotter contre sa jambe, ils le regardaient d'un air bizarre comme pour lui demander : "Mais personne ne t'a encore dit de partir ?" Dans cet abandon, de façon étrange, il se sentait chez lui, ce qu'il n'avait jamais éprouvé au cours de toutes ces années passées à descendre et à remonter le fleuve. Il lui semblait que le souvenir des années de sa petite enfance pendant lesquelles il avait grandi sur les rives de ce même fleuve ne lui appartenait plus. Comme si sa propre existence avait éclaté, s'était dispersée dans celle des autres, de sorte qu'il était à la fois tout le monde, et personne.

"Après tout, peut-être me suis-je transformé en *irkabi**", se dit-il en songeant à ces vieux monstres dont sa grand-mère lui avait parlé et qui, à ce que l'on disait, avaient élu domicile dans la région. Ce qui le stupéfiait, c'était la diversité, la variété des

---

* Esprit malin qui peut provoquer des malformations à la naissance. *(Toutes les notes sont des traducteurs.)*

motifs de décoration qu'il rencontrait, la multitude des symboles, des silhouettes, des ornements peints à l'infini sur les murs, si bien que chacune de ces maisons avait son propre langage. Bientôt, sa mémoire prit la forme d'un patchwork, ressemblant beaucoup aux vêtements en lambeaux de ces illuminés qui tournent en rond dans la poussière, à la lueur du couchant.

Souvent, il se surprenait en train de se retourner, persuadé qu'il y avait quelqu'un derrière lui pour s'apercevoir alors qu'il n'y avait personne. Il en vint à croire qu'il était le dernier habitant sur la terre. Un acacia penché bizarrement et ses branches inclinées évoquèrent pour lui une main sortant de la surface des eaux pour le saluer. Ses yeux fouillaient les salles vides, les cours désertes. Le silence montait lentement en lui comme de l'eau.

Çà et là, il rencontrait des gens qui refusaient obstinément de faire face à la réalité. "On se déplacera là-bas, disaient ces hommes en riant et en faisant un signe de tête en direction des hauteurs. Quand il le faudra, on rassemblera nos moutons, nos enfants, et on ira là-haut ! Et on se construira une maison, mais plus solide, et plus belle que celle qu'on avait avant." Mais Kertassi savait bien que cette fois-ci les hauteurs aussi allaient disparaître. A la place, on allait avoir un lac, et là-bas, plus rien. Un désert liquide. Cette fois-ci, quand les flots allaient monter, ce ne serait pas pour redescendre. Ils allaient monter et monter encore, jusqu'à ce que le fleuve engloutisse tout, et alors il n'y aurait plus que de l'eau.

Certains continuaient à vivre comme si de rien n'était et, remontant leurs pantalons bouffants jusqu'aux genoux, ils s'avançaient dans l'eau pour y lancer leurs filets en un cercle parfait qui venait caresser sa surface. Beaucoup ne pouvaient pas supporter l'idée d'aller recommencer leur vie ailleurs. Certains étaient trop âgés pour se sentir capables d'un tel changement, ou pour en avoir envie. D'autres préféraient mourir près du fleuve plutôt que de le quitter.

Dans une cour, l'eau recouvrait peu à peu un sol noirci et brûlé par le soleil. Des brindilles minuscules, des feuilles jaunes de margousier venaient y décrire des cercles. Des grains d'une poussière fine comme de la cendre déployaient une pellicule impénétrable qui incitait les plus décidés et les plus braves à renoncer à leur terre. Leur nombre augmentait sans cesse, ils reculaient et, au cours de leur retraite, ils édifiaient des abris. Tous les soirs, ils installaient leur campement comme on fait une prière, et le lendemain tous leurs espoirs avaient été balayés par les eaux. Jour et nuit, avec un entêtement inlassable, elles montaient. Le matin, quand on posait le pied par terre, le lit avait les pieds dans l'eau.

Une étendue bleu indigo venait lécher les friches aux tiges jaunies, les rangées de palmiers à l'abandon qui se rapetissaient sous le ciel. Elle se déroulait comme un tapis le long des ruelles, se faufilait dans les recoins et sous les montants branlants des portes. Une nappe couleur acajou engloutissait tout sur son passage, recouvrait uniformément galets et pierres rugueuses, et elle les avalait. Dans les roseaux, on entendait siffler le dieu crocodile. Au crépuscule, le tisserin poussait son cri. Au clair de lune, une tilapie épuisée venait battre de l'aile dans une cour inondée. Une anguille déroulait son filament bleu électrique au travers d'une fenêtre béante.

Quand le soleil se couchait, la lumière déclinante sur les maisons à moitié submergées les faisait ressembler à d'antiques vestiges. Dans la quiétude de la fin d'après-midi, quand un mur s'effondrait, à l'instant où il s'affaissait lentement, on entendait une sorte de toussotement. Les maisons en pisé redevenaient molles et, au contact de l'eau, la terre retournait à la terre. Les briques disparaissaient dans un gargouillement de boue. Un toit s'affaissait et devenait un radeau qui s'en allait doucement à la dérive. L'eau venait manger l'une après l'autre les empreintes rouges laissées par les doigts d'un enfant sur un mur blanc.

Une petite famille vint s'installer sur la crête d'une colline pour se retrouver complètement encerclée. Le matin, les yeux rougis, ils emportèrent leurs biens sur la terre ferme : des chiens, des chèvres, des poulets, et une petite cage avec deux pigeons à l'intérieur. A la fin de la journée, l'un des enfants se mit à rire en montrant du doigt le village qu'ils avaient laissé derrière eux.

Là-bas, on pouvait entrevoir de fines perles de lumière qui les appelaient, ou peut-être leur disaient-elles au revoir. Un collier de lueurs s'étirait tout au long du fleuve, un alignement de flammes minuscules qui tremblotaient dans la brise chaude. Devant un pareil miracle, ils étaient béats d'admiration, ils n'avaient jamais rien vu d'aussi beau. C'était comme des yeux qui par milliers les regardaient et dardaient leur éclat à travers la nuit.

C'était là l'œuvre du vieux Kertassi, son poème. Tous les soirs, au moment où la nuit s'enlisait dans le sable, il allait faire sa ronde à l'extérieur du village pour venir se jucher sur ce qui restait d'un grand mur. Avec la maladresse d'une personne âgée dont les membres se font raides, il se hissait sur les toits et faisait ainsi le tour des villages, jetant de la lumière sur tout ce monde.

Le matin, il reprenait le même itinéraire. Il récupérait les nacelles d'argile qu'il avait fabriquées pour les remplir d'huile de paraffine qu'il faisait couler d'un jerrycan. Lorsque le soir tombait, il les allumait. Puis il s'asseyait et les regardait, parfois durant toute la nuit, jusqu'à ce qu'elles s'éteignent. Elles flottaient au-dessus du vide, frissonnaient dans la brise, et leur fumée grasse venait suinter contre le noir épais de la nuit. L'une après l'autre, elles disparaissaient et, à cette distance, il était difficile de dire si leur extinction était due à l'eau qui montait, ou à l'obscurité qui tombait. Il avait le sentiment qu'il ne s'appartenait plus, mais qu'il faisait maintenant partie de l'histoire de ce lieu, de ce village, de ce fleuve, de cet arbre dont la forme évoquait une main sortant de l'eau. Il leva les yeux et vit une chouette qui ouvrait ses ailes pour s'enfoncer dans la nuit à la recherche de sa proie.

CHAPITRE V

Il n'existait aucun son semblable à celui-ci, mais à vrai dire ce n'était pas un son, plutôt un mouvement qui arracha ce garçon à son sommeil. Buhen resta là un moment, dans la demi-obscurité, à s'imaginer qu'une chauve-souris venait voleter au-dessus de lui dans les branches hautes d'un arbre. Puis il se redressa et se gratta frénétiquement la tête. Pendant un instant, il crut qu'il avait fait un rêve, mais il comprit qu'il n'en était rien. Repoussant rapidement sa couverture en lambeaux, il se leva et enfila ses vêtements. Dans la faible lueur du jour, pieds nus, il traversa la cour, franchit la vieille porte et sortit dans la rue.

Quelques formes rondes blanchies à la chaux et regroupées sur un promontoire rocheux donnaient à ce village l'aspect d'un banc de poissons-buffles phosphorescents se frayant un chemin à travers l'obscurité. L'aube pointait, le bleu du jour montait tandis que Buhen descendait des marches taillées grossièrement dans un grès usé au cours des ans par les pieds des passants. Rien ne bougeait sous les voûtes de ces maisons qui s'appuyaient l'une contre l'autre, si près qu'en certains endroits il aurait pu tendre ses mains de chaque côté pour s'y appuyer.

Les descendre était plus difficile que de les monter. Mais Buhen y était habitué, aussi n'avait-il pas envie de se plaindre. Il avait appris à bien regarder où poser le pied, car, autrement, en tombant il aurait dégringolé jusqu'en bas et alors il aurait pu se retrouver dans l'eau. Non seulement il se serait fait mal, mais en outre il n'avait pas particulièrement envie de prendre un bain froid à une heure si matinale.

Parvenu à une aire circulaire qui tenait lieu de quai, il vit qu'il n'y avait personne. Il s'appuya contre un grand eucalyptus dont les branches s'inclinaient au-dessus de l'eau. C'est une main disait-on, qui se tend pour saluer celui qui est sur l'autre rive. La surface de l'eau avait gardé la limpidité et toute la pesanteur de la nuit. Sous ses pieds, le sable était gris et froid. De l'autre côté du fleuve, il apercevait un ruban de lumière qui allait en s'élargissant, faisait fuir l'obscurité et repoussait les étoiles.

Buhen se jeta au sol, sa jambe raide suspendue au-dessus de l'eau, il allongea l'autre, tordue et frêle, puis il attendit. Il se pencha en avant, enfonça sa main dans le fleuve comme s'il voulait vérifier quelque chose, et s'aperçut que cette eau était toujours bien vivante.

En amont, à gauche et en direction du sud, le fleuve décrivait une courbe pour bientôt disparaître derrière un petit éventail d'arbres. Il savait qu'au-delà il s'écoulait plus vite, car la pente se faisait plus raide à l'approche des amas rocheux des cataractes. Ce lieu, plein de magie et de sorcellerie, s'appelait le Ventre de Pierre. L'eau se ruait entre les rochers noirs et pointus qui émergeaient des flots tumultueux. Souvent, il avait escaladé ceux d'en dessous et il était resté là, assis, dans cet air frais et vivifiant, sous le charme de ces chutes déchaînées. Parfois, il entendait des voix qui l'appelaient depuis les eaux, et il savait bien qu'il s'agissait d'*afreet**. Généralement, il ne restait pas longtemps, car ce bruit lui mettait les nerfs à vif. Il savait aussi que même en remontant le courant des heures durant on ne pouvait pas pour autant arriver jusqu'au bout de cette barrière. Or, il y avait des gens qui habitaient là-haut, mais il ne les connaissait pas. Il avait aperçu leurs cahutes perchées au milieu du torrent, et il s'était demandé comment ils pouvaient trouver le sommeil au cœur de ce vacarme infernal.

Dans l'autre sens, ce n'était plus la même chose. En aval, le fleuve s'écoulait en pente douce, en direction de lieux qu'il n'avait vus qu'en rêve. Là-bas commençait un monde plus dur, plus proche de la réalité. Les villages étaient vastes comme un désert, illuminés par des dizaines de milliers de lampes qui brûlaient toute la nuit. Plus question d'ânes, tout le monde avait une voiture, et là il y avait plein de gens, bien plus qu'on ne pouvait l'imaginer. Des femmes, aussi ; les plus belles gazelles du monde qui passaient à côté de vous, si près de vous qu'on pouvait sentir leur parfum. Plus loin encore, il y avait la mer, une étendue immense, à l'infini. Il ne s'était même pas encore demandé ce qu'il pourrait bien y avoir de l'autre côté de tout cela.

Au-dessus de lui, quelque chose bougea ; il regarda en l'air et aperçut une chouette qui rentrait au nid après avoir passé une fois de plus sa nuit à chasser. Pour s'occuper un peu, il ramassa une pierre plate et la maintint en équilibre avant de la lancer sur la surface de l'eau, mais à cet instant précis, à nouveau, une vibration parcourut les flots, s'enfonça dans le sol, et il sentit qu'elle

* Sorte de djinn puissant, esprit hostile censé habiter la fumée ou en prendre la forme.

remontait jusque dans ses os. Une vague vint gifler le rebord de la plateforme rocheuse où il se tenait, et son pied en fut tout éclaboussé.

Il essaya de voir ce qu'il y avait au-delà de ce promontoire couvert d'arbres. Mais était-ce bien la peine ? Maintenant, il le savait. Perdant patience, il se leva et jeta un regard sur le village derrière lui pour s'assurer qu'il était effectivement le seul à s'être levé. Il savait à quoi s'en tenir : il connaissait celui qui en ce moment même inspectait tout, en se penchant au-dessus du bastingage pour surveiller l'arrière, vérifiant constamment si tout se passait normalement. Rares étaient les pilotes capables de franchir ces cataractes en plein jour, et à plus forte raison dans la pénombre. Pour les traverser, l'instruction, le savoir ne suffisaient pas, il fallait un pilote, un vrai pilote.

En se frayant un passage entre les arbres, la grosse proue apparut enfin. Une écume blanche se trémoussait le long de ses flancs, légère comme des touffes de coton. Maintenant, on ne pouvait plus en douter, on entendait nettement le bruit sourd et régulier du bois venant heurter le courant. Au travers du battement bien rythmé des aubes, on percevait le sifflement aigu des cascades chatoyantes qui se déversaient à travers les grilles métalliques et les bois gorgés d'eau. Pour ce garçon plein d'impatience, le bruit que faisait ce bateau en s'approchant, c'était la plus belle musique au monde.

Le navire décrivit une courbe, car un fort courant surgissant à l'avant le forçait à changer de cap. Maintenant, il filait droit sur la rive et vers la dalle ronde située près du gros eucalyptus. L'eau poussait la poupe sur le côté, et Buhen s'aperçut qu'entre les mains du timonier la roue tournait si vite qu'on ne pouvait plus la voir. *Taharqa*, pouvait-on lire sur ses flancs, en deux langues, à l'arrière et à l'avant, et en gros caractères peints avec des fioritures. En s'approchant, le bateau se balançait de droite à gauche, puis on coupa les moteurs. Buhen allait de-ci de-là en sautillant, il se penchait au-dessus de l'eau, il n'en pouvait plus d'impatience. Il faisait de grands gestes et poussait des cris.

"Je te salue, reine du fleuve, toi et ton équipage, soyez les bienvenus !"

L'homme qui se tenait sur la passerelle était en train de regarder par-dessus le bastingage pour s'assurer qu'ils s'approchaient correctement de la rive ; apparemment, il n'avait pas vu le garçon. Cet homme était grand, avec un visage large et anguleux. Il portait un turban d'un blanc douteux enroulé tant bien que mal autour de sa tête. Sa lèvre inférieure était gonflée par une chique de tabac et, de temps à autre, il se détournait pour lâcher dans l'eau un long crachat rougeâtre.

Quand Abu Tawab déclarait que cela faisait plus de trois cents ans qu'il naviguait sur le fleuve, personne ne songeait à le contredire, et surtout pas en sa présence. Et personne n'aurait osé lui demander ce qu'il voulait dire. En fait, personne ne le connaissait. Aussi, seuls les voyageurs et les étrangers de passage pouvaient lui poser cette question. Quand cela se produisait, tout l'équipage était là, aux aguets. Depuis quelque temps, le capitaine s'était assagi, et on n'avait plus droit, comme avant, à une bordée d'injures, ou à une volée de coups. Maintenant, il pouvait décliner calmement le nom de son père, celui du père de son père, et ainsi de suite, jusqu'à plus de douze générations, et tous ces hommes avaient été pilotes.

"Quand je suis à bord, ils sont tous à mes côtés !" s'exclamait-il d'un ton solennel.

La corde serpenta dans l'air ; Buhen s'en empara et l'arrima au tronc de l'arbre déjà marqué de profonds sillons. En un clin d'œil, le vapeur fut bien ancré, à l'avant comme à l'arrière, et l'on glissa entre le pont et la rive une planche qui dansait au gré des flots et des passagers qui descendaient du navire. Sans tenir compte des protestations, Buhen se fraya un passage parmi eux sans plus de manières. Il bondit sur le pont et escalada l'échelle en sautillant sur sa jambe valide et en s'aidant des bras pour se hisser vers le haut.

Le capitaine surveillait le chargement et le déchargement de son bateau : des caisses de chandelles et de savon, des rouleaux de cordages et de tissus.

"Mais où allez-vous donc de si bon matin ? fit le garçon en essayant de reprendre souffle.

— Non, mais tu ne crois pas que le fleuve va s'arrêter de couler parce que des petits garçons sont en train de dormir ? J'ai un passager. Quelqu'un de très important. Un ingénieur qui vient de la ville."

Buhen était trop excité pour tenir compte de cette réponse. Pour lui, il n'y avait rien de plus passionnant au monde que le passage de ce vapeur. Là, il était comme un faucon en train de plonger sur le fleuve. Il ferma les yeux et, sentant la brise qui lui caressait le visage, il crut vraiment qu'il était en plein vol.

Mais à vrai dire, sur cette passerelle, il n'y avait pas grand-chose à voir. Un carré sur le pont, à l'ombre, plat et bien dégagé. Une petite chaise surélevée, le siège et le dossier crevés. C'est là que le capitaine venait s'asseoir. Elle pouvait pivoter de droite à gauche, et, de temps en temps, Buhen était autorisé à s'y installer, quelques minutes seulement. Bien sûr, il y avait aussi la roue du gouvernail, peinte en bleu et juchée sur un gros piédestal de fer. Elle était plus petite que ce qu'on aurait pu s'attendre à voir, et son bois était poli par toutes les mains qui s'y étaient succédé. Un pilier en métal se terminant par un petit porte-voix permettait au capitaine de transmettre ses ordres à la salle des machines. A l'arrière, une petite table avec un gros cahier et un stylo posé sur la page ouverte. C'est là que le capitaine inscrivait tout ce qui pouvait se passer pendant le voyage, les marchandises qu'on transportait en amont ou en aval, ainsi que divers incidents avec l'équipage, ou ce qu'on pouvait observer de nouveau sur le fleuve.

Buhen prit appui sur le bastingage à côté du capitaine et, en serrant les lèvres, il regarda tomber son crachat dans l'eau. Il le vit tourbillonner et disparaître.

En toutes occasions, le pilote ne manquait pas de lui dire : "Ce fleuve, il a une histoire. Avant que la parole de Dieu nous soit révélée, il y avait des gens qui croyaient au pouvoir de ce fleuve comme un homme de religion peut croire en ses livres sacrés. Mais lui, il est plus ancien que tous ces récits et toutes ces paraboles. Et si cette histoire on ne l'a pas écrite avec des mots, il faut quand même la connaître.

— Emmenez-moi avec vous !" fit le garçon d'un ton pressant. Chaque fois, il faisait la même demande. Il avait dressé une liste de tous les services qu'il pouvait rendre à bord, et ne manquait pas d'ajouter une ou deux idées qui lui étaient venues à l'esprit.

"Mais pourquoi es-tu si pressé ? lui répondait-il. Tu as la vie devant toi !"

Voilà ce qu'il lui répondait. Et il ajoutait : "Quand tu seras plus grand." Mais Buhen avait treize ans, ce qui faisait qu'on ne pouvait plus le traiter comme un enfant. En outre, à bord du *Taharqa*, il y avait déjà un garçon de son âge qui travaillait. "Quand tu seras plus grand", pour Buhen, cela voulait dire le jour où sa jambe malade allait devenir bien droite et forte ; or, à treize ans, il savait bien que cela n'allait jamais se produire. Le capitaine se pencha au-dessus du bastingage et appela en bas pour demander quelque chose, et lorsqu'il se retourna, il n'était plus question de ça, il avait d'autres sujets de préoccupation.

"Tu l'as vue, cette semaine ?" lui demanda-t-il avec insistance.

Buhen fit oui de la tête.

Ses yeux marron comme du sucre prirent un air rêveur. Il fit jaillir un long crachat par-dessus la rambarde, puis repoussa son turban en arrière. "Et alors ?" demanda-t-il d'un ton impatient.

Buhen respira profondément. "On dirait qu'elle marche sur un nuage. Quand elle passe près d'un arbre, les feuilles se mettent à trembler. Et quand elle ouvre la bouche pour parler, sa voix est si douce et si musicale que les oiseaux se sentent tout penauds et se taisent."

Abu Tawab était tout yeux tout oreilles. Il marqua une pause, et se lécha les lèvres comme s'il savourait quelque chose, puis il lui donna un petit coup de coude. "Allez, continue", murmura-t-il.

Très gêné, Buhen grattait le bastingage de son ongle, et il regardait fixement l'eau en dessous de lui. De l'endroit où ils étaient, la surface du fleuve faisait penser à la peau d'un animal, ou à celle d'un énorme poisson. Il parla sans relever la tête. "Ses yeux sont si grands et d'un tel éclat que le soleil s'incline respectueusement et qu'autour d'elle le monde semble avoir sombré tout d'un coup dans la nuit.

— Et elle vit toute seule."

Buhen le regarda, cette interruption l'arrangeait bien. Il acquiesça énergiquement.

"T'en es sûr ? fit le capitaine, les mains crispées sur la rambarde.

— Je l'ai suivie jusqu'au fleuve, et je l'ai entendue parler.

— Elle parlait au fleuve ? dit le capitaine d'un ton légèrement incrédule.

— Oui, elle parle au fleuve comme une enfant qui parle à sa mère. Elle lui fait des demandes.

— Ah bon, et quelles demandes ?" Le capitaine fronça les sourcils.

Buhen sentit que le cœur lui manquait. Il ne pouvait pas aller plus loin. Il avait espéré que cette fois-ci il en avait dit assez pour que le capitaine, toujours avide de détails, soit satisfait ; mais il put constater qu'il lui fallait encore ajouter quelque chose. Il fit effectuer une rotation à sa jambe, et appuya son pied bot si fort contre le pont qu'il en eut mal. "Elle se demande quand donc la vie va commencer pour elle. Elle se lamente, et elle dit : «Oh, doux fleuve, quand donc vas-tu me donner un mari ?»"

Le visage du capitaine devint dur comme du bois. Dans ces moments-là, il sentait qu'il était trop vieux pour pouvoir faire sa cour. Lors de son premier mariage, il avait eu deux enfants, dont un fils qui était parti vers le nord pour chercher fortune de l'autre côté de la frontière. Sa deuxième épouse lui avait laissé deux filles. Il était peut-être trop vieux. C'est ce que la raison lui dictait, mais son cœur disait non. Il était un peu perdu, comme égaré. Ses lèvres étaient sèches. Buhen vit une perle de sueur couler vers le bout de son gros nez. Il se garda bien de le déranger, mais jamais encore il n'avait vu cet homme d'une humeur aussi sombre.

Au loin, derrière le bastingage, sur la colline ronde, le village se levait pour saluer le soleil. C'était un ensemble de maisons en pisé bien tenues et peintes à la chaux, décorées d'assiettes, de coquilles d'escargots, de galets colorés, d'inscriptions sacrées et de motifs géométriques. Ce village avait tout un langage qui s'exprimait par des courbes, des dômes, des voûtes et des zig-zags. Là-haut, tout là-bas, il y avait cette femme, et le capitaine sentait qu'il devait l'épouser. On pouvait lire sur son visage une expression d'une telle gravité que cela rappela à Buhen la peur que cet homme inspirait à presque tous ceux qu'il rencontrait.

"Rappelle-moi son nom.

— Elle s'appelle Subua.

— Y a-t-il un autre prétendant ?"

Buhen secoua vigoureusement la tête d'un geste de dénégation.

"Alors, c'est qu'elle attend une réponse du fleuve, fit le capitaine avec détermination. Je n'ai plus vingt ans, tu comprends ? Non, bien sûr, ça, tu ne peux pas le comprendre ! Dis-le à la veuve", ajouta ensuite Tawab, tandis que du regard il parcourait les murs ronds de ce village perché là-haut, dans l'espoir qu'il pourrait apercevoir cette adorable créature qui hantait son imagination depuis tant d'années, même s'il ne l'avait jamais vue, même s'il ne lui avait jamais adressé la parole. Son image était toujours là, comme dans un rêve dont il ne parvenait pas à s'arracher. "Dis-lui que je viendrai voir sa fille dès que se lèvera l'étoile de Tarfa.

— L'étoile de… ?

— Elle saura ce que je veux dire."

Buhen était effondré. Depuis sept ans qu'il jouait ce rôle d'entremetteur, jamais il n'avait entendu le capitaine parler de cette affaire d'un air aussi décidé.

Un peu hébété, il se retira lentement de la passerelle en empruntant l'échelle. Tout cela le tracassait, et il avait besoin de réfléchir. Il passa près de l'équipage qui s'apprêtait déjà à lever l'ancre, et c'est à peine s'il répondit aux saluts amicaux qu'on lui adressait. Il franchit aisément la planche et sauta légèrement sur la rive. On avait desserré les cordages et le vapeur se balançait comme s'il était impatient de prendre le départ.

"N'oublie pas de lui transmettre mon message !" dit le capitaine en lui faisant adieu de la main.

Buhen lui rendit son salut, mais il resta longtemps là, assis, à regarder le vapeur jusqu'à ce qu'il disparaisse pour n'être plus qu'une vague forme à la surface de l'eau. Une volute de fumée se déroulait dans l'air comme une bannière légère tandis qu'il faisait route vers le milieu du fleuve inondé de soleil. Puis, à contrecœur, il se leva pour quitter l'embarcadère, et escalada les marches irrégulières menant aux maisons peintes en blanc. Il aurait bien aimé être à bord du *Taharqa*, avec les autres. Il aurait bien aimé être loin d'ici, en aval, dans cette ville où soufflait toujours entre les arbres une brise légère, où brillaient les lumières, et où il y avait des femmes belles comme des gazelles. Il s'installa à l'ombre. Le message pouvait attendre.

Et le voilà qui se prend à rêver de cette ville lointaine vers laquelle le capitaine se dirige maintenant en compagnie de son mystérieux passager.

CHAPITRE VI

Argin repoussa son casque et s'essuya le front avec un mouchoir tout trempé de sueur. Les sons plaintifs de la fanfare de la police en train de répéter l'air qu'elle devait jouer pour saluer l'arrivée du *Taharqa* lui donnaient la migraine. Tout particulièrement le trompette, tout près de son oreille droite, que l'on semblait avoir mis là pour torturer le monde avec son instrument. Il n'avait que ce qu'il méritait, puisque c'était lui qui avait demandé cet orchestre. Il ajusta la veste et le short de son treillis et tenta de se calmer. Il était persuadé que tout ceci était une perte de temps. Ce n'était pas Argin qui avait eu l'idée d'organiser ce comité d'accueil, mais le gouverneur qui s'était montré intraitable : "Il faut marquer cette occasion. Cet homme, il faut le recevoir comme une célébrité. Cela va nous aider à préparer les gens à comprendre que ce qui va se passer maintenant, c'est important."

La jetée où le *Taharqa* aurait dû aborder depuis plus de trois heures était toute neuve. On l'avait construite en face de l'hôtel, même si, à ce moment-là, faire du neuf, cela pouvait sembler bizarre. En tout cas, on avait bien fait les choses, même s'il n'y avait pas le moindre coin d'ombre pour se protéger du soleil, car pour édifier cette jetée on avait abattu tous les arbres qui s'y trouvaient.

"Je retourne au bureau ! déclara-t-il tout d'un coup, estimant que s'il devait s'en aller autant le faire tout de suite.

— Mais mon colonel, le gouverneur a bien dit…"

Argin jeta à Murjan un regard plein de mépris. "Le gouverneur n'est pas là. Si jamais il devait se montrer, tu tâches de me joindre au téléphone, sinon…" Il remarqua que l'une des bandes molletières d'un trompette qui faisait semblant de jouer de son instrument s'était défaite. Elle était tombée dans la poussière, et gisait là comme un serpent grisâtre. Argin se retint, car il avait envie de la ramasser et de s'en servir pour étrangler ce pseudo-musicien.

"Quand il arrive, préviens-moi", ajouta-t-il rapidement, le tout suivi d'un salut aussi bref qu'autoritaire, et sur-le-champ il se retourna et sentit qu'à chaque pas qu'il faisait pour s'éloigner sa bonne humeur lui revenait. Il espérait bien que Murjan n'allait pas lui demander de s'arrêter.

Il avait presque réussi son coup.

"Mon colonel, mon colonel !"

Argin s'arrêta et se retourna lentement. "Qu'est-ce qu'il y a encore ?"

Il aperçut la silhouette gauche de son ordonnance qui faisait une espèce de danse sur l'herbe sèche. Il a encore attrapé un coup de bambou, se dit-il. Mais non, il montrait le fleuve du doigt. Argin sentit que le cœur lui manquait.

"Ils arrivent, ils sont là !"

L'image qu'il avait commencé à se faire de la fraîcheur de son bureau s'évanouit aussitôt. Effectivement, on apercevait le vapeur qui s'avançait droit sur eux à vive allure au milieu du fleuve. A deux reprises la sirène sonna longuement, et Argin sentit qu'autour de lui tout le monde commençait à s'agiter. Des gens apparaissaient tout d'un coup dans l'air limpide et traversaient les champs. Ils sortaient des maisons et des rues qui longeaient le fleuve, poussant leur bicyclette, portant leurs enfants dans les bras, tirant derrière eux leurs mules têtues. Et tous montraient du doigt le vaisseau qui s'avançait maintenant vers eux.

Le passage du *Taharqa* était toujours un événement, de sorte que les gens laissaient tout tomber pour aller à sa rencontre, même s'ils n'attendaient rien, ni personne. Il aurait été difficile de dire exactement pourquoi ils faisaient cela. L'aérodrome, par exemple, ne produisait jamais le même effet. Les gens levaient la tête pour regarder un avion en train de tourner au-dessus d'eux, mais c'était tout. En revanche, le passage du bateau devait représenter un élément important dans leur vie, il en faisait partie, et sans aucun doute cela avait quelque chose à voir avec l'isolement de tous ces villages nichés dans les recoins du fleuve.

La fanfare se regroupa pour son défilé de bienvenue, ce qui mit brutalement un terme à cette horrible cacophonie. Et cette fois-ci, ce fut à l'unisson, ou presque. Argin suivait Murjan tandis qu'il s'activait à faire reculer la foule, sans doute avec plus de zèle qu'il ne l'aurait souhaité, mais avec efficacité. Il le vit qui repoussait tout individu qui avait la malchance de se trouver sur son chemin et, à la place, il installait une ligne de porteurs qui servaient de barrière de protection, en donnant à chacun un coup de béret sur son passage. Argin n'avait jamais vu aucun homme affirmer son autorité d'une façon aussi péremptoire. Il semblait persuadé que, sans lui, le reste du monde ne saurait rien faire et que ces gens, comme les chèvres, ne comprenaient qu'une chose : les coups. Parvenu à hauteur du quai, le vapeur coupa ses machines et pivota sur lui-même de façon théâtrale en faisant gicler une vague sur la nouvelle jetée. On apercevait sur la passerelle la silhouette du capitaine. Il jeta un regard furieux à la foule, puis il tourna le dos avec un geste qui ressemblait à du mépris. D'un air pincé, Argin remarqua que maintenant Murjan se répandait en salutations auprès de tout le monde en agitant frénétiquement son béret. Tout sombrait dans une pagaille sans nom, mais au bout d'un moment Murjan se détacha de la mêlée.

"A vous, chef !" lança l'ordonnance, en le saluant sèchement, et en lui laissant la place.

Argin se retrouva en face d'un homme maigre et sombre, très grand, qui portait un pantalon noir, une chemise d'un blanc immaculé et des lunettes de soleil. Il était d'une propreté impeccable, ses vêtements étaient repassés de frais, et il n'avait vraiment pas l'air d'avoir fait un voyage de plusieurs jours, à bord d'un bateau à aubes rustique qui l'avait amené de la capitale, mais plutôt qu'il sortait tout droit d'une garde-robe. Pour Argin, il évoquait l'image d'une photographie où tout est bien ordonné. Il n'avait pas besoin d'un comité d'accueil, il se suffisait à lui-même.

"Faras, ingénieur en chef."

Sa poignée de main était ferme, avec quelque chose de militaire. Argin la lui rendit. Derrière eux, la fanfare jouait de plus belle. L'ingénieur Faras alluma une cigarette. D'un geste, il désigna ses bagages et, ignorant Argin, il ordonna à Murjan de s'en occuper. Murjan obtempéra, il était aux anges. Enfin des ordres fermes, donnés par quelqu'un qui savait commander ! Immédiatement, on rassembla une équipe de porteurs. Entre l'ingénieur et la fanfare, il y avait une bonne dizaine de malles, qui frappaient par leur longueur ou leur hauteur, toutes chargées d'appareils et d'instruments. Argin ne se souvenait pas d'avoir vu Murjan exécuter aussi promptement l'un de ses ordres.

"Il faut s'éloigner de ce vacarme. Je propose qu'on se retire dans un endroit tranquille. On ne peut pas se concentrer au milieu d'un tel raffut." Le fait que la fanfare se soit déplacée en son honneur échappait complètement à l'ingénieur Faras.

"J'imagine que vous devez être fatigué ?" suggéra Argin, tout en passant devant pour lui montrer le chemin.

"Pas le moins du monde ! Ce voyage m'a mis en forme, et j'ai envie qu'on se mette au travail tout de suite." Notre ingénieur avait allumé une autre cigarette et semblait très à l'aise dans ce nouvel environnement. Quand ils arrivèrent à la véranda de l'hôtel, un grand bâtiment blanc, Argin ruisselait de sueur. Il avait beau avoir les meilleures intentions du monde, il sentit tout de suite qu'il prenait cet homme en grippe. Comme prévu, il commanda deux thés. Dans leur hâte de le servir, les garçons se bousculaient. Argin fit une grimace et regarda en direction du fleuve. L'ingénieur scrutait l'horizon, au nord comme au sud, et de son gros stylo en or il griffonnait des notes sur un petit calepin en cuir noir, l'air satisfait, comme si dans son coin il organisait déjà ses visites. Autour du pont plat du vapeur, la foule se dispersait peu à peu, et l'on voyait des gens s'en retourner vers la ville, avec en équilibre sur leur tête, ou sur le porte-bagages de leur vélo des sacs et des cartons. Les musiciens s'en allaient en riant, leurs instruments brillaient au soleil.

"Il ne se passe pas grand-chose, ici, non ?"

Argin ne savait pas très bien quoi lui répondre. A la fin, le vieux Kertassi apporta le thé.

"J'imagine que votre voyage s'est bien passé ?

— Le pilote est un homme très compétent. Je l'ai embauché pour s'occuper du navire de tête. C'est le *Taharqa* qui va conduire notre convoi en amont."

En principe, avant de prendre pareille décision, on aurait dû lui demander son avis, mais Argin comprenait qu'en fait cela n'était guère faisable. Il fit une tentative pour rappeler son autorité à l'ingénieur. "Oui, c'est ce que j'aurais moi-même proposé. Personne ne connaît cette partie du fleuve aussi bien qu'Abu Tawab."

Faras émit ce qui aurait pu être un grognement, ou un ricanement, ou tout autre chose. Il consentit à retirer enfin ses lunettes de soleil. D'un air pensif, il lissa sa moustache et regarda au loin.

"A la capitale, on m'appelle Noé. Une plaisanterie, avec des connotations religieuses.

— Je vois."

Faras fixa Argin de ses petits yeux de fouine. "Vous avez conscience, bien sûr, que les leaders de notre beau pays se soucient comme d'une guigne de tout ce qui peut se passer ici. Loin des yeux, loin du cœur. Pour la plupart d'entre eux, c'est déjà fait, ce lieu est déjà sous les eaux."

Dans les mois qui avaient précédé, Argin avait commencé à se faire à l'idée qu'en acceptant ce poste il avait commis la plus belle erreur de sa vie. C'était une tâche ingrate, il se sentait piégé, coincé entre un gouvernement et un peuple qu'il était censé aider. Sa carrière allait indéniablement en souffrir et maintenant il comprenait que, franchement, plus vite il s'en sortirait, mieux ce serait pour lui. Pourtant, il n'aimait pas que cet étranger, en plus si désagréable, vienne le lui rappeler.

"Au juste, qu'est-ce que vous aimeriez voir sauvegarder ?

— Je considère que tous ces monuments antiques n'ont aucune valeur. Ils ne nous sont pas de la moindre utilité. Laissons aux pays industrialisés le soin de s'adonner à leur passion pour les antiquités. C'est leur façon de faire du sentiment, alors, laissons-les, si ça les amuse, remplir leurs musées de ces babioles. Moi, ce qui m'intéresse, c'est l'avenir. Si vous regardez autour de vous, Argin, que voyez-vous ? – Une société qui se retrouve piégée dans ses manuels d'histoire. Des mules, des norias. Tout ça doit changer. Ce qu'il nous faut, c'est de l'énergie. Ce qu'il nous faut, ce sont des usines, des routes. Grâce à Dieu, nos frères du Nord ont un président qui s'en occupe. A l'origine de ce barrage, il y a une vision, et je tiens à rendre hommage à son inventeur. Mais pour répondre à votre question, je vais sauvegarder tout ce qui en vaut la peine. Le reste, on le laisse sur place. Je vais démonter tout le chantier naval, les treuils, les grues, et tout le matériel de soudure et de découpage.

— Oui, mais ces grosses grues…

— Oui, tout !" Sur ce, l'ingénieur fit mine de chasser un nuage de fumée qui serait venu s'interposer entre eux, comme un prestidigitateur en train de pratiquer un tour de passe-passe. "On va déplacer tout ce chantier naval par voie d'eau, jusqu'à la capitale. Quand le niveau montera, tout sera changé, et nos cartes, nos plans ne nous serviront plus à rien. Il faut vivre avec son époque. C'est à prendre ou à laisser, dit-il en fronçant les sourcils, et tant pis pour tout ce qui reste derrière, hommes ou matériels.

— Si vous avez besoin de moi en quoi que ce soit, faites-le-moi savoir.

— J'y compte bien, approuva l'ingénieur. Dans les semaines qui viennent, je vais faire des calculs, inspecter les cataractes qui, j'en suis persuadé, représentent un obstacle majeur.

— On a prévu votre installation. On vous a préparé un bureau à côté d'ici. Et aussi une voiture avec chauffeur. Je peux vous y emmener dès que vous aurez fini votre thé.

— Parfait." On aurait dit que l'ingénieur Faras se détendait, et comme il se renversait dans son fauteuil, on entendit craquer l'osier. "Dites-moi, est-ce que vous avez eu beaucoup d'ennuis ?

— Des ennuis ?

— Oui, je veux dire à cause de ces gens-là. Comment prennent-ils l'idée d'avoir à quitter leur maison ?

— Eh bien, on s'en occupe.

— Ne vous laissez pas trop apitoyer par leurs demandes, fit Faras, en regardant Argin attentivement. Ces fermiers, ils n'ont pas grand-chose dans la tête. Ils ne croient pas que cela va vraiment leur arriver, hein ? Attendez donc un peu, qu'ils voient des choses disparaître autour d'eux !" Il partit d'un rire gras.

Sentant que son sens de l'hospitalité s'envolait, Argin se leva. "Je me doute bien que vous devez avoir envie de vous mettre au travail. Je vais vous mener à votre bureau."

Ils longèrent la véranda et descendirent quelques marches menant à un chemin de terre couvert de poussière. Sans échanger une parole, ils marchèrent sous un soleil qui brillait presque à la verticale pour arriver aux ateliers de chemin de fer, un bâtiment élevé faisant face à plusieurs gros hangars métalliques. Au moment où Argin essayait d'éviter une flaque de mazout, il eut le sentiment qu'il était seul. Il se retourna pour s'apercevoir qu'après l'avoir suivi Faras s'était arrêté.

"Quelque chose ne va pas ?

— Dites donc, demanda l'autre, vous m'avez bien dit que c'étaient là les vieux hangars de la gare ?

— Non, je ne vous l'ai pas dit, mais c'est bien ça. Je croyais que vous n'étiez encore jamais venu ici ?

— Non." Faras était tout content et, de façon étrange, son visage était comme illuminé. "Non, simplement, j'ai lu des choses là-dessus." Il se tenait là, les mains sur les hanches, tout en parcourant du regard le vieux bâtiment. "C'est ici que les Anglais avaient planifié la construction de leur chemin de fer du désert.

— C'est exact, fit Argin en ouvrant une porte pour le laisser pénétrer à l'intérieur.

— Epatant !" murmura Faras. Il avait l'air ravi. A cet instant, si bref qu'il puisse être, Argin se dit que ce Faras avait quelque chose de presque humain.

CHAPITRE VII

Laissant son invité à ses occupations, Argin retourna à l'hôtel. Au-dessus du porche en briques recouvert de chaux, il y avait un panneau de bois gondolé où l'on devinait des lettres blanches sur fond bleu, et c'était tout. Autrefois, on pouvait y lire un nom, mais il avait fané au soleil depuis longtemps, et personne ne s'était donné la peine de le repeindre. L'hôtel n'avait pas besoin d'un nom. C'était tout simplement "l'hôtel". En fait, il n'y en avait pas d'autre dans la ville. Ceux qui étaient en âge de s'en souvenir disaient qu'autrefois ce lieu avait connu ses heures de gloire lorsque des hôtes élégants débarquaient de bateaux de tourisme amarrés sur la berge pour venir y prendre un repas dans une ambiance très chic. Aujourd'hui, on ne rencontrait que de rares voyageurs de commerce qui restaient une ou deux nuits, ou des pilotes de ligne à la mine triste qui s'enfermaient dans leur chambre pour cuver une cuite minable. Quant aux touristes, ils étaient plus rares et beaucoup moins élégants qu'autrefois. Il régnait dans les vérandas et les salons une ambiance de tristesse et d'ennui : sofas poussiéreux, chaises écaillées, pots de fleurs brisés, tables bancales, et aux fenêtres des carreaux cassés que personne ne se souciait de remplacer. Derrière la cuisine, dans la cour, un tas de meubles à l'abandon ne faisait que confirmer cette lente déchéance. Quand des objets arrivaient, on les faisait durer jusqu'à ce qu'ils ne soient plus réparables, puis on les jetait. Et il fallait attendre longtemps avant qu'ils ne soient remplacés, ce qui n'arrivait que rarement. De ce fait, l'hôtel semblait désert, telle une coquille vide. Des chats entraient ou sortaient de ces pièces avec une majesté royale. Couchés le long des murets, ils faisaient leur toilette et s'aiguisaient les griffes avant de se lancer dans des aventures nocturnes. A l'étage au-dessus, un volet tapait à cause du vent. On entendit tomber quelque chose, mais personne ne réagit.

C'est Sittu qui tenait cet hôtel. Elle n'était pas d'ici, et c'est à peu près tout ce qu'on savait d'elle. Certains disaient qu'elle avait été danseuse dans une des riches villes du Nord. Elle s'était installée dans ce méandre du fleuve avec son mari qui avait eu la malchance de se tuer un soir en changeant une ampoule électrique. Cela s'était passé il y avait une dizaine d'années, et elle avait décidé de rester et de gérer l'hôtel toute seule. Elle était beaucoup plus jeune que son époux et les gens disaient que dans un pareil endroit une jeune veuve ne pourrait que créer des ennuis. Mais Sittu se comporta avec beaucoup d'élégance et de façon irréprochable. Elle fit régner dans son établissement une atmosphère stricte, et les commerçants qui venaient dîner chez elle avec leur famille savaient qu'il y avait une limite qu'il ne fallait pas franchir, et que si l'on pouvait apprécier sa cuisine raffinée, on pouvait aussi encourir ses colères. Ceux qui pouvaient se l'offrir payaient pour se retrouver dans un autre monde, fait d'harmonie domestique et de manières venues d'ailleurs. Tous ces couteaux, toutes ces fourchettes les mettaient mal à l'aise. Discrètement, ils tiraient l'oreille de leurs enfants pour qu'ils se tiennent bien. Mais comme c'est souvent le cas pour des gens réputés intraitables, elle faisait plus de peur que de mal. Personne n'avait jamais été mis à la porte de sa salle à manger, à l'exception du père du brigadier de police qui avait fait un geste obscène avec une courgette, alors que tout le monde savait qu'il était originaire d'un village de fous et de sorciers. Bizarrement, personne ne se souvenait d'avoir vu Sittu se mettre en colère. Elle pouvait tenir des propos très mordants ce qui, à en croire ceux qui lui cherchaient des ennuis, prouvait bien qu'elle était une sorcière. Elle savait remettre les gens à leur place avec quelques mots bien choisis. Et si elle ne mettait jamais personne à la porte, cela ne les empêchait pas, disait-elle, de partir de leur propre gré.

A son arrivée dans ce coin perdu, cela faisait plusieurs mois déjà, Argin s'était installé dans cet hôtel en attendant que sa résidence de *district officer** soit prête. Au cours de ces semaines, il avait apprécié la compagnie de sa propriétaire, et il avait tiré profit de ses conseils. Apparemment, elle ne quittait jamais cet endroit, et pourtant elle connaissait le monde mieux que bien des gens qui avaient passé leur vie à voyager. S'il passait un jour sans lui rendre visite, c'est qu'il était malade, ou en déplacement.

Le voici qui monte l'escalier de la véranda le long de la façade, avec la démarche lourde d'un

---

* *District officer*, ou DO. Titre hérité de la colonisation anglaise ; administrateur représentant le pouvoir britannique, chargé de tâches administratives et judiciaires. (*N.d.T.*)

homme, qui perdu dans le désert, se retrouve enfin dans une oasis.

"Alors, c'est le retour du guerrier ?

— C'est ça !" soupire Argin, enlevant son casque colonial et s'enfonçant dans un fauteuil d'osier.

Sittu est une belle femme d'un peu plus de quarante ans. C'est du moins ce qu'elle dit. Elle est robuste, bien en chair, avec une belle poitrine. D'innombrables bagues ornent ses doigts, et ses lèvres sont tatouées. Elle est en train d'écosser des petits pois dans une cuvette en émail décorée de fleurs mauves et de feuillages verts.

"Aujourd'hui, il m'est arrivé quelque chose de bizarre.

— Buvez d'abord une tasse de café. Vous avez une tête de moribond !" Elle tape dans ses mains, et un vieil homme apparaît sans faire de bruit.

"Kertassi, apporte-nous du café au gingembre.

— Je ne peux plus le supporter, il m'exaspère, murmure Argin.

— Il a l'air très efficace, il fera bien son travail. Cela devrait vous rassurer.

— Oui, bien sûr. Vous avez raison.

— Peut-être avez-vous besoin de quelque chose de plus réconfortant qu'un simple café ?"

Sittu, outre sa réputation d'excellente cuisinière (la seule mention de ses *okra* à la tomate et au piment vous fait venir l'eau à la bouche), possède un autre talent, elle fabrique une excellente liqueur de datte.

"Pas à cette heure-ci", dit Argin, craignant que son esprit ne soit encore plus embrouillé. Il sent qu'il est à deux doigts de s'évanouir, et qu'un seul verre de ce merveilleux breuvage le laisserait sur le carreau.

"Mais enfin, comment voulez-vous que je puisse travailler avec un être pareil ?"

Le café arrive. Comme d'habitude, Kertassi met un siècle pour traverser la véranda et arriver jusqu'à eux. Pendant tout ce temps, ils restent silencieux. Argin sait bien qu'en ce moment des langues perfides n'hésiteraient pas à retourner contre lui les moindres bribes de renseignements. C'est pourquoi il ne se confie jamais à personne, sauf à Sittu, et, dans ce cas, jamais en présence du personnel. Ils attendent donc, sans rien dire.

Kertassi est un vieillard qui, normalement, aurait dû mourir depuis bien longtemps. Sur sa tête presque chauve, une poignée de cheveux blancs s'obstine à pousser. Il a plus de poils autour des oreilles que sur la tête. Il est employé dans cet hôtel depuis près d'un siècle et prétend qu'il était déjà là, enfant, quand les Anglais en route vers le sud traversèrent la région pour s'emparer du pays. On prétend qu'il avait servi le commandant en chef en personne, le *sirdar*, lorsqu'il logeait dans cet hôtel.

Tandis que Kertassi s'approche, faisant quelques pas, une pause, encore quelques pas suivis d'une nouvelle pause, Argin entend le tintement des tasses de café et de la cafetière en terre sur le plateau, et il se dit qu'il est prêt à croire tout ce qu'on peut raconter à son sujet. C'est une vraie relique, on devrait le vendre aux archéologues. Ils pourraient l'empailler, l'enfermer dans une vitrine, dans un de leurs musées.

"J'ai décidé de lui donner la chambre du vieux *sirdar*, dit Sittu en versant le café fumant dans les petites tasses.

— A qui donc ? demande Argin.

— Eh bien à votre nouvel ami, l'ingénieur !

— Oh là là", dit Argin, prêt à rattraper le plateau au moment où Kertassi manque de le lui faire tomber sur les genoux.

CHAPITRE VIII

Cette scène s'est déroulée à la fin du XIXᵉ siècle, lorsque le *sirdar* revint en ville pour être reçu en héros. La roue de la fortune avait tourné, et l'on venait de jouer le dernier acte d'une tragédie. On s'était vengé d'une humiliation infligée treize ans plus tôt. Les empires se font et se défont au gré des blessures d'orgueil. La défaite subie il y avait si longtemps avait toujours constitué pour lui un affront, mais aussi une souffrance personnelle. La cicatrice, loin de se refermer, s'était envenimée. Il supplia, demanda instamment qu'on organise une expédition, qu'on relance la conquête afin de rétablir la fierté nationale. Le monde était en train de changer, et il lui fallait saisir cette chance.

Le fait qu'au cours de toutes ces années l'ennemi avait perdu beaucoup de son arrogance n'altérait pas le goût de cette victoire. Un embargo commercial, des conflits internes, une famine, tout cela leur avait causé des pertes. Et pourtant, toute cette racaille, tous ces fanatiques sans entraînement avaient effectivement réussi à mettre en déroute l'une des armées les plus puissantes du monde, et cela était inadmissible. Rien ne peut faire plus peur à un soldat que de se retrouver face à face avec un fou. Et si vous avez devant vous un homme qui croit que s'il vient s'empaler sur la lance de son ennemi il va aller tout droit au paradis, eh bien, il ne vous reste plus qu'à lui faire subir le même sort. Pas la peine de chercher une stratégie, ou de faire appel à la raison pour mettre un terme à son fanatisme religieux : vous avez affaire à un chien enragé. Aussi, cette fois-ci, on ne laissa rien au hasard. Et pendant que les épées de ces fanatiques, au fil des ans, avaient commencé à rouiller, de leur côté, ils avaient considérablement amélioré leur puissance de feu. Une bonne mitrailleuse peut mettre un terme à tout ce fanatisme, à ce torrent de rage. Depuis qu'ils avaient perdu leur guide spirituel, ils étaient comme une bande de roquets privés de leur maître et réduits au silence. Cet instant avait quelque chose de pathétique.

Le *sirdar* ne leur témoigna aucune clémence. Etaient-ils seulement capables de savoir ce que c'est que la compassion ? Il ordonna qu'on détruise le tombeau de leur maître. Cela lui vint d'un coup, comme un trait de génie. Si on leur montrait les ossements de ce fou, ils n'avaient plus de raisons de venir vénérer son sanctuaire. Un seul obus, et terminée la coupole argentée, écrasée comme un œuf, finis les prétendus restes de "l'Envoyé de Dieu", vous me ramassez tout ça, et vous me le balancez dans le fleuve, sans plus de cérémonie. Enfin, presque tout.

La scène se déroula l'après-midi, à la fin du siècle, au moment où son train entra dans cette ville endormie sur une rive du fleuve. Le *sirdar* observa alors comment ce qui était deux ans plus tôt un amas d'abris de fortune était devenu un faubourg de baraquements regorgeant de monde. Rien que des romanicheis, des mégères, se dit-il dans un soupir en montant dans le compartiment qui devait l'emmener au bord du fleuve et à son hôtel. Tous ces gens-là ne valaient pas mieux que les marchands et les commerçants qui l'avaient suivi tandis qu'il remontait le courant, toujours à quémander des contrats et des affaires juteuses. Car le ventre de cette colonne était mou, et cela attirait les épaves, les parasites, les chiens galeux qui venaient fouiller dans leurs poubelles en se traînant dans le sillage du corps expéditionnaire. Le spectacle de cette masse humaine, amorphe et disparate, regroupant toutes les races et toutes les couleurs le remplissait de dégoût. Cela lui donnait la nausée. A peine arrivés, ils s'installaient sans se plaindre et ne songeaient plus qu'à se reproduire, ce qui ne demande pas de don particulier, sinon celui de satisfaire le plus vil des instincts. Ils lâchaient leur semence, et engendraient d'autres chiens. Cela méritait réflexion. Et cela l'amenait à se poser des questions quant aux finalités de cette entreprise de reconquête. Pourrait-on jamais faire régner l'ordre sur une telle marée humaine ? Pouvait-on apporter la civilisation à une telle racaille ?

Ce soir-là, après s'être reposé et avoir absorbé des rafraîchissements, il venait de s'asseoir à sa table pour s'occuper de sa correspondance, lorsqu'il fut arraché à ses pensées par le son lancinant d'un crincrin, tout près de lui. Comme un cri perçant, qui faisait penser à un chat que l'on aurait écorché vif.

Etait-ce la fatigue ? Ou de l'énervement ? Il ferma longuement les yeux et les sons cessèrent. Mais lorsqu'il les rouvrit un autre hurlement le fit se lever. Repoussant sa chaise d'un coup de pied, exaspéré, il poussa un cri et, d'un pas ferme, il se dirigea vers la porte.

Sur la terrasse, la cime des arbres se mit à trembler, et la silhouette d'un gamin de dix ans revêtu d'un uniforme de serveur sortit de l'ombre.

"Qu'est-ce qu'il y a, monsieur l'officier ? demanda le garçon.

— Ce bruit, d'où est-ce qu'il vient ?"

Le jeune Kertassi prit l'air ébahi, ce qui mit le *sirdar* en rage, car il prenait cela pour une insolence. "Fais-le taire !" fit-il d'une voix sifflante. Le garçon descendit les marches quatre à quatre, et il secouait si fort la tête qu'il en perdit son petit fez rouge.

"Et apporte-moi encore de la glace !"

Le *sirdar* alluma un petit cigare et se dégourdit les jambes en arpentant la terrasse supérieure. L'air frais de la nuit qui montait du fleuve lui faisait du bien. Il considérait que c'était le seul moment de la journée où ce climat devenait à peu près supportable. Ces temps-ci, il ne dormait pas aussi bien qu'avant. Il y a quelque temps encore, il pouvait passer deux ou trois jours en se contentant de deux heures de sommeil récupérées ici ou là. Maintenant, il avait l'impression qu'il se vidait de ses énergies, et, malgré cela, il n'arrivait pas à trouver le repos. Il se débattait et se retournait comme si, au lieu d'être allongé tranquillement sur sa couchette, il était en train de s'accrocher à un radeau perdu dans la tempête. Il aurait aimé pouvoir dormir des jours ou des nuits d'affilée, au lieu de croupir dans ce purgatoire fétide, entre veille et sommeil.

Ce son strident ne l'avait pas seulement agacé, il avait aussi réveillé un souvenir. Il lui avait rappelé quelqu'un, un homme qui écrivait des romans policiers. Il ne se souvenait plus de son nom, et pourtant ce type était très connu, il avait une réputation incroyable qui dépassait de loin ses maigres talents. Un chasseur de cerfs, avec une pipe en bruyère. Une femme épouvantable. Il n'en était pas responsable, elle était comme ça. Elle n'arrêtait pas de déblatérer, sur ceci, sur cela, sur n'importe quoi, et elle était d'une frivolité qui frisait le délire. Elle avait des opinions sur tout, et elle savait tout. Mais à cet instant quelque chose bougea et retint son attention ; il se retourna et vit sortir de l'obscurité la personne même à laquelle il venait de songer. Cet homme portait une veste de smoking bizarre, en très bonne soie, et de toutes les couleurs, digne d'Arlequin.

"Ah ! s'exclama le *sirdar*, justement, je pensais à vous."

L'autre eut l'air amusé. Il tenait dans une main son violon et son archet. "Je vous ai dérangé ? Mes excuses. Oui, je sais, cela peut être très désagréable. Seulement, ça m'aide à penser."

Oui, et tu dois en avoir rudement besoin, songea le *sirdar*, mais il n'en dit rien. Au lieu de quoi il lui déclara : "Mais bien sûr ! Exactement comme votre détective." Il n'arrivait même pas à se souvenir du nom de ce fin limier. "Quelle surprise !

— Je pourrais en dire autant", répliqua l'écrivain. Il se retourna et fit un signe de tête vers le fleuve aux reflets sombres. "Je suis venu ici pour écrire un livre. Pas facile de recréer une telle atmosphère quand on est ailleurs." Voilà bien le genre de fadaises auxquelles on peut s'attendre de la part d'un écrivain, se dit le *sirdar*. Il se surprit à lui demander : "Et si on buvait un verre ensemble ?

— Ah bon ?" fit l'homme, l'air songeur.

Les lèvres pincées, le *sirdar* brandit à la lueur de la lampe une bouteille qui prit alors des teintes ambrées.

"Cela s'arrose." Il se tourna vers le garçon qui venait d'apparaître en haut de l'escalier, portant sur un plateau un siphon d'eau de Seltz. "Un verre de plus, mon gars, et, pour l'amour du ciel, encore de la glace !"

Kertassi disparut dans l'escalier qu'il venait de monter.

"Attendez, dit le *sirdar*, j'aimerais vous montrer quelque chose." Il fit un geste en direction de son bureau au moment où une chauve-souris passait au-dessus d'eux dans un froissement d'ailes qui caressaient la douceur de la nuit.

A l'intérieur, il y avait un grand coffre dressé contre le mur, assez impressionnant, dont on avait, dans un moment d'impatience, vidé plusieurs tiroirs. Sur la table, près de la fenêtre, une écritoire recouverte de cuir dont le nécessaire s'était répandu. Un étui à cartes cylindrique et une épée étaient suspendus à un crochet fixé dans le mur, ainsi que des jumelles. Tout ce que l'on pouvait voir dans cette pièce laissait à penser que son occupant ne se souciait plus d'y mettre de l'ordre. Sur le bureau, à côté du sous-main, il y avait un livre, sans doute un journal, une chandelle, un encrier et un stylo en écaille de tortue, un revolver et plusieurs étuis dont le cuivre brillait dans la lumière. Apparemment, le *sirdar* venait de nettoyer son arme de poing.

Au beau milieu de ce bric-à-brac, il y avait l'un de ces bidons que l'on remplit généralement d'huile ou de pétrole. On se demandait ce qu'il faisait là, et il occupait tellement de place sur cette table qu'il rendait toute activité impossible, même celle de l'écriture. Le *sirdar*, sans quitter son interlocuteur des yeux, remonta soigneusement la manche de sa chemise. On pouvait apercevoir, à travers l'ouverture béante de ce bidon, une sorte de liquide qui brillait à la lueur de la lampe à huile. L'odeur âcre du pétrole se répandit dans la pièce. Le *sirdar* souriait de plaisir, avec une expression de dureté. Il plongea sa main qui disparut dans ce liquide brillant jusqu'à hauteur du poignet.

"Leur guide sacré, murmura le *sirdar*, leur Envoyé de Dieu." Le crâne gluant lui glissa entre les doigts et des gouttes de pétrole tombèrent sur la table. Il le retourna d'un côté, puis de l'autre, l'os lisse de la voûte crânienne renvoyait la lumière comme un kaléidoscope pris de folie, comme un arc-en-ciel qui commençait à se dissoudre au contact de la chaleur. "Je leur ai dit de tout jeter dans le fleuve, les tapis, les voiles, les coffrets et leurs inscriptions sacrées, enfin toutes leurs babioles. Tout, sauf ce souvenir." Il posa le crâne sur un tampon buvard. Le liquide s'échappa des orbites comme du mercure.

"Dis donc, aurais-tu encore envie de te gausser de nous ? fit-il dans un souffle, en reculant, et levant son verre pour le saluer. Ils l'ont suivi parce qu'ils ont cru qu'il avait été envoyé par le ciel pour les lancer contre les impies, les païens, les incroyants que nous sommes." Le *sirdar* eut un rire de gorge, il s'amusait beaucoup. "Je n'ai pas pu résister à la tentation. Est-ce que vous vous rendez compte de ce que ce morceau d'os représente ? C'est comme si j'avais brisé une malédiction !" La tache argentée se répandait sur la nappe, venait lécher le papier, effaçait les mots, dissolvait l'encre. Elle parvint à l'extrémité de la table et tomba goutte à goutte, déroulant un chapelet silencieux de grains de cuivre.

Le *sirdar* se cala dans son fauteuil ; treize ans plus tard, le crâne de son vieil ennemi lui renvoyait toujours le même regard. "J'avais envie de l'offrir à la reine. En privé, bien sûr, comme un témoignage de mon estime et de mon dévouement, peut-être aussi pour lui rappeler le poids des sacrifices consentis en son honneur." Il tourna la tête. "Un peu choquant, non ?" Il comprit alors qu'il était tout seul. Plus de trace de l'écrivain, ni de son violon. Comme si personne ne l'avait jamais suivi dans cette pièce. Au loin, on entendait la brise qui venait fouetter les palmiers. La porte ne cessait de battre. Il resta là, un moment, assis, sans dire un mot. Puis il se pencha en avant et soupesa le crâne. "Oui, cela aurait peut-être été excessif."

Quelque chose bougea derrière lui, et, se retournant, il vit que le garçon se tenait dans l'embrasure de la porte, l'air horrifié. "Eh bien quoi, qu'est-ce que tu regardes ? fit-il sèchement. Et cette glace, ça vient ?" Le garçon fit demi-tour et s'enfuit en poussant un cri. Le *sirdar* regarda à nouveau son trophée. "Ah, comme il peut être tentant de faire un mauvais usage des choses !" dit-il d'un air songeur en l'élevant dans sa main. Il se pencha vers son verre, puis il marqua une pause. "Et pourtant, cela ferait un très bel encrier."

CHAPITRE IX

Dans sa chambre d'hôtel, l'ingénieur Faras n'arrivait pas à dormir. Il était écrasé par l'histoire, par le rôle qu'il allait y jouer. Et, assez bizarrement, il se sentait des affinités avec les ingénieurs étrangers qui avaient construit ce chemin de fer un siècle plus tôt. A le voir témoigner de l'admiration pour ces envahisseurs venus d'ailleurs, beaucoup n'auraient pas manqué de l'accuser de traîtrise. Mais Faras avait le sens des réalités, et, pour lui, être ingénieur ce n'était pas seulement un choix, c'était dans sa nature. Quand il voyait une belle réalisation, il ne pouvait s'empêcher de l'admirer, c'était pour lui aussi vital que de respirer. Il avait gardé un excellent souvenir d'une visite rendue, à une époque où il était étudiant à l'étranger, aux archives pour examiner les originaux de ce projet, lesquels étaient rangés dans une armoire en acier fermée à clef, dans une salle souterraine à l'abri du feu. On l'avait autorisé à consulter les épures, les croquis et les ébauches élaborés par les ingénieurs. Son cœur se mit à battre très fort et l'émotion qui l'étreignait fit remonter en lui le souvenir de nuits passées dans un lit froid, de soirées sinistres et glaciales consacrées à l'étude, se mêlant à celui de moments chaleureux auprès de sa famille, dans son monde à lui. Tout cela ajoutait du piquant, un goût d'interdit. Il sentait qu'il avait brisé ce mur impénétrable qui entoure le monde, et il comprit que la voie qu'il allait suivre avait été tracée bien avant sa naissance, comme ces graines que l'on sème pour qu'elles deviennent des plantes. Ici, pas de doute, il avait la preuve de sa valeur.

Car, une fois de plus, son destin l'attendait. Il se retrouvait aujourd'hui dans la ville même où l'on avait élaboré les plans, dans le bâtiment même où l'on avait dessiné les ébauches. Le vent chaud de l'histoire semblait souffler pour venir l'envelopper. En regardant par la fenêtre des bureaux du chemin de fer, il croyait voir voler des étincelles, entendre le bruit des marteaux dans l'atelier de forge et les ordres que l'on criait de toutes parts. Dans son imagination, il voyait des camions bâchés s'enfoncer chaque matin dans les lueurs de l'aube, des soldats qui tentaient d'apercevoir quelque chose à travers les parois métalliques. L'air chaud venait fouetter leur visage tandis qu'ils se dirigeaient vers ces lieux où les rails cédaient la place au désert.

La poussière terne qui balayait le sentier renvoyait une lumière diffuse sur un paysage qui leur demeurait étranger. Comment faire pour se diriger, pour se cacher dans cet espace désertique ? Cela semblait impossible, et pourtant il y avait là des gens et, même si on ne pouvait pas les voir en plein jour, on avait constaté les dégâts qu'ils pouvaient causer. De jour comme de nuit, gardes et sentinelles tentaient de repérer les saboteurs. Mais les armes de ces soldats n'étaient autres que des masses, des pics et des pelles car pour eux seule comptait cette échelle d'acier qu'ils construisaient avec des rails et des traverses de bois.

Tous les matins, quand ils arrivaient au bout de la ligne, ou lorsque dans la journée ils marquaient une pause pour reprendre leur souffle, ou pour rafraîchir leurs lèvres brûlantes avec une louche d'eau, leur regard se dirigeait au loin, vers ce nulle part qui leur tenait lieu de destination. Ils ne cherchaient pas à voir quoi que ce soit de précis, mais plutôt un indice. Le soir, ils allumaient des feux de camp pour chasser les ombres, et ils chantaient pour se donner du courage, des chansons où il était question d'un ennemi qu'ils n'avaient pas encore rencontré, et d'un foyer qu'ils risquaient bien d'oublier après tant de jours passés dans ce monde si étrange. Aucun d'eux ne comprenait le désert, ni comment on pouvait y vivre. Pour eux, une telle désolation dépassait les bornes de l'imagination. Et cela ne faisait qu'ajouter du mystère à ces gens qu'ils devaient combattre, à leur attirance pour le fanatisme, à leur désir de survie. Mais qui étaient-ils finalement ? Ils ne valaient pas plus cher que des corniauds, disaient quelques-uns de leurs grands hommes politiques qui décrivaient les habitants de ces contrées comme "une race dégénérée et cruelle d'autant plus détestable qu'elle est plus intelligente que les sauvages et les primitifs". C'était peut-être cela, ce mélange d'intelligence et de cruauté, qui leur faisait froid dans le dos, tandis que tous les matins, recroquevillés dans leurs caissons métalliques, ces soldats roulaient en direction du désert pour lui livrer bataille ?

On frappe avec le pic, on frappe avec la pelle. On rencontre des épines si grosses qu'on risque d'y laisser un pied, des serpents plus rapides qu'un cheval, de terribles tempêtes qui aujourd'hui vous aveuglent de sable et qui, le lendemain, déversent sur vous des trombes d'eau si puissantes qu'en quelques minutes elles effacent le travail de toute une semaine. Devant cette immensité stérile, devant ce changement perpétuel, pour rester sans d'esprit, ils raccrochaient tous leurs espoirs à cette échelle d'argent qu'ils étaient en train de dresser et qui devait les mener jusqu'au repaire du diable. Aussi, lorsqu'ils y parvinrent, ils massacrèrent tout le monde, ce qui n'était guère surprenant.

Ce chemin de fer du désert était le sésame qui allait leur ouvrir ce pays fermé comme une forteresse dans laquelle, depuis des siècles, aucun conquérant n'avait pu pénétrer. Un levier, une sonde qui venait lentement bousculer l'ordre complexe et gênant de la nature. Cette voie filait comme une flèche, depuis le fleuve balayé par la poussière pour traverser le désert le long d'un axe sud sud-ouest. Le fleuve leur opposait ses courbes noueuses, ses entrelacs de méandres, comme s'il refusait toute définition, toute capture ; mais il se retrouvait encerclé par l'arrivée d'un âge nouveau. Ce fleuve était un prix à gagner. La construction d'un bastion formidable en aval ne garantissait aucune sécurité, tant qu'on ne se serait pas emparé de l'amont. Ils avaient donc tout intérêt à le faire. Avec un enthousiasme sans cesse renouvelé tempéré par la pose de boulons d'acier, de rivets et d'éclisses.

Faras savait tout cela. Il admirait la vitesse avec laquelle on avait construit cette voie ferrée. Il enviait la dextérité, l'efficacité de ces étrangers. Et il se retrouvait enfermé, piégé à l'intérieur des limites de son peuple.

Aujourd'hui, cette voie ferrée rouille au soleil du désert, seuls les djinns et les scorpions rouges viennent s'y poser. Des semaines entières peuvent s'écouler sans le moindre train, et le vent sème de minuscules grains de sable qui, seuls, parcourent cette carcasse d'acier oubliée par le temps.

CHAPITRE X

Pour le faucon, le fleuve est un mince filet vert. Pour l'avion qui plane dans des courants d'air chaud au-dessus du désert brûlant, le fleuve est une raie tracée dans la chevelure d'un globe terrestre tourmenté. Une ligne de vie dans la paume craquelée d'une main qui demande à boire.

Quand le faucon commence à descendre, les formes se précisent. Plus on se rapproche, plus cela devient compliqué. Le fleuve semble se séparer, se diviser, de sorte qu'il n'y aurait plus un seul cours d'eau, mais plusieurs. Il n'arrête pas de changer de nom, et chacune de ses courbes imprime profondément son empreinte dans l'esprit de ceux qui y vivent. Ce fleuve est à eux, il en a été et il en sera toujours ainsi. Chaque méandre devient la propriété de ceux qui l'occupent. Ainsi, ce fleuve et ses milliers de courbes se transforment en autant de cours d'eau, et chacun d'eux a une histoire à raconter. Les mers divisent, les fleuves rassemblent. Qu'importe si ces gens haïssent leurs voisins qui habitent en amont ou en aval, car ils lui doivent la vie. C'est aussi une façon de se comprendre.

Chaque groupe donne au fleuve son caractère. Et tout ce que chacun d'eux raconte à son sujet ne vient pas contredire ce que les autres en disent. C'est pourquoi le fleuve devient une sorte de film qui déroule inlassablement sa litanie de vérités. Et alors que tous ces groupes qui vivent sur ses rives ne savent rien sur leurs voisins, lui les connaît tous très bien.

Parvenu à son extrémité nord, comme un lotus, il s'ouvre tout grand et se répand sur ce vaste delta vert où il termine son voyage. Il déverse ses coulées de boue dans une mer d'indigo, puis il se dissout, comme autant d'âmes perdues qui se désagrègent doucement, jusqu'à ce qu'elles soient englouties par la lumière et le bleu de l'eau.

Dans ce delta, des canaux creusent des sillons, et sur des prairies grasses le héron s'avance avec élégance sur ses pattes fragiles. Le sol est riche, et le vent vient souffler sa chanson douce dans les roseaux, il fait frémir les palmes. Des buffles rageurs tirent en gémissant de lourdes charrettes dont le fond en bois, fait de planches assemblées avec de gros clous, gémit sous une charge d'épis de maïs, de canne à sucre, d'aubergines, de mangues et de riz.

Les garçons, pelotonnés sur de grosses brassées de foin, se laissent ballotter en direction du marché et dans leur sommeil ils font des rêves au goût de tabac où passent des fiancées parfumées et dociles. Ils ignorent l'origine de ce fleuve, et il ne leur viendrait pas à l'idée de s'aventurer le long de ses rives désertiques, sèches et rocailleuses pour retrouver son cours. S'ils avaient su qu'au-delà d'un certain point le fleuve n'était plus praticable, ils se seraient félicités de leur manque de curiosité ou de leur excès de prudence.

Plus haut, dans des cuvettes pleines d'eau et d'herbes épaisses, il éclate en une myriade de ruisseaux minuscules qui bondissent et se ruent en avant dans un brouillard lisse et bleu, comme une étoile qui explose dans le firmament. Et c'est là que commence son histoire, au cœur de cet entrelacs confus de vapeurs. Et il en sera de même tout au long de son cours, car il ne cessera d'aller et venir entre des affluents et des petites rivières. Parvenu à la dureté du désert, comme une plante, il va se rassembler pour ne plus former qu'une seule tige rigide.

C'est probablement à cause de cette capacité à se transformer, à passer d'un état à l'autre que des savants ont pu se demander s'ils pouvaient parler du fleuve avec l'autorité requise. Nombreux sont les gens qui considèrent qu'ils appartiennent au fleuve, mais le fleuve se refuse à leur appartenir, telle est sa vraie nature.

Son histoire, c'est aussi celle des hommes qui se sont battus pour le conquérir. Et comme ils étaient très différents il ne représentait jamais la même chose. Pour ceux qui vivaient au loin dans les zones arides de l'Ouest, il devenait une oasis immense et verte marquant la limite du désert. Pour d'autres vivant à l'est sur des collines, accroupis, l'épée à la main, il n'était qu'une vague tache verte à l'horizon qui tenait à distance les barbares des basses terres. Pour ceux du Sud, c'était un esprit qui se répandait autour du monde et l'encerclait pour les protéger. Enfin, pour ceux qui vivaient tout au nord, il venait contrecarrer leur désir logique de conquête. L'histoire du fleuve est aussi la recherche de sa définition.

Tout au long de ses rives, les ruines d'anciens royaumes témoignent d'une magnificence passée, de lourdes épreuves, de cruautés indicibles et de guerres inévitables. Dans l'Antiquité, on alla jusqu'à le prendre pour un dieu auquel on devait sacrifier ses filles. Sur des berges maintenant sèches et couvertes de poussière, jadis, il y avait des plaines grasses et riches où des troupeaux d'éléphants s'avançaient lourdement en fin d'après-midi pour venir mâcher une herbe dévorée par le soleil. Sur ce désert maintenant sec comme un os, il y avait autrefois des forêts humides et luxuriantes. Si vous grattez ce sable brûlant, vous trouverez des mosaïques pleines de fraîcheur représentant des paons, des poissons bondissants, des dallages et des bains souterrains garnis de marbre.

Maintenant, les éléphants sont en grès, ils montent une garde interminable le long de voies d'accès plongées dans le silence, devant les loggias craquelées de palais dont le royaume est tombé en poussière depuis longtemps. Il semble qu'un mystérieux sortilège s'est abattu sur ces lieux et a transformé toute vie en pierre. Des béliers blancs comme la chaux parsèment les flancs des collines. Des sculptures représentent des oiseaux étranges, des fleurs de lotus dont on n'a jamais entendu parler, et que de mémoire d'homme on n'a jamais vues dans cette région. On aperçoit aussi tout un alignement de dieux qui ont pris la forme d'un lion, d'un serpent, d'un chacal ou d'un faucon. Paysage pétrifié, ou pages tournées d'un livre rédigé dans une langue qu'on ne comprend plus. Et qui vont disparaître sous une nappe d'eau et d'oubli.

On demanda un jour à celui que l'on appelle le Père de l'Histoire (ou faut-il dire le Père des Mensonges ?) d'où venait le fleuve, et où il prenait sa source. Il répondit sèchement que lors de ses voyages il avait entendu beaucoup de choses à ce sujet, mais que ces théories ne valaient rien. Malgré tout, et non sans parti pris, il en exposa quelques-unes.

Ainsi, le fleuve descendrait du Grand Océan qui entourait le monde, mais, ajouta-t-il aussitôt et quitte à se contredire, il n'accordait guère de crédit à cette théorie, étant donné qu'on n'avait jamais pu lui fournir des preuves véritablement convaincantes de l'existence même de ce Grand Océan. Il préférait s'en tenir à l'idée que le fleuve sortait à gros bouillons d'une fontaine située quelque part sous terre. Interrogeant sans cesse les habitants, il avait appris que si l'on remontait son cours plusieurs journées de suite, on parvenait à un grand lac et qu'après l'avoir traversé on arrivait à une montagne. Il en avait eu la confirmation par d'innombrables descriptions qui toutes se recoupaient et parlaient d'un pays sauvage situé en amont, et dont les habitants étaient des gens bizarres qui ne faisaient rien comme nous. Ils écrivaient de droite à gauche, et non l'inverse. Pour traverser le fleuve, les hommes se mettaient à croupetons, alors que les femmes le faisaient debout. Ils semblaient être le fruit d'un croisement entre une tribu de nains, ou de gens sans tête (mais de cela même il n'était pas sûr), et une communauté de déserteurs qui avaient fui leur armée et répandu leur semence en toute inconscience et sans retenue, se moquant éperdument des lois de la nature. Or, c'est en ce lieu précis que l'eau surgissait du sol, sous une grande montagne blanche. C'était trop beau pour être vrai, mais tout cela fut noté, conservé et transmis comme des faits historiques.

Le problème, c'est que ses élucubrations manquaient totalement de précision, elles ne reposaient que sur des hypothèses sauvages ou de folles rumeurs. Pourtant, pendant un certain temps, on finit par accorder crédit à cette théorie assez étrange sur les origines du fleuve et sur les habitants de ces zones inexplorées. Après tout, le Père de l'Histoire l'avait proposée. Et il fallut des siècles pour se défaire de ces mythes. A titre d'exemple, voici ce qu'il nous disait à propos des crues annuelles : "Beaucoup de ces théories défendent l'idée selon laquelle un grand vent venu du nord bloquerait l'écoulement du fleuve et le forcerait à remonter en amont, provoquant ainsi une rupture de ses berges." Par ailleurs, il admettait que la fonte des neiges sur les pentes des pics en était peut-être la cause, faisant ainsi allusion à de vieilles légendes où il était question d'une chaîne de montagnes appelées les monts de la Lune, qui devait se trouver quelque part très loin à l'intérieur des terres. Mais il estimait aussi que ce n'était guère plausible, car on n'avait pas de preuves de l'existence de montagnes d'une telle hauteur et, par ailleurs, les températures élevées régnant en ces latitudes rendaient impossible la formation de neige. Voilà pour l'aspect scientifique. En tout cas, les difficultés auxquelles se heurtait un homme qui devait sa réputation à une connaissance approfondie des parties les plus reculées du monde prouvaient qu'à n'en pas douter la nature de ce fleuve n'avait rien de simple.

Il ne fut ni le premier ni le dernier, il s'en faut, à se tromper à propos des sources du fleuve. En essayant de les trouver, beaucoup d'hommes perdirent la tête, et d'autres, la vie. Des milliers d'années après lui, des explorateurs rentraient encore au pays avec des récits si étonnants de ce qu'ils avaient vu que personne ne voulait les croire. On se moquait de ce qu'ils racontaient à propos des gens et des lieux qu'ils avaient rencontrés lors de leurs voyages, et l'on traitait tout cela comme le pur produit d'une imagination débridée. La presse tournait leurs efforts en caricature et comparait leurs auteurs à des colporteurs débitant des contes de fées. On peut aller jusqu'à dire que la véritable nature de ce fleuve dépassait les bornes de leur imagination.

Pour ceux qui vivaient sur ses rives, sa source ne présentait pas le moindre intérêt. Ses rythmes les préoccupaient davantage. La montée, la baisse de son niveau étaient un problème vital en termes d'irrigation tout comme le fait que le fleuve puisse changer du tout au tout. Dans les périodes de basses eaux, il n'était plus qu'un mince filet qui déroulait ses méandres étroits comme une anguille se tortillant sur la boue grise. Dans les terres basses du Sud, surgissaient alors du néant de vastes plaines couvertes d'herbe qu'un cavalier pouvait parcourir pendant trois jours dans n'importe quel sens, sans jamais arriver au bout. Puis venait une autre saison, l'herbe brûlait, prenait une couleur dorée, et disparaissait. Dans le lit du fleuve, la boue se fendillait en mille morceaux, petits ou grands, comme le ferait un miroir. Des fentes minuscules et profondes transformaient la terre en une immense toile d'araignée. La sécheresse était telle qu'on avait perdu jusqu'à la mémoire de l'eau. Et pourtant, avec le temps, elle reviendrait.

Des flots amples et impétueux, laiteux et pleins de vie venaient déverser le trésor de leurs alluvions sur une étendue desséchée. Ces limons gorgés de minéraux charriant avec eux l'odeur d'une terre renouvelée, un cortège de poissons bondissants et de débris arrachés à d'autres histoires élaborées en amont.

Ainsi, alors que beaucoup s'accordaient à dire que ce fleuve était un don, le mériter était un vrai métier, car il fallait connaître ses habitudes et en faire l'apprentissage. On se mit à le surveiller, et cela devint une science. On découpa la roche pour y installer des instruments de mesure et faire des relevés. Les premiers savants qui s'installèrent dans ces régions étudiaient ce fleuve parce qu'ils l'aimaient. Capables d'annoncer les crues sur une terre encore vénérée comme un élément sacré, ces hommes furent considérés comme des prêtres.

Les fermiers qui travaillaient sur les terrasses inférieures consultaient les étoiles pour qu'elles leur parlent de ses humeurs changeantes. Ils divisaient l'année en quatre périodes, chaque quartier comportait quatre phases, chacune d'elles correspondant à la disparition de telle ou telle étoile dans le ciel. Et une saison s'achevait lorsque cette étoile réapparaissait juste avant le lever du soleil.

Si l'un de ces prêtres avait été encore là, peut-être aurait-il prédit, en contemplant le ciel et les étoiles, une ultime inondation, un déluge qui allait effacer tous les autres.

CHAPITRE XI

Tout d'un coup, K. devient très bavard. Pour la première fois depuis mon arrivée, je crois que son travail avance bien. Il a trouvé un studio qui donne sur le fleuve. Sous une grande fenêtre sale, sur le toit en terrasse, des tas d'excréments d'oiseaux indiquent un élevage de canards. L'odeur rivalise avec celle, très forte, de la peinture. K. a embauché un jeune homme pour tendre les toiles qu'il avait apportées sur des cadres. Elles sont toujours là, empilées contre le mur, attendant qu'il s'occupe d'elles. Dans cette pièce, pas de meubles, à part deux ou trois chaises et une table couverte de toutes sortes de restes, des sandwiches entamés, des journaux froissés.

Tous les soirs, au coucher du soleil, nous nous retrouvons dans un café voisin. Chaque fois, il est assis près d'une porte ouverte, en train de fumer une cigarette les yeux dans le vide. Il semble avoir trouvé le calme qu'il cherchait. Nous parlons de notre travail, en termes généraux et abstraits, car il est toujours très difficile de décrire un processus de création. Mais nous parlons surtout du passé, du pays que nous avons quitté voilà maintenant sept ans, et de la difficulté du retour. Je sais que K. souffre davantage de l'exil que moi-même, car je me suis résigné à mener une vie végétative, j'ai voulu y faire face dans mon travail, ce qui d'une certaine façon est devenu source d'inspiration. Mais dans son exil K. demeure inconsolable, et quand il cesse de rêver à ce qu'il pourrait créer il se retrouve face au vide de sa solitude.

Une après-midi, K. me raconte l'histoire d'un de ses amis, le fils d'un homme politique parti en exil. Un jour, cet ami fut arrêté. Sans motifs d'inculpation. Il s'agissait pour eux de retrouver son père. On le maintint en détention pendant des semaines. Personne ne savait où il était. On le suspendit par les pieds à un ventilateur accroché au plafond et, tout en faisant tourner son corps, on le frappa à coups de matraque et de tuyaux de caoutchouc. L'un d'entre eux utilisa la crosse de son fusil et en le cognant trop fort lui fractura la colonne vertébrale. Il ne pouvait plus marcher. Alors, ils le relâchèrent et l'expédièrent à l'hôpital. La famille parvint à le faire revenir au Caire afin qu'on le soigne, et il y séjourna un an pour se rétablir. Par miracle il retrouva l'usage de ses membres. Mais, mentalement, le mal était fait. Cet homme était brisé, méconnaissable. A plusieurs reprises, il tenta de se suicider. Il se sentait coupable. Il avait besoin d'être entouré en permanence.

"Parfois, me dit K. après avoir raconté cette histoire, on a tendance à oublier que nous sommes fragiles, que nous sommes des êtres de chair."

Le lendemain, je me rends à son studio ; il est en train de préparer une carafe de jus de citron vert. A droite, le soleil rougeoie de ses derniers rayons. A gauche, des ombres descendent sur le fleuve, des ombres douces, noires et fraîches, comme une mémoire qui s'en va. Il a fait très chaud aujourd'hui, le vent est rempli de poussières, de paille, il sent le crottin de mule. K. est de bonne humeur, c'est donc que son travail avance. Contre un mur, j'aperçois des toiles dont j'ai pu observer l'évolution ces derniers jours. Il a envie de parler.

"Je sens que je n'éprouve rien pour nos nobles ancêtres", déclare-t-il en essuyant ses doigts couverts de peinture avec un chiffon sale tout en pressant des fruits dans la carafe. Sur le rebord du presse-citron, des moitiés vides sont alignées comme des cartouches. Un jus trouble se répand dans l'eau claire, comme un nuage.

"Quand je les vois qui pêchent, cultivent leurs champs, remplissent leurs charrettes, ou récoltent les dattes, parfois, j'ai l'impression de partager la vie des gens du bord du fleuve. Ils réveillent en moi un sentiment d'appartenance, comme si dans une vie antérieure j'avais moi aussi fait tout cela. Après tout, fit-il, il n'y a pas plus de deux générations, ma famille faisait exactement la même chose.

— Tu veux dire que tu ne te sens rien de commun avec ces temples, ces rois, ces grands monuments, ce monde de titans que nous connaissons tous ?

— Oh, fait-il en haussant les épaules, c'est une façon de parler, rien de plus ! Mais tous ces mythes, moi, ça m'agace. Quant à mon travail, il vaut ce qu'il vaut. Je me demande si j'ai bien fait de venir ici." Il se verse un peu de jus, le goûte, fait la grimace et tire la langue en disant : "Ça manque de sucre !"

Je vois bien ce qu'il veut dire, que dans notre désir d'idéaliser le passé et toute sa gloire il y a une sorte de fascination morbide. Car qu'avons-nous de commun avec ce monde de l'Antiquité, si ce n'est le sentiment romantique que nous partageons le même paysage ? Bien sûr, ces temples inspirent le respect, pas question de le nier, mais tout cela est trop grandiose, et tout ce que nous pouvons ressentir, c'est de l'émerveillement devant le spectacle plein d'audace de ces rois et de ces reines qui ne faisaient qu'un avec un univers peuplé d'oiseaux, de poissons, de crocodiles et de babouins.

"Quand même, tu dois bien reconnaître que c'est fascinant !

— Tu crois ? Je vois bien qu'en ville les gens n'y font pas attention. Et s'il n'y avait pas les touristes, ils seraient trop contents d'oublier tout ça. Ce qui n'est pas pour me déplaire. Je trouve que c'est plus sain que cette manie de vénérer d'antiques monuments seulement parce qu'ils sont là, dit K. en souriant. On aurait tous voulu être aimés des rois, mais on nous aurait probablement donnés en pâture aux crocodiles !"

A force, il a bien fallu nous réconcilier avec le spectacle des touristes qui débarquent, ou bien s'en vont : procession interminable qui déroule les pages de notre histoire comme du papier hygiénique.

K. ajoute du sucre à son jus de citron vert, puis se déclare prêt, nous nous asseyons de chaque côté de la table couverte de poussière, nous regardons le paysage par la fenêtre ouverte. C'est le soir, une brise chasse la chaleur du jour, et l'air ainsi dégagé se prépare à accueillir la nuit. Tandis que nous sommes là, silencieux, en train de contempler le coucher de soleil et de siroter ce jus de citron trop sucré, je me sens envahi par un sentiment d'immortalité, tout en éprouvant une sensation apaisante d'humilité.

Parmi les toiles dressées contre le mur, il y en a une qui retient tout particulièrement mon attention. Tout ce tableau, qui doit faire deux mètres carrés, a été peint en noir. Enfin, pas vraiment en noir, disons en indigo foncé, comme de l'encre, ou de la même couleur que le ciel, certains soirs. Il en jaillit des étincelles. Il l'a parsemé de cristaux minuscules de mica qui lui donnent un éclat presque minéral. Le regarder longtemps produit un effet bizarre. C'est comme si on fixait des étoiles, et plus on le regarde, plus on en voit. Et puis non, on dirait plutôt le fleuve par une nuit sombre. En bas, dans un angle, il y a un rectangle doré. On dirait une porte. A côté, un chat, ou plutôt l'ombre d'un chat, la regarde fixement, comme s'il s'apprêtait à la franchir.

CHAPITRE XII

La nuit était encore en sommeil alors que le train cliquetait dans une obscurité profonde semblable au fond d'un océan.

Lorsque pour la première fois les longs wagons-lits d'un blanc ivoire du Grand Express roulèrent vers le sud en se glissant dans la cage osseuse de la vallée, on déclara que cela marquait le triomphe de la raison sur un monde primitif. Cette locomotive qui haletait le long des rives du fleuve était celle de la modernité. Ce n'était qu'un premier pas timide, mais lourd de sens, vers un rêve, celui d'une voie de chemin de fer qui allait traverser le continent d'un bout à l'autre. Une flèche d'acier trempé qui partant du nord, depuis un delta gras et boueux, piétiné par les buffles, viendrait plonger dans l'écume salée et les falaises abruptes du Sud. Qui dira la beauté, la noblesse de ce dessein ? Défaire tous ces liens, tous ces nœuds de l'intérieur, chasser les ténèbres pour mieux prendre dans ses bras les richesses qu'il contient.

Cette ligne de chemin de fer représentait l'un des plus grands outils du progrès humain. Comme une échelle, sur laquelle le sauvage pourrait se hisser pour atteindre la respectabilité et la droiture. Tout au long de la corde luisante de cet arc, l'ordre allait l'emporter. Finis les étendues stériles, les pistes couvertes d'épines, les crottes de chèvres et les troupeaux errants ! Maintenant, des idées novatrices, un savoir infaillible allaient traverser sans entraves et à vive allure le fourré épais de la barbarie, du paganisme, de la sorcellerie, du tribalisme, du cannibalisme, de l'esclavage et autres vices, comme un détonateur qui devait faire jaillir la flamme ardente de la civilisation, et apporter à tous la lumière et le salut.

Que restait-il de tout cela ? Le raïs devait admettre que même de nos jours on pouvait éprouver de la joie à admirer la qualité de ce travail. A cette époque-là, sans aucun doute, ils savaient construire. S'il avait voulu monter dans ce train avant de devenir ce qu'il était maintenant, il n'y aurait eu qu'un seul moyen : revêtir l'uniforme d'un steward. Cette pensée ne faisait qu'ajouter à son plaisir. Pendant qu'il écoutait la conversation de Kuban, il sentait bien toute l'ironie de la situation.

Mais pourquoi s'accrocher aux vestiges d'un monde disparu ? Et si on le reléguait dans une décharge, si on l'expédiait comme un cadeau amusant à un tyran du voisinage ? Ou pourquoi ne pas en faire une cause internationale, et réexpédier ce train à tous ceux qui l'avaient construit, histoire de leur rappeler leur hypocrisie, eux qui ne voulaient pas l'aider à édifier ce barrage dont il avait besoin ? Oui, pourquoi pas ? D'abord parce que ces installations fonctionnaient encore assez bien. Et en montant à bord, il avait senti comme un petit frisson de plaisir parcourir son dos. Il en allait ainsi des objets de luxe : leur qualité finit par vous influencer. Il estimait que c'était très important. Il montrait au monde que lui et donc son peuple méritaient de voyager dans ces trains autrefois empruntés par leurs maîtres. Quel mal y avait-il à cela ?

Tout en écoutant la machine, il se rappela une chose qu'il croyait avoir oubliée. Au travers du *shabour* embrumé de sa mémoire, il retrouva ce qu'il avait ressenti au début, quand ce rêve était encore tout neuf et riche de promesses. Les gens disent qu'au plus profond d'un homme obstiné se trouve toujours une fracture, une faille qui vient lézarder la façade rigide de son ambition. Comme cet empereur cruel qui voulait qu'on l'aime à tout prix, ou comme ce dictateur impitoyable qui après avoir dévasté des continents entiers s'effondre à la vue d'une poupée de chiffon piétinée dans la boue. Le président de la République n'avait rien d'un sentimental. Il pouvait être dur. Il savait que l'on pouvait sombrer dans l'excès, se tromper lourdement, se laisser aller, sous le coup d'une frustration, à des explosions de colère. Qu'est-ce que les gens attendaient de lui ? qu'il se comporte comme un saint ? comme un faiseur de miracles ? Ce n'était qu'un homme.

Il écoutait son serviteur qui ne cessait de nommer des personnes, des lieux, des villages, les saisons de l'année, diverses variétés de dattes, ou ce vent qui faisait bouger les palmes.

"Quand tu me parles comme ça, on dirait qu'il s'agit d'un monde imaginaire, lui dit-il sur un ton de reproche, un lieu fabuleux où les légendes sont plus fortes que la réalité !

— Mais d'après vous, de quoi parlions-nous ?

— Moi, je te parle de progrès, insista le raïs. Je te parle d'usines, d'énergie pour les faire tourner, je te parle d'hôpitaux, de chemins de fer, de métros et d'aéroports."

En disant cela, il les énumérait comme s'il s'agissait de balles dans une cartouchière. Il finit par poser ses mains sur le bureau et, se penchant en avant, il lui dit : "Et toi, tout ce dont tu peux me parler, c'est de l'odeur de la poussière sur le fleuve et du bruit que fait un oiseau à la fin du jour, c'est vraiment tout ?"

Kuban garda longtemps le silence.

"Mais à quoi bon cette nostalgie, cette obsession du passé ? fit le raïs d'un ton plaintif. Pourquoi donc ne me parles-tu pas de toutes les grandes choses que l'on va faire avec ce barrage ?

— Peut-être parce que ce barrage, répliqua Kuban, ce n'est pas pour nous qu'on le construit."

Le raïs soupira. Tout cela, il l'avait déjà entendu un nombre incalculable de fois de la bouche de ceux qui défendaient les traditions. N'était-il donc qu'un mégalomane qui, disait-on, ne voulait en faire qu'à sa tête ? Mais alors, comment s'y prendre pour moderniser un pays sans lui faire perdre son âme ? Comment empêcher que le progrès ne vienne éteindre la flamme qui brûle dans l'esprit d'un peuple ?

Bien entendu, on aurait pu envisager d'autres solutions. En construisant en amont plusieurs barrages plus petits, on aurait pu amasser la même quantité d'eau, et peut-être davantage, car de la sorte la surface soumise à l'évaporation s'en serait trouvée réduite. De ce fait, un supplément d'énergie aurait été gagné. Comment expliquer cela ? Pour faire de la politique, il faut frapper fort et sans hésiter. Le monde le regardait. Il fallait frapper un grand coup. Ce grand barrage, il en avait besoin.

Le raïs bâilla et regarda sa montre. Ce silence n'allait pas durer. Bientôt ils seraient tous là : chefs d'Etat, ambassadeurs, leaders de mouvements religieux, politiciens, officiers, philosophes, écrivains, journalistes, vedettes, avec leurs maris ou leurs épouses. Ils seraient tous là, à papoter, arrivant des quatre coins du monde. Il monterait à la tribune pour beugler son projet dans des micros étincelants. Il dirait à ces gens, à la nation et au monde qu'ils étaient en train d'assister à un événement historique. Mais comme la plupart de ces ingénieurs et de ces experts étaient des étrangers, ils ne comprendraient pas un mot de son discours. Sous l'auvent rayé de la tribune où les dignitaires devaient prendre place, on remarquerait quelques absences notoires. Tant mieux. Il relèverait le défi : 300 kilomètres de longueur, 100 mètres de profondeur, 160 000 millions de mètres cubes d'eau produisant 2 000 mégawats et qui permettront d'augmenter de 15 % les capacités d'irrigation. Elle est là, sa réponse.

Le train avançait en cliquetant dans l'obscurité d'un monde profondément endormi.

CHAPITRE XIII

En fait, Argin n'avait jamais demandé à superviser ce programme de redistribution des terres. Il n'avait pas réclamé une promotion pour ce poste de _DO_. Un beau jour, on lui avait tout simplement fait cette proposition de façon imprévue. Et il avait rejoint son poste dans un coin perdu du Sud-Est, où il avait tenté d'installer une ligne téléphonique à travers un terrain ingrat et hérissé de collines. Alors qu'il était entouré d'une nuée de moustiques et harcelé par des termites voraces, un matin, il reçut un appel sur la ligne réservée aux communications officielles. Cette voix qui grésillait dans le combiné noir tout écaillé, il ne la reconnaissait pas.

"Alors, où en êtes-vous avec cette compagnie Steamers & Telegraph ?" lui demanda son interlocuteur d'un ton désinvolte comme s'il discutait amicalement avec lui, à l'ombre d'une véranda, dans la douce somnolence succédant à un long repas. Croyant qu'il entendait mal, Argin essuya soigneusement le combiné mouillé de sueur, puis il le rapprocha de son oreille. Maintenant, cette voix, il la reconnaissait. Un personnage haut placé. Il ne l'avait rencontré qu'une fois. Dans la chaleur de midi, accroupi dans un champ infesté de mouches, Argin attendait qu'il cesse de tourner autour du pot.

"Un boulot pas évident du tout. Pas facile, ah ça, non !"

Ce gouverneur avait pour habitude de parler très lentement, de lâcher un mot après l'autre et d'abandonner ses phrases en cours de route : c'était exaspérant. Argin s'inquiétait, commençait à se demander si on avait coupé la ligne, s'il s'était assoupi, ou pire encore. Il agita le combiné dans tous les sens, demanda à l'opérateur de tourner en rond pour tenter d'améliorer la communication. Rien à faire ! Il resta là où il était, à croupetons, en plein soleil, chassa les mouches collées à ses paupières, tourna furieusement la manivelle du téléphone de campagne pour s'assurer qu'il y avait toujours un contact électrique. L'opérateur s'était couché sur le dos, aussi désemparé qu'une tortue renversée sur sa carapace, le sable collait à sa peau couverte de sueur, il essayait de reprendre son souffle.

"Ce qu'il nous faut, c'est un décideur, mais quelqu'un de discret. Ce n'est pas souvent qu'on trouve une pareille occasion pour se faire un nom dans la vie !"

Tout en essayant de deviner ce que le gouverneur lui demandait de faire, Argin s'essuyait le front et tentait d'oublier la chaleur et les mouches pour se centrer sur cette voix qui le fascinait, et il se disait qu'il ne pourrait rien lui arriver de pire.

"C'est un boulot qui demande beaucoup de tact", lui dit le gouverneur quelques semaines plus tard d'un ton doucereux, alors qu'ils étaient dans la capitale, dans le décor plus confortable d'un bureau climatisé. Puis, tout en feuilletant un dossier, il ajouta : "Nous avons là plus de vingt expéditions archéologiques organisées par les instituts les plus pointus de la planète.

Il va vous falloir contacter ces gens, car il faut que le monde sache que dans notre modeste pays il y a de véritables trésors !

— Mais je ne sais rien de cette région, et suis ignorant en archéologie !" objecta Argin.

Le visage du gouverneur demeurait étrangement lisse et d'une immobilité surprenante. Il faisait un peu songer à un vase en céramique vernie. Juste au-dessus de ses oreilles, une mince touffe de poils blancs formait une sorte de guirlande, mais, pour le reste, son crâne était complètement dégarni, il n'avait même pas de sourcils. Dès qu'il s'intéressait à quelque chose (ce qui était maintenant le cas), ses petits yeux ronds s'agrandissaient pour devenir peu à peu de grosses billes de verre qui vous hypnotisaient.

"Aucune importance. Pour le monde extérieur, vous serez notre représentant."

Argin se tenait là, assis, dans le bureau climatisé du gouverneur, et il l'écoutait dérouler son discours sinueux. "Il faudra de la diplomatie… être responsable… agir, à vrai dire, comme une so-orte d'amba-assadeur…"

Souvent, Argin se remémorait cette entrevue. Qu'est-ce qui avait pu inciter le gouverneur à lui proposer ce poste ? Par la porte ouverte de son bureau, il vit s'avancer une délégation de chèvres qui avaient franchi la clôture et s'approchaient. Murjan apparut, il les repoussa et se mit à les chasser en les fouettant avec son béret, après quoi il retourna sa colère contre le propriétaire de ces pauvres bêtes. Il n'y avait rien de surprenant à ce que, de si bon matin, il y ait tant de gens et d'animaux sur cette véranda, au point que l'on se serait cru dans la salle d'attente d'un vétérinaire. On y voyait des mères tenant leur bébé sur la hanche, des enfants qui lui adressaient un regard plein de tristesse, des vieillards qui crachaient et tapaient avec leur canne sur le carrelage fraîchement nettoyé. Cela n'en finissait pas. Chacun arrivait ici avec son problème, et s'attendait qu'il puisse le résoudre.

Il y avait aussi un personnage haut en couleur, un simple d'esprit qui tous les jours venait annoncer sur la place du marché calamités et fin du monde. Il ne faisait de mal à personne. En général, les passants lui témoignaient de l'affection pendant qu'il débitait ses sornettes. Mais ces derniers temps il attirait des foules, ce qui aurait pu susciter l'envie des politiciens et des religieux. Les gens restaient là en plein soleil, fascinés, à l'écouter, à l'acclamer tandis qu'il tempêtait et délirait tout son saoul.

"Le ciel qui est au-dessus de nos têtes va se transformer en eau. C'est l'œuvre du diable !"

Il ne plaisantait pas, mais tout le monde pouffait de rire. Dans ses sermons, le nom d'Argin, représentant officiel du gouvernement et responsable de ces malheurs, apparaissait souvent, généralement associé à celui du diable et d'une incarnation du mal.

Argin tentait de répondre patiemment à toutes les demandes. Il montrait aux gens des plans, une petite maquette indiquant comment serait cette vallée une fois que les villages auraient été submergés. Il tentait de les rassurer à propos de leur réinstallation dans leurs nouveaux villages. Ils n'allaient pas se retrouver au milieu d'étrangers, mais en compagnie de leurs anciens voisins, à moins qu'ils n'en décident autrement, ce qui arrivait quelquefois. Il prenait des notes, faisait des calculs, leur disait qu'on allait regrouper leurs troupeaux, déménager leurs meubles, procéder à une évaluation de leurs dattiers en fonction de leur rendement, selon qu'ils étaient mâles ou femelles. Il leur promettait dédommagement et remboursement. En dépit de sa sincérité et de son désir d'alléger leurs craintes, Argin savait que cela n'était pas possible, et qu'il n'avait ni le temps ni l'argent nécessaires pour tenir ses promesses.

Mais que faire d'autre ? Car maintenant les gens déployaient des trésors d'imagination pour obtenir son aide. Et il connaissait bien leurs stratagèmes. Les femmes d'un certain âge l'appelaient "mon fils", et en essuyant leurs larmes lui proposaient avec insistance des paquets de biscuits, des montagnes de pâtisseries dégoulinantes de sucre qu'elles avaient confectionnées rien que pour lui, de leurs propres mains, avec tout l'amour nécessaire. Des marchands aisés se lissaient la barbe d'un air malicieux et laissaient tomber de gros portefeuilles sur la table. Ils faisaient de discrètes allusions aux dimensions de son bureau et à l'usure de son uniforme. Ceux qui avaient moins de biens ne s'encombraient pas de précautions. Ils lui demandaient carrément combien il voulait pour que leurs terres ne soient pas confisquées. Quand il leur répliquait qu'il n'était pas question de cela, ils répétaient leur demande un peu plus fort, persuadés que si un homme sain d'esprit n'acceptait pas un pot-de-vin, c'est parce qu'il était dur d'oreille. Quand venait le tour des paysans et des fermiers, on voyait alors arriver les bêtes que l'on faisait souvent entrer tout droit dans son bureau, où elles se faisaient un devoir de mâcher les housses des sièges et de répandre partout leurs chapelets de crottes puantes. S'il l'avait voulu, Argin aurait pu se constituer peu à peu un troupeau très respectable. Tous les jours, il se voyait soumis à la tentation, si bien que sa moralité était mise à rude épreuve. Certains insistaient lourdement, tel cet homme qui un jour traîna un mouton sur ses pattes arrière en brandissant un grand couteau et en proposant d'abattre l'animal sur-le-champ. D'autres arrivaient en titubant sous des sacs de dattes si lourds qu'ils s'effondraient avant de pouvoir les jeter sur son bureau. Pouvait-il décemment leur demander de les remporter ? De jeunes femmes venaient vers lui dans un nuage parfumé de *dilka* et lui souriaient d'un air engageant, serrant contre leur poitrine des brassées de fruits mûrs, s'arrangeant pour laisser tomber sur le plancher des oranges et des melons, le tout accompagné de la chute d'un châle qui par la même occasion révélait une bonne partie de leurs charmes.

Par ailleurs il y avait un nombre non négligeable de gens qui ne semblaient pas avoir pris conscience de la gravité de la situation. Ils restaient là des heures entières sur leurs chaises à se gratter la tête pendant qu'il s'évertuait à leur expliquer ce qui allait leur arriver. Ce barrage, leur disait-il, est une réalité, même s'ils ne pouvaient pas le voir puisqu'il était très loin en aval. Une fois qu'il serait terminé, le fleuve allait commencer à monter. Oui, parfaitement, ce fleuve qu'on apercevait là-bas. Celui qu'ils avaient toujours connu. Non, jamais, durant toute leur vie ou durant celle de leurs ancêtres, on ne l'avait vu monter de cette manière même si, pour leur part, ils avaient pu assister à quelques belles crues. Maintenant, tout allait changer. Tout le monde devait partir, à moins de se retrouver les pieds dans l'eau.

Quand il les voyait sortir de son bureau en riant et en hochant la tête, il se disait que sans doute tout cela les dépassait. Et certains jours il se demandait si le fou dans cette ville, ce n'était pas lui, et si tous ces gens le prenaient véritablement au sérieux. Une fois, un groupe de garçons l'entourèrent, et, retenant leur souffle, ils firent mine de nager. Pour eux, il représentait quelque chose de fatal et d'absurde. Ce barrage, c'était sa faute. Ici, on pouvait voir des arbres dans lesquels venait souffler le vent, une poussière qui vous desséchait tellement la gorge qu'on ne pouvait plus déglutir. Et là-bas, ce fleuve depuis toujours au même endroit, du temps de leur enfance et de celle de leurs parents. Quand on restait là, à regarder cette eau si calme, l'idée même qu'elle pourrait monter et venir recouvrir votre maison semblait absurde. Enfin, comme plus d'un contradicteur le lui avait déclaré d'un air suffisant, persuadé qu'il était en train de dire quelque chose de très intelligent, mais d'où donc pourrait-on faire venir une pareille quantité d'eau ?

Murjan apparut dans l'embrasure de la porte, il était essoufflé, et une poule qui s'était perchée sur son épaule gauche avait déposé de grosses taches sur le revers de la lourde capote qu'il enfilait les matins de grand froid.

"Prêt pour la suite, mon colonel ?"

Argin fit oui de la tête, d'un signe à peine perceptible, et à contrecœur. Murjan, qui sentait bien que quelque chose n'allait pas, hésita un moment avant d'entrer dans le bureau d'un pas ferme. Il ne faisait pas de grands efforts pour dissimuler sa consternation. Car pour lui, à part l'uniforme, il n'y avait pas grand-chose de commun entre Argin et ces *Ingleezi*, ces *district officers* d'autrefois, d'avant l'indépendance. Il referma derrière lui la porte à deux battants et s'approcha du bureau. Sur son épaule, la poule se mit à glousser. Il tordait son béret dans ses mains.

"Mon colonel, m'autoriserez-vous à dire ce que je pense ?"

Argin acquiesça. Murjan appuya ses deux mains sur le bureau et se pencha au-dessus des dossiers et des journaux pour regarder Argin droit dans les yeux. La poule, qui aurait pu lui donner maintenant un coup de bec, le fixait de ses yeux malicieux. Argin se renversa prudemment dans sa chaise.

"Mon colonel, vous avez certainement passé une grande partie de votre vie chez les *Franji*, mais s'ils vous ont donné leur éducation, ils ont oublié de vous transmettre leur règle de base.

— Quelle règle de base ? fit Argin, perplexe.

— Celle selon laquelle vous ne devez pas être trop bon avec les gens. Vous croyez que vous êtes comme eux, aussi vous les traitez sur un pied d'égalité. L'égalité, c'est bon pour la volaille !"

Et comme il agitait son doigt sous le nez d'Argin, la poule tenta de le piquer avec son bec, mais elle manqua sa cible. "Vous essayez de les comprendre. Vous leur dites que ça ne se passera pas si mal que ça. Non, non et non ! Ça ne vous rend pas service, et à eux non plus, ça les rend plus grincheux, c'est tout. Tous, nous savons bien que ces gens ne recevront pas tout ce qu'ils réclament, non ? Alors, dites-le-leur ! Allez-y carrément. Et paf ! C'est à prendre ou à laisser. On verra bien ce qu'ils diront." Il s'arrêta, se fit un peu moins raide et s'inclina pour lui murmurer d'une voix doucereuse : "Mon colonel, vous voulez que je m'en occupe ? Je ne veux pas vous manquer de respect, mais je pense que, moi, ils m'écouteraient."

Effectivement, peut-être l'écouteraient-ils, car quand il le voulait Murjan savait en imposer.

"Non, Murjan, je regrette, mais je ne peux pas te confier cela. Il nous faut continuer comme ça. Quoi qu'il en coûte."

Une fois de plus, l'expression de l'officier d'ordonnance lui indiquait que Murjan ne le tenait pas en haute estime. Déçu, il courba les épaules, rajusta son béret, salua sèchement et tourna les talons. Quand ils sortirent de la pièce, la poule éleva un piaillement de protestation.

"Dis-leur d'entrer !" ajouta Argin, ce qui était superflu car déjà Murjan s'agitait, ouvrant toutes grandes les portes, criant des ordres de tous côtés. Il avait sa méthode, et il y tenait. Une fois de plus, comme d'habitude, Argin le vit repousser toute cette masse pour les chasser de la véranda et leur faire descendre les marches jusqu'à ce sentier couvert de galets où il allait les faire s'aligner en file indienne. Pour ce faire, il se servait toujours d'une badine, une branche qu'il avait arrachée à un arbre dans le jardin, bien qu'Argin lui ait régulièrement dit qu'il n'était pas d'accord. Et Murjan bousculait tous ces plaignants, enfants ou animaux, pour que tout le monde se mette en rang. C'était cela, sa méthode, et Argin n'en avait pas d'autre à lui proposer.

En entendant toute cette agitation, tout ce vacarme qui venait de l'extérieur, Argin poussa un profond soupir. Il savait qu'il était responsable de vingt-sept villages et des cinquante mille personnes qui allaient perdre leur maison. Et chacun d'eux avait, semblait-il, une raison bien particulière pour s'opposer à ce qu'on leur proposait. Avant d'arriver au bureau d'Argin, ils devaient parcourir un dédale de petits bureaux déployés tout le long de la véranda. Des employés chargés des fichiers, des secrétaires et des fonctionnaires, tous armés de tampons en caoutchouc et de listes en triple exemplaire. Pour arriver jusqu'à lui, il leur fallait montrer de la persévérance, mais pour eux il était leur dernière chance.

Vers midi, Argin subit l'assaut d'une délégation d'anciens. Ils étaient dix. Il y en avait d'autres près de la porte qui poussaient des cris, mais Murjan insista pour qu'ils restent là. Argin fixait du regard le plus âgé d'entre eux qui se tenait au milieu de la foule. Un vieillard sec et nerveux ; son visage émacié était tout hérissé de poils blancs piquants comme des épines. Le fauteur de troubles, c'était lui. Il avait de réels talents d'acteur. En entrant, il se laissa glisser avec ostentation dans la grande chaise longue, à côté du bureau d'Argin, comme si c'était le dernier acte de sa vie. Son dos était voûté (était-ce l'âge, ou une mise en scène ?), raide et tendu comme un arc. Sa tête s'effondra en avant, ce qui plongea la salle dans un long et pesant silence, et quand il reprit bruyamment son souffle, elle parut soulagée. Ses yeux chassieux allaient de gauche à droite, mais comme Argin put l'observer il ne cherchait pas à croiser son regard. Peut-être était-ce dû à une mauvaise vue, ou alors (et Argin était plutôt de cet avis) à un poids qu'il avait sur la conscience.

"C'est le cœur lourd que nous venons vers vous.

— Je suis navré de vous l'entendre dire", fit Argin avec compassion.

Et la vieille tête flétrie comme une datte, tache noire se découpant sur des vêtements de coton blanc, oscilla deux ou trois fois. Sans tenir compte des autres qui s'agitaient et échangeaient des murmures, Argin consacra toute son attention à ce vieillard.

"La nuit, je n'arrive pas à dormir.

— Voilà qui est bien triste, fit Argin en inclinant la tête avec le même air compatissant.

— Il y en a qui disent que nous retournons à l'âge des idoles et des dieux païens.

— En fait, il s'agit d'une enquête scientifique. On récupère les vestiges historiques de notre pays. Nous devons être fiers de notre héritage." Mais Argin cessa de sourire quand il vit que le vieil homme se léchait les lèvres et pointait avec colère son doigt vers le ciel.

"En sa sagesse, Dieu a enseveli ces choses afin de les soustraire à notre vue. Pourquoi devrions-nous donc les déterrer ?" Un grondement de la foule pieuse semblait approuver ce point de vue.

Argin avança une explication. "Les gens qui font ces fouilles sont des savants très réputés. Ils font cela pour nous, et c'est avec générosité qu'ils nous consacrent leur temps et leurs efforts.

— Ils sont venus ici pour prouver que nous continuons à adorer des scarabées et des cailloux. Ils veulent qu'aux yeux du monde on passe pour des imbéciles.

— Je vous assure qu'il n'en est rien !

— Mais qu'en savez-vous ? éructa un jeune qui se tenait derrière. Vous êtes un gars de la ville, un larbin du pouvoir et le travail que vous faites ici, c'est celui d'un suppôt de Satan !"

S'il n'avait pas perçu un murmure d'approbation dans toute la salle, Argin aurait éclaté de rire. Le vieillard continuait à parler d'une voix qui se perdait dans le lointain, comme s'il racontait une histoire, toujours soutenu par les murmures d'approbation de l'assistance.

"Les eaux vont monter. La terre sera noyée. Notre peuple sera dispersé aux quatre vents."

Cette prophétie (qui n'en était pas une) fut traduite avec soin par un jeune, car ce frêle octogénaire s'entêtait à parler à Argin dans le dialecte local que, bien entendu, il ne connaissait pas.

"Dites-lui que je suis venu ici pour veiller à ce que tous les membres de son groupe soient relogés ailleurs dans de bonnes conditions.

— Non !"

Avec un air tragique, le vénérable ancien tenta de s'extirper de sa chaise longue ; il tremblait de tous ses membres. "J'ai rêvé que toute ma famille était perdue, comme un troupeau de chameaux errant dans le vent."

Au comble de l'inquiétude, la salle se leva comme un seul homme, et Murjan lui-même s'écarta de la porte contre laquelle il s'appuyait, mais lentement, et avec beaucoup de méfiance. La poule émit un petit gloussement. Plusieurs jeunes aidèrent le frêle octogénaire à se réinstaller dans sa chaise. Quelqu'un lui tendit un bonbon vert enroulé dans du papier journal. Argin commençait à se demander si ce vieillard n'allait pas rendre l'âme dans son bureau. En ce cas, on ne lui accorderait plus la moindre confiance et en plus on allait probablement le lyncher.

Le jeune excité se tourna vers Argin et lui adressa un regard sévère. "On nous attribue des terres dont même un cochon ne voudrait pas ! dit-il, en crachant. C'est un endroit minable, occupé par des sauvages, des brutes. Autant nous envoyer crever dans une jungle ! C'est un complot organisé entre les propriétaires terriens et le gouvernement."

Tous approuvèrent d'un signe de tête. Argin voyait bien que les choses prenaient un nouveau tour. L'argent qu'on leur proposait en dédommagement ne représentait pas une fortune, mais c'était raisonnable. En fait, le vrai problème, ce n'était pas celui de l'argent, mais celui de la confiance. Ces gens doutaient fortement des motivations de ceux qui les gouvernaient, là-bas, loin d'eux, dans la capitale. Le vieil homme creusait les joues et faisait tourner le bonbon dans sa bouche édentée. Rassemblant ses forces, en clignant de l'œil, il dit : "Heu... heu..., qu'est-ce que je disais ?

— Vous parliez de vos rêves", fit Argin notant que cela lui faisait froncer les sourcils. Le vieux regarda dans sa direction, puis il se mit à tousser, à hoqueter, à se donner des tapes avec la paume de la main sur la poitrine, après quoi il expédia unr grosse glaire jaune sur le sol dallé à côté de sa chaise. Argin fit une grimace de dégoût, mais il ne dit rien.

"Nos hommes viennent nous voir de jour comme de nuit. Ils entendent des histoires qui les tracassent. Ainsi, celle de la femme en noir...

— Quelle femme en noir ?"

Le vieil homme se tassa sur lui-même, il n'en pouvait plus d'indignation. "Vous n'êtes qu'un loup déguisé en agneau ! Vous êtes au service des riches et des puissants qui ont corrompu notre pays et qui veulent s'en mettre plein les poches !" Il était tendu comme un arc et, tremblant de rage, il se leva. "Vous dites que vous êtes notre ami. Vous dites que vous avez pris nos intérêts à cœur. Mais la vérité, c'est que vous voulez nous balayer de la surface de la terre !"

Argin dut admettre que c'était là du bon théâtre. Maintenant, la salle était chauffée à mort, les gens étaient furieux. Les accusations se succédaient à une telle allure qu'elles en perdaient toute cohérence. De désespoir, il ferma les yeux.

"S'il vous plaît !" cria Argin qui finit par se lever en leur faisant signe de se calmer. On le laissa enfin parler. "Je vous propose de former une délégation qui ira faire le tour des sites de réinstallation." Un murmure s'éleva, il leur laissa le temps de s'apaiser. "On va affréter un avion exprès pour ça. Il vous emmènera à la capitale, puis vous prendrez le train pour visiter les chantiers de reconstruction. Des experts vous accompagneront partout pour répondre à vos questions." On fit silence. Cette idée d'une excursion les tentait. Il les mettait au pied du mur.

"Alors, messieurs, est-ce que vous êtes d'accord ?"

Ils hésitaient. Ils se concertèrent, on discutait beaucoup à voix basse, mais il savait bien qu'ils allaient céder et se rallier à son idée. Il ne resterait plus, ce qui n'était pas une mince affaire, qu'à convaincre le gouverneur. Une fois la délégation partie, il rappela Murjan.

"Mais qui est donc cette femme en noir dont le vieux nous a parlé ?

— Mon colonel, je vais essayer de savoir qui c'est, ne vous en faites pas."

Murjan lui adressa un salut impeccable, et l'ordonnance accompagné de sa poule retourna dans les coulisses.

CHAPITRE XIV

Ce projet de réhabilitation archéologique pré-occupait Argin pour plusieurs raisons : tout d'abord, se disait-il, il s'agissait de faire la part du réel et de l'imaginaire. Ainsi, s'il prenait son propre cas, il n'avait jamais véritablement réfléchi au passé. Or, plus il apprenait de choses sur l'histoire de cette région, plus il se sentait perdu. Plus on sortait d'objets du sol, plus les faits semblaient lui échapper, et tout devenait flou. C'était comme s'il s'était introduit dans un tableau à deux dimensions pour se retrouver soudainement dans un paysage auquel il n'avait jamais prêté attention, un paysage somptueux, profond et très coloré. Son éducation ne lui était d'aucune utilité. Il se souvenait comment il avait avalé toutes ces histoires de héros nationaux, de soulèvements populaires, d'expressions d'une volonté divine, de rejet d'une domination étrangère, etc. Mais, à part ça, rien, un vide, un grand silence. Et sous cette mince couche de poussière qui datait d'à peine un siècle, il voyait s'ouvrir un gouffre béant qu'il avait ignoré avec la plus grande désinvolture. La poussière qu'il sentait sous ses pieds semblait s'être volatilisée. Et d'un seul coup, tout devenait plus compliqué. Ces sculptures antiques de béliers, de taureaux aux longues cornes et de rhinocéros, ces bijoux, ces poteries, ces pierres précieuses, ces statues d'animaux recouvertes d'or, avec des incrustations d'améthyste et de jaspe. Tout cela indiquait une complexité qu'il ne parvenait pas à maîtriser. Des créatures fantastiques, des cobras de bronze à tête de lion, des pyramides en ruine, battues par le vent, se dressant dans le ciel comme des dents brisées. Murjan ne cessait de lui rappeler en hochant la tête et en marmonnant des prières qu'il s'agissait d'idoles d'un monde païen. Comment donc pourrait-on comprendre la situation difficile dans laquelle il se trouvait sans explorer le passé, pour le meilleur ou pour le pire ? Murjan voyait les choses différemment.

"Tous ces trucs-là, mon colonel, on ferait mieux de les laisser dans la terre où on les avait mis ! Ils ne sont pas arrivés là par hasard, non ? Sinon, on vivrait encore comme eux, à adorer tout ce qui rampe."

Des expéditions arrivaient des quatre coins du monde. Tous ces gens étaient très excités. Car on formait des équipes en regroupant toutes les nationalités. Des universités balayées par la neige au fin fond de l'Arctique envoyaient ici un département entier d'archéologie. Des érudits venaient de partout pour se retrouver soudain, instant historique, en train de récupérer les vestiges oubliés de cette humanité avant qu'ils ne disparaissent à jamais. Ce territoire avait été réparti entre eux suivant une règle du genre "premier arrivé, premier servi", ce qui ressemblait de façon troublante à ce butin que l'on s'était partagé un siècle plus tôt. Pourtant, cette fois-ci, c'était pour la bonne cause et tout le monde tomba d'accord pour que l'on ne fasse plus aucune différence, puisqu'il s'agissait maintenant de sauvegarder un patrimoine qui appartenait à l'humanité tout entière.

On démonta et on étudia scrupuleusement dans toutes les langues de la terre ces vestiges de l'Antiquité, on déroula dans ces déserts de sable des instruments de mesure de toutes les formes. On hissa des toises pour prendre les dimensions de ces cuisses de granit. On fit des fouilles dans les temples, les palais et les cimetières, on rassembla les ossements pour les mettre en tas : des crânes, des fémurs, et aussi des mains qui portaient encore une bague surgirent de terre. Sur tous ces objets, on inscrivit des numéros de code, et on les enferma dans des caisses dûment répertoriées. On découpa des bâtiments en tranches, pour en faire les pièces d'un vaste puzzle qu'on emballa ensuite dans des caisses pour les expédier en direction des musées de leur nouvelle patrie où les attendaient, dans les sous-sols, des étagères et des réserves. Ainsi pouvait-on assister au déballage d'un temps que l'on arrachait à sa terre natale pour le jeter en l'air, afin que, pareil à un oiseau, il s'envole ailleurs.

La coordination de tout ceci reposait encore entre les mains d'Argin, dont les responsabilités semblaient sans limites. A savoir, vingt équipes différentes avec chacune des problèmes de langue, de logistique, etc. En fait, ils pouvaient prendre tout ce qu'ils voulaient. Impossible de les suivre à la trace. Toutes les fois qu'il se pointait, c'était pour découvrir qu'on avait creusé un nouveau trou et rassemblé de nouveaux amas d'objets poussiéreux. Il décida qu'il valait mieux donner l'impression de maîtriser la situation, puis souhaiter que tout se passe le mieux possible. En attendant, passionné par la question, il se documentait en essayant de comprendre ce que cela pouvait signifier pour lui. Il avait l'impression qu'un étranger avait pénétré dans sa maison pour lui faire découvrir ses possessions sous un nouveau jour.

Un jour, on l'emmena visiter une carrière remplie de sculptures sur roc. C'est là que pour la première fois il vit l'étrangère, une archéologue. Et c'est là que tout avait commencé : un seul regard de sa part l'avait perdu.

Il venait de faire sa tournée hebdomadaire et s'était arrêté pour rendre visite à une équipe logée dans un village non loin de là. En s'approchant, il découvrit que tout avait sombré dans le chaos le plus complet. La maison dans laquelle il avait installé cette équipe semblait être repliée sur elle-même, elle s'était enfoncée dans le sol. Il n'en restait plus rien, que les ruines de murs à moitié effondrés et des tas de terre. A court de mots, devant ce spectacle affligeant, comme dans une prière, Argin se dit qu'il s'était trompé de village. Murjan était descendu de la jeep et, serrant son béret dans ses mains, il se grattait la tête.

"Ce n'est pas vrai ! On ne peut pas perdre comme ça toute une expédition d'un seul coup ! s'exclama-t-il, mais sans grande conviction. Se pourrait-il qu'ils soient tombés dans un gouffre ? C'est peut-être un signe du ciel", ajouta-t-il. Il n'osait pas s'avancer.

"Ne sois pas si bête ! On va bien finir par les trouver."

Pourtant, tandis qu'il circulait dans ce dédale de dunes de sable formées pendant la nuit, Argin ne parvenait pas à chasser de son esprit l'idée d'une intervention divine.

"Professeur, où êtes-vous ?" fit-il d'une voix angoissée.

Par miracle, la porte d'entrée était encore debout, ou du moins ce qu'il en restait, un panneau en bois bleu, car les murs qui l'encadraient avaient disparu. Argin se retrouva en train d'escalader en trébuchant un tas de terre, puis il glissa maladroitement de l'autre côté ; il sentait que le sable brûlant pénétrait dans ses chaussures, et que sous ses pieds le sol était mou et bougeait comme un être vivant.

Il se souvenait que, par égard pour ce professeur de réputation internationale, on avait retenu cette maison parce qu'elle était particulièrement solide. Qui plus est, la princesse qui régnait sur ce lointain pays glacé était une amie du professeur, et archéologue de formation. Elle avait promis qu'elle allait interrompre un programme très chargé pour rejoindre cette équipe et passer avec elle quelques journées de fouilles. Cela ne semblait guère compatible avec son statut princier, mais voilà, si elle avait envie de s'amuser à farfouiller dans la poussière avec une brosse et une petite cuillère, il ne pouvait guère s'y opposer. Tout en gardant cela en tête, Argin s'était donné bien du mal pour trouver une maison digne d'une princesse, et soudain, plus rien !

Dans une sorte de brouillard, il avait l'impression de descendre le long des cercles concentriques d'une tranchée, en espérant qu'on le prendrait par le bras pour l'en sortir. Il ne pouvait s'empêcher de penser à une catastrophe naturelle. Un tremblement de terre ? Un glissement de terrain ? Le sol semblait s'être ouvert pour engloutir la maison. Il entendit une voix qui montait du fond et l'appelait.

"Bonjour, monsieur", répondit-il, en parlant mal cette langue qui immanquablement lui remettait en tête le maître un peu sadique qui la lui avait enseignée à l'école primaire. "Je viens voir comment vous allez…" Ne sachant que dire, il s'écarta pour laisser passer une colonne d'ouvriers, couverts d'une poussière rouge des pieds à la tête, et qui portaient tous un cabas rempli de terre sur l'épaule.

"S'il vous plaît, qu'est-ce qui s'est passé ? demanda Argin d'un ton suppliant. Un glissement de terrain ? Un tremblement de terre ? Mon Dieu, on n'a rien vu venir. *Wallahi*, pas le moindre tremblement !" Il sauta de côté pour éviter l'une de ces brouettes modernes (les gens venaient de partout pour admirer leurs roues en caoutchouc faites pour leur éviter de s'enfoncer dans le sable) et il se pencha en avant pour proposer son aide à une grosse silhouette qui apparaissait maintenant en haut d'une échelle. Suant abondamment, le corps couvert de poussière et de crasse, le professeur avait l'air tout content et ne cessait de répéter "Un miracle, un miracle !". Il donna une tape sur l'épaule d'Argin : "Ça, alors, quelle chance !

— De la chance ? reprit Argin qui n'y comprenait plus rien. Pas une catastrophe ? Professeur, s'il vous plaît, c'est quoi qui est arrivé à ma maison ?"

L'archéologue se mit à rire d'une étrange manière, sa poitrine se soulevait comme s'il était au bord d'une crise cardiaque, et la transpiration avait collé ses cheveux sur son crâne. La sueur ruisselait de son front comme d'une éponge. Il posa sa main moite sur l'épaule d'Argin.

"On avait organisé une petite fête.

— Une petite fête ?

— Oui, quelqu'un avait apporté une bonne bouteille. Pour un anniversaire, je crois. Je ne me souviens pas des détails. On a commencé à lancer un jeu, ce qu'on fait quand on veut bien s'amuser. Il y a des gens qui dansent, il y en a qui chantent. Nous, on joue à des jeux qu'on a appris quand on était petits." Le professeur s'aperçut qu'Argin françait les sourcils. "Mais qu'importe !" Avec son doigt, il dessina un cercle. "Bon, je vous l'explique ? Alors voilà. On court autour de la table. On met de la musique." Très intrigué, Argin suivait le doigt du professeur qui décrivait des cercles. Il ne voyait pas vraiment quel rapport cela pouvait avoir avec l'effondrement de la maison. "Quand on arrête la musique, tout le monde s'assied, sauf…" Son doigt s'arrêta en l'air. "Il manque toujours une chaise. Vous avez compris ? C'est un rituel d'appropriation, si vous voulez. En fait, on cherche à s'intégrer dans le cercle." L'archéologue ramena sur sa tête son chapeau tout froissé qui pendait dans son dos, et attacha la cordelette sous son menton rond. "Je n'y aurais jamais pensé. Il faudra que j'en prenne bonne note et que je m'en souvienne. En tout cas, c'est bien comme ça que ça s'est passé.

— Mais qu'est-ce qui s'est passé ?

— Je me suis assis, un peu lourdement, je l'admets, mais quand même, je ne m'attendais pas à ça !" Il marqua une pause, un peu théâtrale. Argin retenait son souffle. "Je me suis assis sur la chaise, et le pied de la chaise s'est enfoncé dans le sol.

— Dans le sol ? Comment ça ? Une chaise ? Professeur, je regrette beaucoup. J'avais personnellement vérifié que tous les meubles étaient en bon état.

— Mais non, mais non, vous ne comprenez pas. Elle s'est enfoncée. Oui, elle s'est enfoncée dans le sol, vous voyez ?" Quand il souriait, on voyait qu'il lui manquait une molaire. "Je suis passé au travers !

— Passé au travers ?" Argin regarda autour de lui. "Ainsi cette… cette maison…

— Mais oui ! Vous comprenez ? Ici, c'est creux. Nous sommes dans un cimetière, au-dessus d'une tombe." Et il rit aux éclats. Murjan, l'air dubitatif, hochait la tête ; pour lui, de toute évidence, ce *Karwaja* était resté trop longtemps au soleil.

"Un cimetière ?" Argin tentait de partager son enthousiasme. Des ossements, des morts. Il souleva prudemment les pieds, à la fois par respect et pour s'assurer que rien n'était collé sur ses semelles.

"N'est-ce pas merveilleux ? Déjà, nous avons trouvé deux ou trois chambres funéraires en parfait état, et maintenant nous nous attaquons à une autre." Le professeur, dont la tête lui arrivait à l'épaule, prit Argin par le bras pour l'entraîner dans une visite. "Je n'ai pas connu pareil enthou-siasme depuis que j'étais étudiant. On a travaillé toute la nuit. Ah, si on pouvait tout recommencer de zéro ! Il nous reste si peu de temps." Il était dans tous ses états, et pendant un bon moment il tapota sur son gros ventre rond bronzé par le soleil, puis il se retourna vers Argin : "Est-ce que vous vous rendez compte que nous en sommes encore à gratter les couches les plus récentes de l'histoire de votre pays ? Pourquoi ne nous avez-vous pas invités plus tôt ?"

Argin haussa les épaules, l'œil rivé sur le trou qui était sous ses pieds : "On se battait pour notre indépendance.

— Ah oui ! fit le professeur en riant très fort, comme si cette remarque avait quelque chose de touchant. Oui, bien sûr, mais quand même (avec un clin d'œil), quel dommage que tout cela disparaisse à jamais !

— Professeur, nous ne sommes pas maîtres de ce jeu, et nous faisons de notre mieux.

— Oui, vous avez sans doute raison", fit le professeur d'un air songeur. Il avait pour habitude, ce qui était agaçant, de dire quelque chose comme s'il pensait exactement le contraire. "En tout cas, tout a été tellement chamboulé que vous ne pourrez pas y voir grand-chose.

Pourtant, il y a encore autre chose que je voudrais vous faire voir. J'insiste. C'est une petite carrière à l'est d'ici. Une pure merveille. De la période préhistorique. Attendez. Je vais chercher quelqu'un pour vous y emmener." Le professeur regarda autour de lui et lança un appel. Tout à coup, un nuage de poussière sortit sous leurs pieds, il s'épanouit, comme une fleur bizarre et les enveloppa complètement.

"Mon Dieu, je ferais mieux de descendre pour voir ce qu'ils fabriquent !" Il enleva ses lunettes accrochées à son cou, mais les verres étaient maculés de poussière. "Non, déclara-t-il, pas la peine." Il les essuya soigneusement sur sa chemise qui était tout aussi sale et, en louchant, il les remit en place. "Qui pourrais-je trouver pour vous emmener là-bas ? Ah, oui, Gerthe, tu tombes bien !"

Argin se remémora souvent cet instant. Comme une ligne de partage des eaux. Par la suite, sa vie allait toujours être coupée en deux avec un avant et un après. Se retournant pour voir la personne à laquelle le professeur s'adressait, il vit que quelqu'un s'approchait. Pendant un bref instant, il crut qu'il s'agissait d'un homme, mais quand la poussière se dispersa il comprit son erreur. C'était une femme habillée comme un homme. Maintenant, il ne comprenait plus rien à ce qui arrivait. Il entendit la voix du professeur qui faisait les présentations. Il s'avança pour serrer la main qu'elle lui tendait, une main couverte de poussière, petite et jolie, avec quelque chose de ferme et d'énergique. Il l'entendit rire à gorge déployée, ce qui le frappa. Il avait l'impression qu'un souffle chaud les enveloppait, et que sa chevelure qui volait au vent venait cacher un peu son visage bronzé, mais plus tard il fut absolument incapable de se souvenir de ce qu'elle avait dit. Il se rappelait seulement qu'il parlait, hochait la tête, mais les mots sortaient de sa bouche sans qu'il puisse les entendre. Elle portait un pantalon, disons un jean, et une chemise blanche. Elle avait les hanches minces et de petites épaules. Argin se sentait très gêné et ridicule dans son short et sa veste réglementaires, avec son casque en liège sous le bras. En s'éclaircissant la gorge, Murjan l'arracha à ses pensées.

"Ça va, mon colonel ?"

Argin se retourna pour regarder à nouveau l'archéologue. Elle souriait. "Je ne sais pas si nous trouverons le chemin. On ferait mieux de le demander au petit."

Un garçon dont la jambe était estropiée s'avança en clopinant. Argin regarda ses haillons et se demanda de quel coin du fleuve il pouvait bien venir.

"Buhen connaît le chemin", dit-elle en souriant. Argin se demanda longtemps ce que ce sourire pouvait bien vouloir dire. Il fit claquer ses doigts en direction de Murjan, et le chauffeur s'éloigna pour aller chercher la jeep, en hochant la tête d'étonnement.

"C'est un endroit pas comme les autres.

— C'est un jour pas comme les autres, reprit Argin qui ne savait plus très bien où il en était et se sentait tout drôle.

— C'est rigolo, non ?

— Oui, tout à fait, c'est rigolo. "

Argin insista pour prendre le volant, ce qui surprit Murjan et lui déplut fortement. Ce n'était pas qu'il cherchât à l'impressionner, mais simplement il trouvait que c'était mieux comme ça. Il se débattit avec le levier de vitesse qui lui résistait, et réussit à caler deux fois avant de pouvoir démarrer.

CHAPITRE XV

Cette carrière était cachée derrière une dent de pierre mince et aiguë qui se dressait au-dessus d'une plaine de poussière beige. Des plaques de gypse gris s'enfonçaient dans le sol comme d'énormes lames qui s'entrecroisaient. Çà et là, cette douce monotonie était interrompue par une tache de couleur, une raie mauve, ou une strie d'un bleu sombre. Sous le soleil, ces couleurs minérales venaient zébrer la roche, fuyantes comme des lézards. Il régnait en ce lieu une atmosphère de sérénité, voire de sacré. Argin ne s'y était jamais arrêté, même s'il y était passé en voiture une dizaine de fois. Quoi qu'il en soit, tout le monde y était sensible, même Murjan qui ne disait plus rien.

Elle leur expliqua que ces formes étaient les premières représentations d'une langue, avant même l'apparition d'une écriture. On avait là les ébauches grossièrement taillées dans le roc d'animaux, de créatures qui erraient jadis dans cette région et dont l'absence indiquait bien maintenant comment le monde au cours du temps peut se reconstituer. Le paysage avait changé. Ces hommes, ces animaux avaient disparu depuis longtemps.

De longs arcs pleins de grâce semblaient indiquer une migration, et des cornes arrondies comme une lune témoignaient de la présence de bêtes qui jadis devaient venir paître là, des bêtes si sacrées qu'on les avait ensevelies à côté de leurs rois. D'autres avaient un cou long et droit, des tiges courtes en guise d'oreilles, des échasses à la place des pattes, et à l'emplacement de la queue une touffe épaisse ressemblant à une main à sept doigts. L'artiste avait à peine fini d'en représenter une qu'il en commençait une autre, un dessin menant vers le suivant, orienté d'un côté ou de l'autre, ou en dessous du précédent, ou à l'envers, et tous ils traversaient cet espace d'un même élan. C'était une trace laissée par des gens passés par là dont on ignorait le nom, par des gens qui ne connaissaient pas l'écriture, qui vivaient dans ces plaines à une époque où elles étaient vertes et luxuriantes. Ils avaient gravé dans la pierre ce qui s'était imprimé sur leurs pupilles.

L'archéologue ajouta qu'en guise d'outils ils se servaient de deux pierres, une grosse et une pointue. L'artiste taillait dans la roche, porté par quelque chose qui avait frappé son esprit. Peut-être ces silhouettes avaient-elles été sculptées de mémoire, de sorte que cette exposition était aussi un cimetière, une tentative de dire un attachement pour des créatures qui disparaissaient d'une savane que chaque saison venait dessécher, brûlant et jaunissant l'herbe pour la réduire en paille. Un artiste disant son attachement pour un monde qu'il était en train de perdre.

Se retrouvant au milieu de cette étrange carrière, Argin éprouvait une immense tristesse. Devant lui, un temple, dont le dieu est le temps, dont les murs sont des miroirs vides, dans une région que ses fidèles ont désertée depuis longtemps. Il sentait à quel point, lui aussi, il n'était qu'un simple mortel. Murjan marmonnait dans son coin, rappelant qu'à proprement parler ces images appartenaient à un âge d'ignorance, avant que Dieu n'ait été donné à l'homme. Admirer de telles images pour en faire des idoles, c'était sombrer dans l'erreur. Tout de même, comment expliquer qu'une telle beauté ait pu exister sans la parole de Dieu ?

"C'est merveilleux, non ? dit-elle en le regardant et en lui souriant.

— Oui, merveilleux ! fit-il dans un souffle.

— Vous devez bien connaître ce pays ?

— Oui, je le croyais, mais maintenant je commence à comprendre qu'il me reste beaucoup à apprendre."

C'est alors qu'il se produisit quelque chose d'étrange. Ils se retrouvèrent tout à coup sous une pluie battante. Normalement, on devinait à son odeur l'approche d'une averse une demi-journée à l'avance. Les gouttes tombaient une à une, puis, petit à petit, elles se firent plus serrées. Le schiste, sous une légère couche de poussière, se recouvrait de grosses taches sombres d'humidité. Un motif commença à se dessiner entre les arêtes blanches taillées grossièrement dans la roche et les flaques miroitantes de la pluie. Lorsque cette trombe cessa aussi soudainement qu'elle était apparue, une brume s'éleva de la pierre, comme une vapeur. Et tandis que les nuages s'enroulaient au loin, des gouttes argentées, fluides comme du mercure, s'écoulèrent le long des dalles lisses. Les dernières traces de pluie une fois disparues, à nouveau, les lignes tracées par l'homme se dessinèrent à la lueur du soleil.

A côté de lui, l'archéologue, dont les cheveux et les vêtements étaient trempés, avait l'odeur d'une rivière chaude. Elle voulait prendre quelques clichés et fit signe au gosse de s'approcher.

"Il vient d'un petit village en amont. Il a toujours rêvé d'être pilote sur le fleuve."

Elle se retourna vers le petit boiteux et lui sourit. Il lui répondit par un autre sourire. Argin se demandait pourquoi cette étrangère accordait tant d'importance à ce gamin tout dépenaillé. Vraiment, il n'en voyait pas l'intérêt, mais, au fond de lui-même, il sentait que ce détail révélait une incompatibilité profonde entre elle et lui. Il se dit qu'il valait mieux chasser de telles pensées. Il était subjugué, heureux de l'entendre parler, quel que fût le sujet, pourvu que ces instants partagés ensemble puissent se prolonger. Il opinait de la tête, souriait, donnait sèchement des ordres inutiles. Il observait son visage, cette façon qu'elle avait de repousser une mèche rebelle collée devant ses yeux.

"Oui, c'est ça, Buhen, reste là ! Ça donnera une idée des proportions. Vous pourriez le lui dire dans sa langue ?"

Pendant qu'elle préparait son appareil, il se démena en faisant des gestes pour diriger ce garçon vers l'endroit où il devait se tenir. Devant lui, l'éclat d'un visage bronzé par le soleil, des cheveux dorés et sombres flottant autour de ses yeux. Comme il regardait par-dessus l'épaule de cette femme, il vit trois ondulations gravées dans le grès, un signal indiquant le fleuve, près de l'endroit où se tenait le petit infirme. Si l'on voulait comprendre quelque chose à ce site, il fallait donc commencer par le fleuve. Et comme il se retournait pour regarder au loin, son cœur se serra à la vue de cette sécheresse, de cette stérilité. Il l'imaginait à l'époque où il était vert et luxuriant. Et s'il pouvait le faire, c'était grâce à elle. Plus tard, cette femme blonde née très loin d'ici allait lui apprendre à lire la langue étrange de ses ancêtres. Avec elle, tout cela prenait vie. Elle lui faisait entendre le fracas des armures sur des éléphants à la peau rugueuse se ruant à l'assaut. Le sifflement de flèches s'échappant des arcs d'une nuée de soldats. Elle lui raconta comment l'idée de cette image d'un lion sortant comme un serpent d'une fleur de lotus était peut-être originaire de l'Extrême-Orient.

"Le soir, on est en dehors du temps", dit-elle alors qu'ils retournaient vers le camp ; le jeune infirme marchait derrière eux, muré dans son silence, à côté d'un Murjan boudeur, et comme si elle lisait dans ses pensées, au moment où elle reprit la parole, elle ajouta : "C'est comme si maintenant on pouvait les voir surgir de l'obscurité sur leurs montures."

"Murjan, emmène-moi à l'hôtel", murmura-t-il laconiquement, après qu'ils eurent pris congé. Il avait besoin d'un réconfortant bien particulier, que seule Sittu pouvait lui offrir.

CHAPITRE XVI

C'est la photo d'un jeune garçon. La photographie d'un garçon qui se tient à côté d'un monument de deux mille ans, que l'on a découvert, mesuré et dessiné avant de l'expédier par bateau dans un musée à l'autre bout du monde. Il regarde l'appareil, en direction d'une personne inconnue qui à l'avenir le fixera au travers de la lentille de cette drôle de petite boîte. Il représente un autre type de souvenir. Apparemment, on l'a mis là pour donner une échelle humaine à ce monument impressionnant, et il a moins d'importance que la masse de pierre inerte à côté de laquelle il se tient. Sur le visage du temps, il est comme une minuscule virgule. Ce garçon est estropié, mais sur la photo cela ne se voit pas. Par contre, il est évident qu'il a de mauvaises dents. C'est un enfant d'à peine quatorze ans, et pourtant son visage a quelque chose d'antique. Il n'aura jamais de nom, pour tous ces gens qui dans les musées marquent un petit arrêt devant une photographie avant de poursuivre leur visite. Comme cette expédition s'est déroulée bien avant que la plupart de ces visiteurs ne soient nés, elle fait partie des mystères du passé. A ce moment-là, ce garçon, lui aussi, aura disparu du monde des vivants. "Ouvrier sur un site", c'est ce que dit la légende. Pas de nom. Elle ne nous dit pas que peu de temps après qu'on a pris cette photo, il devait mourir dans un accident tragique, pas plus qu'elle n'explique comment il s'était enfui de sa maison parce qu'il rêvait de vivre sur le fleuve, ou que son rêve devait l'amener à prendre éternellement place à côté des dieux antiques, dans un musée situé dans une ville pleine de lumières, dans un pays si lointain qu'il n'aurait jamais imaginé se retrouver là.

Dans tous les musées du monde, on trouve des photographies du même genre, où l'on voit des anonymes monter la garde devant un monde disparu. Certains sont pleins de gaucherie, et regardent l'appareil d'un air méfiant. D'autres bombent le torse, et se dressent fièrement dans leurs vêtements en haillons, sans se douter que cette déchirure, cette vilaine tache, ces rides ou cette dent abîmée vont traverser le temps, pendant des dizaines d'années ou des siècles pour témoigner de cet instant où un obturateur a claqué, sec et dur comme de l'ambre. Là, une main tient un marteau contre un pan sculpté de roche pour donner une idée de l'échelle. C'est une main rugueuse, calleuse, déformée par le travail manuel, avec des ongles tordus ou brisés. Elle nous en apprend plus sur l'histoire que des milliers de temples ou de sépultures. Ici, un homme qui n'a pas de nom brandit fièrement son archet dans une sorte d'atelier de fortune, comme un violoniste le ferait avec son instrument. Déjà, il fait partie de l'histoire. Il fait tourner une cordelette autour de son axe, et l'archet pivote sur son socle. On lui a demandé de prendre la pose et de lever les yeux. Ils s'ouvrent tout grands sur le ciel.

Les gens regardent ces clichés, mais, ces hommes, ils ne les voient pas. Ce sont des fantômes. Leur image renvoie à celles d'ancêtres qui vivaient des siècles plus tôt et qui ont édifié ces monuments. Leurs yeux fixent l'appareil, ils sont très clairs et hors du temps, ils se demandent si un jour quelqu'un comprendra ce qui s'est passé ici.

CHAPITRE XVII

Maintenant, le garçon qui était sur la photo s'avance vers nous. Il s'appelle Buhen. Le jour où Abu Tawab, le pilote, avait fait sa déclaration et bien précisé qu'il viendrait chercher sa fiancée lorsque l'étoile de Tarfa apparaîtrait, il avait compris que la chance l'avait quitté. Ce matin-là, en s'éloignant du fleuve, il s'en voulait beaucoup. Il poussait des jurons, mais cela n'avançait à rien, il se retrouvait toujours devant le même problème. Il avait rêvé de travailler sur le *Taharqa*, de devenir un jour son pilote, puis le capitaine de ce navire, mais ce rêve s'éloignait pour n'être plus qu'un mirage.

Subua n'était pas exactement la beauté mythique qu'il avait décrite en termes lyriques. En réalité, la fille de la veuve était muette et sans aucun charme. Les gens disaient qu'elle avait été engendrée par un *irkabi**. Elle n'avait pas l'air normale. Ses yeux louchaient et, à cause de sa langue difforme, on avait du mal à la comprendre. Dès qu'il la verrait, c'est certain, le capitaine allait se précipiter sur lui pour le tuer de ses propres mains. Ils n'avaient d'autre choix que de s'enfuir.

Quitter sa famille, son père et ses frères qui le traitaient avec mépris comme un infirme inutile, cela ne représentait pas pour lui un gros sacrifice. Ils seraient probablement soulagés de ne plus jamais le voir. Quant à la mère de la jeune fille, la vieille veuve, si elle le rencontrait, elle lui arracherait le foie. Les gens racontaient que la première fois qu'elle avait vu sa fille elle avait essayé de la noyer en tenant le visage du bébé sous l'eau pour qu'un *afreet* puisse le voir. Mais le fleuve n'avait pas voulu de l'enfant. Elle prétendait que son mari avait eu un accident, qu'il était enterré dans un pays lointain, mais tout le monde savait bien qu'elle n'avait jamais eu de mari. Pour Buhen, la veuve faisait partie du village au même titre que le ciel et les arbres, avec son étrange fille, ses chèvres et ses pigeons dont on prétendait qu'ils espionnaient les voisins pour désigner ceux qui disaient du mal d'elle. Subua était une fillette plutôt mal-adroite et qui louchait. Elle ne savait pas parler, mais elle émettait des sons bizarres. Elle n'était pas comme tout le monde. On n'avait rien à lui reprocher, mais elle était différente. Les enfants du village racontaient de vilaines choses sur son compte, mais ils disaient aussi de vilaines choses à propos de la jambe de Buhen en son absence, aussi cela avait-il fini par créer un lien entre eux. Pour amuser la fillette, il marchait sur les mains, ou jonglait avec un ballon. Un soir, il s'aperçut que la veuve l'observait depuis l'entrée. Il allait s'enfuir, tout honteux, puis il décida de tenir tête comme un grand.

"N'aie pas peur, il n'y a pas de quoi !

— Je n'ai pas peur, dit-il, la mâchoire serrée."

Il avait sept ans.

"Ma petite Subua te plaît, pas vrai ?"

Le garçon jeta un regard vers la gamine dif-forme qui cachait un sourire derrière sa main. Il eut envie de rire, mais il n'osa pas.

"N'aie pas peur, dit la veuve, je ne te ferai pas de mal." Buhen aurait mieux aimé être ailleurs. "Je vois que toutes les semaines tu discutes avec le capitaine, pas vrai ?"

Buhen se redressa. "C'est un ami, je lui raconte des histoires drôles. Quand je serai grand, il me nommera capitaine."

La veuve sourit. "Je n'en doute pas !" Elle posa une main sur l'épaule de sa fille. "Alors, qui préfères-tu, Subua, ou ton capitaine ?"

La question semblait bizarre. L'un avait un bateau et naviguait sur le fleuve, libre comme un oiseau, l'autre était muette, incapable d'articuler un mot. L'un était un homme, l'autre une fille. Il décida qu'il valait mieux ne rien dire.

"Est-ce qu'il a une femme, ton ami le capitaine ?"

Il ne s'était jamais posé la question. Une femme ? Mais pour quoi faire, puisqu'il possédait un bateau à aubes ?

"Tu ne crois pas qu'il aimerait avoir Subua pour épouse ?"

Cette conversation commençait à le gêner beaucoup. Et il se dit qu'il y avait sans doute quelque chose de vrai dans toutes ces rumeurs, que cette veuve était peut-être capable de vous tourner la tête au point qu'on ne savait même plus comment on s'appelait, ou que l'on en perdait son chemin. On racontait aussi que son mari ne l'avait jamais quittée, et qu'elle s'était occupée de lui à sa façon, en le transformant en chat. A ce moment-là, un chat apparut, et vint se frotter contre les jambes de la veuve.

"Tu la trouves jolie, hein ? Allons, ne sois pas timide, je t'ai vu, tu sais. Il lui faut quelqu'un d'exceptionnel. Le capitaine est un brave homme. Il ferait un bon mari, tu ne crois pas ?

— Mais le capitaine ne la connaît même pas ! Il ne l'a jamais vue. Comment pourrait-on vouloir se marier avec quelqu'un qu'on n'a jamais vu ?

— Il faut que le capitaine entende parler de sa beauté, dit la veuve en caressant les cheveux de sa fille. Tu ferais bien ça pour elle, non ?

— Moi ?"

Buhen n'en dit pas plus et chassa cette idée de son esprit, mais le jour où le *Taharqa* accosta au pied du gros eucalyptus il se surprit en train d'aborder le sujet sans qu'on lui ait rien demandé.

"Pourquoi n'avez-vous pas de femme ?

— Ce n'est pas à un gamin de ton âge de poser ce genre de question ! répliqua Abu Tawab, intrigué par le tour que prenait la conversation.

— Je voulais simplement m'assurer qu'un capitaine, ça ne se marie pas.

— Je suis déjà passé par là, et je n'aimerais pas recommencer, à moins que…

— Que quoi ?

— Si je devais me marier, cette fois-ci, ce serait avec une femme exceptionnelle !

— Que voulez-vous dire par exceptionnelle ?

— Eh bien, différente. Décris-moi donc une femme que tu connais, et je te dirai ce que j'en pense."

Et c'est ainsi que tout commença. Très vite, la jeune fille mystérieuse vint hanter leurs conversations. Abu Tawab semblait prendre plaisir aux merveilleuses descriptions que Buhen lui en faisait. Aussi commença-t-il à le traiter d'une tout autre manière, avec plus d'affection. Il l'invitait à venir sur la passerelle et à s'asseoir sur le siège du capitaine.

"Parle-moi de la fille que je vais épouser", lui disait-il.

Et pendant sept ans, Buhen n'eut pas le courage de dire au capitaine que Subua n'existait pas ou plutôt qu'elle existait bien, mais pas du tout comme il la lui décrivait. L'idée d'être le chouchou du capitaine lui plaisait. Dans ses récits, la beauté de Subua devint tout à fait extraordinaire. Cette légende commença à être connue, au point que des voyageurs de passage demandaient parfois si c'était bien ici que vivait la célèbre beauté. Les villageois se grattaient la tête en se demandant d'où pouvaient bien sortir de pareilles histoires.

Mais le jeu avait assez duré. Buhen ne s'était jamais attendu que le capitaine finisse par épouser la jeune fille. Aussi, il ne lui restait plus qu'à s'enfuir, et comme il ne pouvait pas la laisser seule face à cette situation, il emmena Subua avec lui. Ils vivaient donc maintenant dans une cabane faite de palmes et de cartons. Subua était vêtue de noir, des pieds à la tête. Buhen trouva du travail chez les archéologues. Il était content, bien qu'au début l'idée d'aller déterrer des morts ne lui ait pas semblé la meilleure chose à faire. La première fois qu'on le lui demanda, il refusa, disant qu'il trouverait mieux, et se hâta de sortir de la tente pour aller cracher dehors. Mais cette nuit-là il vit que Subua se recroquevillait sous un acacia et se berçait pour ne pas sentir la faim dans son ventre vide avant de s'endormir, et il comprit alors qu'il n'avait pas intérêt à faire le difficile. Et le lendemain matin il retourna là-bas demander du travail, n'importe quel travail. Ce n'était pas si mal que ça. Ils étaient généreux avec lui. Quand il avait besoin d'un morceau de corde, d'une lampe à pétrole, ou de fil de fer pour ses bricolages, il allait se servir au dépôt.

Cela ne les dérangeait pas. A vrai dire, il y avait là de telles quantités de matériel que c'est à peine s'ils remarquaient ces disparitions. Pour lui, ce n'était pas du vol puisqu'il avait fermement décidé de rendre tout cela plus tard. Ils le prirent en pitié à cause de sa jambe malade, et on le laissa donc aider le professeur en lui portant sa valise, ou la chaise pliante qui le suivait partout et qui ne pesait presque rien. Quand il faisait des croquis, Buhen tenait le parasol ou le grand écran blanc qu'ils utilisaient pour réfléchir la lumière dans un coin sombre.

Lorsqu'il voyait des ossements, il avait beau essayer d'oublier qu'ils avaient été des êtres vivants, il ne pouvait s'empêcher de leur parler. Quand il s'adressait à un squelette tout recroquevillé, il avait vraiment l'impression d'être entendu. Quand ils le voyaient faire, les scientifiques se regardaient en souriant, mais cela lui était égal. Pour Buhen, c'était un mystère. Ces morts avaient vécu sur cette terre, mangé la même nourriture et, comme lui, ils avaient bu l'eau de ce fleuve. Et voilà qu'à présent il transportait leurs doigts et leurs orteils dans une boîte. D'autres objets se trouvaient dans le sol, d'extraordinaires statues de singes et d'oiseaux, des chats momifiés enveloppés dans des bandelettes. Il expliquait tout cela à Subua. Croirais-tu, lui disait-il, que ce tas de poussière sur lequel nous sommes maintenant allongés était une cité vivante surmontée d'une forteresse ? Des marchands y venaient des sept mers du monde, apportant des épices et des pierres précieuses. Il lui parlait aussi de chars, de rois, de soldats montés sur des éléphants de combat et qui s'en allaient à la guerre, leurs bannières éclatantes claquant au vent. Quand il racontait cela, Subua retrouvait son calme, car sa voix apaisait l'angoisse qui secouait son corps.

Le soir, quand ils étaient assis côte à côte et qu'il lui racontait sa journée, ils semblaient plus proches que mari et femme, bien qu'il ne l'ait encore jamais touchée.

Quand il avait fini ses réparations, le soleil était couché. Ils se faufilaient sous la tente et se couchaient sur le sol. Epuisé par sa journée de labeur, il tirait la couverture et ses yeux se fermaient. Il sentait le doigt de Subua lui caresser les côtes. Elle ne semblait pas fatiguée.

Buhen soupira. "Tu veux que je te raconte une histoire ?" Il sentait que dans l'obscurité elle faisait oui de la tête. Alors, il se retourna sur le dos et, regardant par un tout petit trou dans ce qui leur servait de toiture, il aperçut un pan de ciel bleu foncé. Il semblait vide, mais au bout d'un moment son œil perçut des milliers de minuscules pointes de lumière, et plus il regardait, plus il en voyait. Au bout d'un moment, une histoire lui vint, et il se mit à parler.

CHAPITRE XVIII

Sous prétexte de troubles politiques qui assom-
brissaient le pays, le légendaire roi des rois
quitta les plaines fertiles de l'Est et mit à profit
cette période d'insécurité pour pénétrer dans la
vallée du grand fleuve. A peine venait-il de
s'emparer du pouvoir qu'il se sentit repris par
son instabilité habituelle. "Où irait-il ensuite ?"
Cette question le harcelait et il était intrigué au
plus haut point par ce qui pouvait bien se cacher en amont, dans ce lieu mystérieux d'où
venait ce fleuve majestueux qui coulait nuit et
jour devant son palais. N'était-ce pas un défi, un
appel auquel il se trouvait confronté ? Ses devins
se contentèrent de faire allusion à des légendes,
à des malédictions où il était question de gens
qui portaient leur tête sous le bras, et autres histoires de ce genre. Sans plus attendre, il ordonna
à ses soldats d'explorer ce pays.

Comme au début ils rencontraient peu de
résistance, ils s'enfoncèrent vers l'intérieur. Ils
arrivèrent à la seconde cataracte et aux fortifica-
tions abandonnées connues sous le nom de
Ventre de Pierre. Là, ils firent halte et jetèrent
vers le sud des regards emplis de convoitise. Le
monde connu s'arrêtait là. Au-delà, le pays s'enfonçait dans un brouillard de rumeurs et de folles
superstitions, peuplé de géants et de nains, au

sein duquel seuls des déserteurs poussés par le désespoir osaient pénétrer. On disait que ses habitants adoraient une énorme dalle rocheuse connue sous le nom de Table du Soleil. Une table de sacrifice chargée de toutes sortes de fruits, de légumes et de viandes. Au coucher du soleil, il ne restait plus rien, mais dès le lendemain matin cette table était à nouveau recouverte de vivres.

Voilà le genre d'histoires fantastiques que se racontaient les soldats avant d'accéder à ces territoires austères et effrayants. Personne ne savait au juste ce qu'ils allaient trouver. Aux rumeurs de richesses fabuleuses se mêlaient celles d'éléphants gigantesques armés d'énormes défenses et errant en liberté ; on parlait aussi d'abondantes réserves d'or et d'esclaves nombreux et magnifiques, de gens réputés pour être les plus beaux et les plus grands du monde.

Les émissaires du roi des rois engagèrent une peuplade appelée les Mangeurs de poisson pour leur servir de guides. Le voyage fut éprouvant. Après avoir remonté le courant pendant quatre jours, ils arrivèrent à une nouvelle grande barrière qui rendait le fleuve infranchissable. Ils s'enfoncèrent alors à l'intérieur des terres pendant quarante jours avant de regagner le fleuve sur lequel ils naviguèrent douze jours durant pour parvenir enfin à cette fameuse cité entourée d'eau et auréolée de légende, où vivait la reine Candace.

Arrivés devant elle, les émissaires déclarèrent : "Notre roi veut faire la paix avec votre peuple. En témoignage de quoi il vous envoie ces cadeaux."

La reine avait deviné que ces hommes étaient des espions hostiles, et non des émissaires pacifiques. Elle jeta un coup d'œil attentif sur ces présents. Il y avait du vin, des parfums, un beau tissu cramoisi, des chaînes et des bracelets d'or. Elle les examina l'un après l'autre.

"Cette myrrhe est agréable et utile à celui qui veut masquer son odeur naturelle. Ce tissu a été teint, et veut donc passer pour ce qu'il n'est pas. Quant à ces bracelets et à ces chaînes en or, ils nous rappellent les fers dont sont parés nos gens lorsque vos maîtres veulent les réduire en esclavage." Les visiteurs protestèrent, mais la reine leur imposa le silence d'un signe de la main.

Or les archers de ce pays étaient très réputés et respectés pour leur habileté, leur force et leur précision. Elle ordonna qu'on lui apporte son arc personnel. L'arc royal était grand et solide, avec une corde faite de peau d'hippopotame. Elle le courba, le banda avec facilité et lâcha une flèche le long d'un immense corridor au bout duquel elle vint s'encastrer dans un pilier de pierre dure, au grand étonnement des espions, ou soi-disant émissaires. Puis elle détendit la corde et leur présenta l'arc en les priant d'en faire autant. Les émissaires étaient tous deux grands et forts, mais aucun ne réussit à courber l'arc pour le bander. La reine leur dit alors d'un ton sévère :

"Votre roi vient pour conquérir nos terres, piller nos richesses et réduire nos gens en esclavage. Présentez-lui cet arc et dites-lui que s'il réussit à le plier assez pour pouvoir le bander, alors mon royaume, ses richesses, son peuple et moi-même lui appartiendrons."

Les émissaires rentrèrent chez eux avec le trophée et le récit de leur périple. Inutile de dire qu'il se passa bien des années avant que le roi des rois, ou tout autre monarque, n'envisage d'envoyer une armée dans ces lointaines régions, au-delà des cataractes.

CHAPITRE XIX

Quand Murjan l'eut déposé devant l'hôtel, Argin resta au bord du chemin de terre et vit la jeep s'éloigner, cahotant et bringuebalant dans les ornières. Il resta là quelque temps, à écouter les bruits alentour, le crépitement des feuilles dans la poussière, le gazouillis des tisserins dans les arbres. Le soleil avait perdu de sa dureté, et moins d'une heure plus tard la nuit serait là. Au loin, la jeep disparut dans un tournant : enfin, il ne se sentait plus responsable.

D'un pas las, il monta les marches et trouva, à l'autre bout de la véranda, assise à sa place habituelle, la silhouette familière de Sittu, vêtue de façon impeccable, comme si elle attendait l'arrivée de princes et d'empereurs couverts de plumes et de pierreries. Comme d'habitude, dès qu'il la vit, Argin sentit le calme revenir en lui, elle lui procurait une sensation d'apaisement. Il n'avait aucun mal à imaginer les hommes subjugués par sa beauté lorsqu'elle était jeune.

"La journée a été dure, semble-t-il." Elle tapa des mains pour que Kertassi vienne les servir. Pas la peine de lui demander ce dont il avait besoin : depuis le temps, elle savait lire dans ses pensées. Argin se laissa tomber sur le fauteuil rembourré et posa son casque poussiéreux à côté de lui tandis que le tintement des glaçons dans le verre se rapprochait lentement mais sûrement, annonçant l'arrivée de Kertassi.

"Il m'est arrivé quelque chose d'extraordinaire, dit Argin.

— Vraiment ? Et qu'est-ce qui a pu vous donner une telle frousse ?

— Tout d'abord, je suis tombé dans un caveau.

— En effet, on dirait que vous avez rencontré un fantôme !

— Ah bon ?" fit Argin en souriant. Il l'observait tandis qu'elle lui versait une longue rasade de sa liqueur réservée aux visiteurs de marque, et s'emparait de la pince à glaçons en argent.

"Votre histoire commence mal ! dit-elle en essayant d'effacer un sourire.

— Oh, mais il n'y a pas que moi qui sois tombé, c'est toute la maison qui s'est effondrée ! Je vais les reloger, bien sûr, mais vous imaginez la scène !

— Vraiment, ce n'est pas de chance ! Tous ces étrangers autour de vous, et cette maison dont vous avez la charge qui s'enfonce dans le sol. Mais dites-moi, n'y a-t-il pas autre chose qui vous tracasse ?"

Argin buvait à petites gorgées et secouait la tête, surpris. "Comment faites-vous donc pour lire dans mon cœur à livre ouvert ?

— Je ne savais pas que c'était dans votre cœur que je lisais", dit-elle, lentement.

D'un geste décidé, Argin se pencha en avant et empoigna le bord de la table qui les séparait. Il dit, d'une voix douce mais ferme : "Aujourd'hui, j'ai rencontré la créature la plus merveilleuse que j'aie jamais vue de ma vie."

Seul un regard beaucoup plus perspicace que celui d'Argin aurait pu remarquer un léger changement d'expression sur le visage de Sittu. "Une jeune fille ? Une femme ?" Argin fit oui de la tête. "Une villageoise qui passait par là ?" Elle plissa le front (était-ce d'inquiétude, ou de soulagement ?). "Ceci se passait donc à l'intérieur de ce caveau ?

— Non, pas du tout. Elle était avec eux."

Sans quitter Argin des yeux, elle se versa à boire. Derrière la moustiquaire qui protégeait la véranda des nombreux insectes, l'ombre devenait plus dense. Au loin, un rossignol s'était mis à chanter.

"Quand vous dites qu'elle était avec les autres, vous voulez dire que c'était une étrangère ?"

Argin esquissa un signe affirmatif, il se sentait confus et coupable

"Et qu'avez-vous l'intention de faire, en la circonstance ?" demanda-t-elle tandis que de ses doigts aux ongles vernis elle dessinait des cercles sur le rebord de son verre.

Argin, qui demeurait malgré tout sensible à ses changements d'humeur, constata que sa voix se durcissait, que ses gestes devenaient plus cassants.

"Eh bien, bredouilla-t-il, je ne sais pas, j'hésite." Il regardait fixement le fond de son verre.

"Ecoutez-moi bien, dit Sittu après un long silence. Il ne faut pas que vous vous laissiez emballer par cette… tocade.

— Mais comment pouvez-vous dire que ce n'est qu'une toc…" Mais une main se leva devant lui pour lui couper la parole.

"Réfléchissez bien. Qu'allez-vous faire, à supposer que ce soit sérieux, et en imaginant que cela ne s'arrête pas là ? Accepteriez-vous d'aller moisir dans son pays, ou est-ce que vous la ramèneriez ici ?

— Et vous donc, vous êtes bien venue ici, et vous n'en êtes pas morte !

— Pour moi, c'est différent. Mon mari, Allah ait son âme, et moi sommes venus ici pour en finir avec la vie que nous avions menée jusque-là, pour nous installer ici, pour tout recommencer, pour travailler." Elle prit une datte qui flottait dans une coupe d'eau et la mordit, oubliant d'en offrir à son invité, contrairement à son habitude. "Ces étrangères ne se font pas la même idée de l'amour que nous ! Pour elles, ça dure une semaine, quelquefois un mois, mais ce n'est jamais pour la vie, et encore moins pour l'éternité", ajouta-t-elle à voix basse.

Argin réfléchissait, en essayant de mettre un peu d'ordre dans tous les événements de la journée. Ce soir-là, en quittant l'hôtel, la tête lui tournait et ce n'était pas seulement à cause de la boisson. Le moins que l'on puisse dire, c'est qu'il était plus désemparé que jamais.

"N'oubliez pas, ajouta-t-elle au moment où il la quittait, vous avez un devoir à accomplir ici, une tâche d'une importance capitale, non seulement pour vous, mais aussi pour notre pays. Tout le monde compte sur vous !"

Bien sûr, elle avait raison. Il ne pouvait pas se permettre de penser à autre chose. Et pourtant, son cœur battait à tout rompre, et rien ne pouvait l'en empêcher. C'était une douleur si agréable qu'il aurait souhaité qu'elle ne s'arrête jamais. Et où cela pouvait-il bien le mener, se demandait-il en parcourant les rues obscures, où cela pouvait-il bien le mener ?

Etrange amitié que celle qui liait ce *DO* à la patronne de l'hôtel. Un homme, une femme. Célibataires, mais personne n'aurait songé à imaginer quoi que ce soit d'inconvenant, à les voir assis côte à côte en train de regarder le soleil se coucher. Et il ne serait venu à l'idée de quiconque d'imaginer une suite à leur relation. Elle, c'était Sittu. Et Sittu était une femme unique en son genre, tant elle imposait le respect. A vrai dire, elle inspirait une telle crainte que les gens oubliaient complètement que sous cette dureté apparente se cachait une vraie femme. Une femme en chair et en os, une femme avec un cœur. Et si elle était au-dessus de tout reproche, cela ne voulait pas dire qu'elle n'était pas capable d'émotions ou de désirs, seulement voilà, elle ne les dévoilait pas, et encore moins à ceux pour qui elle les éprouvait.

CHAPITRE XX

Parmi tous les gens qui observaient les prépa-
ratifs destinés à célébrer l'inauguration de ce
lac qui allait noyer le monde, il y en avait qui
croyaient pouvoir déceler en tout ceci des des-
seins beaucoup plus sombres. Secoueurs d'os,
joueurs de dés, jeteurs de sorts, appelez-les
comme vous voudrez, ces hommes et ces femmes
représentaient un savoir, un enchevêtrement
d'enseignements accumulés au cours des siècles,
un héritage transmis par leurs ancêtres et par de
nombreux voyages qui les avaient amenés à traverser le pays d'un bout à l'autre. Et ce savoir
était un résumé vivant de l'histoire de ce pays ou
même, dans certains cas, de tout ce continent.
Bien entendu, rien de tout cela n'avait été écrit,
mais confié à la mémoire, ce qui expliquait peut-
être sa longue fortune.

Les progrès récents de la science, et plus particulièrement de la médecine, avaient failli
rendre ces pratiques désuètes. Ainsi les gens
s'étaient-ils dirigés vers ces hôpitaux et ces docteurs en blouse blanche qui faisaient payer cher
pour gribouiller des ordonnances illisibles. Chacun payait sa visite et, en échange, emportait des
tas de sachets avec des pilules et des sirops. Les
pharmacies de la modernité, avec leurs lumières
blanches éblouissantes et leurs croissants rouges

luisant dans le noir, exerçaient une formidable attraction.

Parmi tous ces guérisseurs, les plus obstinés d'entre eux, les fakirs ou les derviches, étaient bien obligés de reconnaître que les gens se détournaient en masse de leurs vieilles pratiques. Mais les hôpitaux avaient aussi leurs problèmes : des patients disparaissaient, étaient perdus, oubliés, et on ne les revoyait plus. Certains venaient se faire soigner pour telle ou telle maladie, et mouraient de tout autre chose. Malgré cela, les docteurs continuaient à pratiquer des prix exorbitants pour leurs consultations sans offrir la moindre garantie de guérison. Ils prévenaient les gens que les maladies elles-mêmes devenaient de plus en plus compliquées et pouvaient, à la suite de mutations, résister aux vaccins censés les combattre. Ce qui, aux yeux de beaucoup, était une façon élégante de dire qu'ils ne savaient pas vous soigner. Par contre, de nos jours, ce sont les médecins eux-mêmes qui semblent vouloir vous fourguer de vieilles superstitions.

Pour ceux qui partageaient cette image du progrès, le barrage était moins la preuve d'une avancée vers la modernisation qu'une façon de reculer davantage sur la pente glissante de l'oubli. Cette étrange tribu se regroupait à certaines dates pour lancer ses perles et agiter ses plumes. Et pour détourner les esprits qui ne cessaient de les harceler, ces rassemblements se déroulaient chaque fois dans un lieu différent. A vrai dire, la plupart d'entre eux se contentaient de rouspéter. Ils marmonnaient de sombres présages et se laissaient aller à de sinistres commérages. Ils faisaient brûler leur encens, fabriquaient des petits paquets d'amulettes sur lesquels ils inscrivaient des incantations sacrées, y mettaient le feu et aspiraient la fumée qui s'en dégageait dans l'espoir que cela leur procurerait assez de clairvoyance pour pouvoir annoncer ce qui allait suivre.

Quelles que fussent leurs pensées lors de ces cérémonies, ils témoignaient toujours d'un grand respect à l'égard du fleuve. Pour eux, c'était une force à nulle autre comparable. Littéralement, il sortait du cœur même de la terre pour traverser tout le pays. C'est cela qui était important. Et celui qui ne voyait en lui qu'un pourvoyeur d'eau se trompait complètement. Du bout du doigt, ils traçaient des cartes dans la poussière. Quand les premiers explorateurs arrivèrent, à en croire ce que disait cet homme vêtu de haillons, ils pensèrent qu'ils pénétraient dans un monde enchanté.

"De retour au pays, ils racontèrent leurs exploits. Ils parlèrent de la barbarie des indigènes (c'est de nous qu'il s'agissait), de gens qui arrachaient les yeux de leurs ennemis, se recouvraient le corps de graisse d'éléphant, et portaient les couilles des vaincus dans des sacs accrochés à leur ceinture. Dieu sait d'où ils tenaient leurs histoires, mais ils ont écrit de gros livres sur tout cela, et leurs compatriotes les ont crus, faute de preuves."

Quelqu'un d'autre intervint alors, une femme, dont les yeux étaient d'un blanc laiteux, et les cheveux rougis par le henné. Elle n'aurait peut-être pas pu dire si elle avait déjeuné le matin, mais elle se souvenait d'histoires vieilles d'un siècle comme si elles s'étaient déroulées la veille.

"Là-bas, à l'étranger, ces gens perdaient la tête. Ils ne savaient pas si ce qu'on leur disait était

146

vrai ou faux. Ils mélangeaient tout, ce monde réel où nous vivons, et celui inventé par leurs conteurs, où des gens normaux se transformaient en géants, ou alors devenaient plus petits que des allumettes. Ils se disaient : Celui qui raconte l'histoire est le maître du monde. Et ils avaient raison.. Aussi ils en concluaient qu'ils devaient conquérir ces territoires non pas à cause de l'or qu'ils contenaient, mais à cause d'un pouvoir magique qui leur échappait, mais qui existait vraiment." Propos que certains approuvèrent. Un homme, dont les lunettes étaient si épaisses que ses yeux ressemblaient à des grains de poivre, leva la main avec insistance.

"Oui, mais tout cela n'explique pas pourquoi ils ont voulu nous voler l'idée même du fleuve !"

Cette déclaration fut suivie de soupirs. Chaque fois, c'était la même chose ! Alors, la femme reprit ses explications depuis le début. A cause de sa nature insaisissable, ce fleuve avait fini par représenter pour ces gens venus du dehors tout ce qu'ils ne comprenaient pas au sujet de notre continent, tout ce qu'ils avaient oublié sur la nature de l'univers. Le fleuve était un mystère qu'ils ne pouvaient pas maîtriser, et qui rapprochait tous ceux qui buvaient de son eau, c'était comme un fil qui reliait leurs âmes.

"Ah, fit l'homme aux lunettes d'un air approbateur. Puisqu'ils ne pouvaient pas conquérir le fleuve, alors il fallait qu'ils le suppriment ! Un lac neuf, cela n'a pas d'histoire." Une flamme charbonneuse tremblotait dans les lampes de verre. "Mais ce ne sont pas les vieux impérialistes d'autrefois qui construisent ce barrage, ce sont nos propres frères du Nord.

— Hé oui, c'est le comble ! gloussa la vieille femme. Voilà qui nous prouve les pouvoirs de leur sorcellerie. Un sort a été jeté sur nos propres frères. Ils sont tellement pressés de construire ce barrage que quand ils l'auront terminé ils diront que cela ne suffit pas, et qu'ils doivent en construire un autre. Vous avez compris ?" Son regard parcourut les visages de sa petite cour, pour s'assurer que tout le monde était attentif. "Ils courent après un rêve que la réalité rendra toujours impossible.

— Mais alors, pourquoi n'y renoncent-ils pas ? Pourquoi ne veulent-ils pas voir où est le bon sens ? insista le myope.

— Pourquoi ? mais parce qu'ils pensent que ce rêve leur appartient."

CHAPITRE XXI

La résidence officielle dans laquelle vivait et travaillait Argin était située dans une rue spacieuse bordée de palmiers et d'hibiscus. C'était une demeure imposante réservée autrefois au DO, ce qui expliquait la présence d'un canon sur la pelouse, et de nombreux rosiers importés d'Europe pour que ce fonctionnaire se sente chez lui. Argin était très conscient de l'ironie de la situation. N'étant originaire ni de cette ville ni de cette région, lui aussi, il était bel et bien un étranger.

Tous les volets et les portes de l'aile est étaient verrouillés et fermés par des volets en attendant la visite éventuelle du gouverneur. Mais celui-ci venait si rarement qu'on ne les ouvrait que quelques fois par an, pour permettre aux serviteurs de balayer, de chasser la poussière, de nettoyer les parquets et de laisser l'air et le soleil entrer dans ces pièces privées de lumière. Pour Argin, c'était l'occasion de s'accorder quelques instants d'un plaisir défendu. Il pénétrait alors dans cette vaste bibliothèque aux armoires sculptées et aux meubles imposants qui rappelaient une grandeur passée, et il s'asseyait derrière l'énorme bureau pour méditer sur le décorum du monde politique.

Il y avait peu de chances pour que le gouverneur débarque sans les avertir. Comme il l'avait expliqué un jour à Argin, un bon gouverneur fait sentir sa présence même quand il n'est pas là. Fidèle à sa parole, il n'était venu visiter cette région qu'une ou deux fois durant toutes ces années passées à ce poste. Il estimait que pour s'occuper des affaires de l'Etat il était beaucoup plus raisonnable de s'installer dans la capitale que de venir s'enterrer dans ce coin perdu et, en outre, c'était tellement plus confortable ! On s'ennuie dans ces provinces, disait-il en bâillant, et quel avantage en tireraient les habitants, s'il passait tout son temps à traîner au milieu d'eux au lieu de se trouver au plus fort de la mêlée politique, là où se jouent les choses importantes ?

La lumière déclinait lentement derrière le rideau d'arbres qui entourait le jardin. Argin ouvrit le portail et appela Murjan pour qu'il lui serve le thé. Dans l'ombre, une tourterelle roucoulait doucement ; Argin se laissa tomber sur le banc de la salle d'attente, à l'entrée de son bureau, et desserra le gros ceinturon de son uniforme. Il ferma les yeux, la tête appuyée contre le mur. Il avait envie de délacer ses bottes qui lui meurtrissaient les pieds. Murjan apparut peu après. Sans bruit, il posa le verre de thé à côté de lui.

"Pas de chance, n'est-ce pas, mon colonel ?"

Sans dire un mot, Argin hocha la tête, tout en essayant de se débarrasser de ses bottes. Murjan s'agenouilla pour l'aider, en silence. "Non, pas de chance", murmura Argin, en se calant contre le mur, épuisé.

Depuis quelques semaines, la lutte contre ce barrage et contre les projets de réinstallation se faisait plus dure, plus violente, inflexible. Un mouvement très net d'opposition politique était en train de prendre forme, autour d'un personnage mystérieux surgi de nulle part : une femme, se cachant sous un épais voile noir, et qui était apparue quelques semaines plus tôt. Nul ne la connaissait, semblait-il, ce qui ne faisait qu'augmenter l'aura qui émanait de sa personne. Murjan disait que les gens sur le marché parlaient d'elle comme d'un guide spirituel envoyé pour accomplir une mission. "La Dame du Lac", c'est ainsi qu'ils la surnommaient, comme si elle avait jailli du futur, de cette masse d'eau limpide qui n'existait toujours pas.

"Elle est la manifestation de notre esprit, c'est un signe !" criaient ces orateurs hystériques qui savaient si bien exciter les foules. On apercevait régulièrement cette femme en noir aux abords des manifestations qui avaient lieu tous les jours. Les gens fonçaient dans les rues, poussaient des clameurs, agitaient des branches arrachées aux arbres et brandissaient des banderoles exigeant que l'on renonce au barrage. On avait acheté leur âme. Cette affaire était en train de tourner au cauchemar et, peu à peu, Argin dut reconnaître qu'il était sur le point de perdre le contrôle de la situation. Il portait maintenant toute son attention sur cette sinistre femme en noir, à l'origine de tous ses problèmes. Qui était-elle, se demandait-il, et qu'avait-elle contre lui ? Elle avait réussi à transformer un projet de réinstallation, bien conçu et bien géré, en une gigantesque lutte du bien contre le mal, avec des malédictions, des incantations religieuses et toutes sortes de superstitions absurdes qui faisaient régresser tout ce monde vers le Moyen Age. Le plus gênant dans tout cela, c'est que la rumeur de cette dissidence était parvenue aux oreilles des visiteurs étrangers. Vous imaginez ces professeurs, ces experts venus du monde entier, se moquant de ce peuple archaïque et primitif !

"Mais qui est donc cette mystérieuse femme en noir, Argin ?

— N'écoutez pas ces racontars, professeur. Balivernes que tout cela !

— Vous croyez ? J'ai entendu dire qu'elle avait jeté un sort sur nous tous. Il ne nous reste plus qu'à parier pour savoir qui sera sa première victime ! Ha ha ha."

Tête en arrière, bouche grande ouverte, le visage hilare du professeur intriguait Argin et il se promit de traquer la femme en noir pour mettre fin à cette histoire grotesque. Son humiliation était telle qu'il n'osait même pas regarder l'archéologue, et encore moins lui parler.

Parfois, la silhouette mystérieuse apparaissait au beau milieu de la rue, accueillie par des acclamations, comme si elle sortait d'un arbre, ou surgissait du néant. Elle ne parlait jamais. Personne ne savait d'où elle venait, ni où elle allait. Telle une harpie, elle poussait d'étranges grognements, elle se frappait la poitrine, elle se roulait par terre, elle se couvrait de poussière. La plupart des gens avaient très peur d'elle, mais ils savaient qu'elle défendait leur cause mieux qu'ils n'auraient su le faire.

Le chef de la police, réputé pour ne rien faire à moins qu'on ne lui pointe un pistolet sur la tempe, fut réellement troublé lorsqu'il la vit pour la première fois. Il jura ses grands dieux qu'il ferait tout pour la capturer, qu'il allait se lancer tout seul à sa poursuite, etc. Il faut reconnaître qu'il fit une descente sur la place du marché et arrêta quinze femmes dont le seul crime était de vendre des légumes. Quand ils apprirent cela, les gens rièrent et il fut donc obligé de reconnaître son erreur, et de relâcher les marchandes. Quelque peu calmé par cette expérience, il se rendit au bureau d'Argin pour lui présenter ses excuses. Cette femme en noir usait de satanés stratagèmes : toutes ses tentatives pour la suivre avaient été déjouées à cause de ce long vêtement qu'elle portait tout le temps.

"L'ourlet de sa robe traîne dans la poussière, dit-il en lissant son épaisse moustache, et ça efface les empreintes au fur et à mesure qu'elle avance. Diablement rusé !

— C'est pour que le diable ne soit pas tenté de la suivre !" fit Argin qui connaissait les origines de ce costume traditionnel.

La rumeur était déjà parvenue jusqu'à la capitale où elle prenait une tournure politique. L'arrivée de la femme avait été précédée par celle d'une comète dans le ciel, disait-on. Elle avait été envoyée pour guider les gens en difficulté sur la bonne voie. Un déluge de manifestations provoqua la démission spectaculaire du secrétaire d'Etat au Travail. Un matin, en entendant monter jusqu'à lui les slogans criés par la foule qui passait près de son bureau, il avait jeté sa plume avec rage, était descendu dans la rue pour prendre la tête du défilé. Devant le palais, il déclara à la foule que le régime militaire avait été abusé par les discours lénifiants du président de la République, un homme venu du nord, et que la nation avait perdu tout sens de la dignité. La foule poussa des hurlements et menaça de renverser le gouvernement. Les généraux, que toute cette agitation rendait furieux, cherchaient à montrer du doigt un bouc émissaire. Et à en croire le gouverneur, leur doigt pointait maintenant en direction d'Argin.

"Mais c'est absurde ! Je ne suis pour rien dans ce qui s'est passé à la capitale !

— Cette femme est en train de briser l'unité nationale, avertit le gouverneur. Et les militaires, comme vous le savez, sont du genre à perdre la tête quand il ne le faut pas. Ils ne croient pas aux coïncidences. Ils pensent que ces insurgés se concertent pour agir, ils voient des complots partout."

Argin passa donc la journée à essayer de découvrir quelle personne ou quelle organisation pouvaient bien se cacher sous ce vêtement noir. Mais partout il rencontrait les mêmes réactions, aux étals du marché comme dans les cafés, chez le réparateur de bicyclettes comme devant la boutique de jus de fruits, où qu'il allât, il se heurtait à un même sentiment de méfiance. Ils s'étaient pris d'affection pour la "Dame du Lac", et ils n'étaient pas près de la trahir. Les gens hochaient la tête, le regard vide. Ils haussaient les épaules, et s'en allaient. Ils avaient perdu toute confiance. Maintenant, plutôt que de quitter leur maison à contrecœur, ils étaient prêts à se battre pour la garder.

"Ici, personne n'a voté pour ce barrage, et on ne nous a jamais demandé de le faire !" fit quelqu'un.

En vérité, Argin lui-même commençait à se demander si ce barrage était une bonne chose. "Je ne vois pas d'issue à tout cela !" soupira-t-il en s'asseyant sur la véranda pour regarder le soleil se coucher sur le jardin. Maintenant, Argin était convaincu qu'il ne parviendrait pas à maîtriser la tâche qui l'attendait. Tout ce qu'il aurait aimé savoir, c'était le prix qu'il allait devoir payer pour se sortir de ce guêpier.

En fait, la solution devait venir d'où il ne l'attendait pas. Le lendemain matin, il s'attaqua à un autre travail, et pour cela il se dirigea vers le centre de la ville après avoir longé l'avenue principale bordée de nèmes. Tout près de là, le quartier résidentiel était presque désert. Au-dessus des murs des jardins, on voyait de belles maisons aux volets de bois ouvragés. Il passa derrière l'hôtel et longea la mosquée et son grand dôme. Là où la voie de chemin de fer coupait la route, il y avait un groupe de cases à toit de chaume, autrefois tristement célèbres parce que des femmes de petite vertu et des brasseurs de bière locale y faisaient commerce, mais maintenant ce lieu était à l'abandon et avait l'air sinistre. Il longea de vastes hangars de réparation et les bureaux des services ferroviaires où l'ingénieur Faras était en train de travailler dur. Le sol était couvert de taches noires de mazout et de mâchefer. De vieux réservoirs et de nombreuses traverses de chemin de fer traînaient partout. Après avoir franchi cet espace, il longea une rue tranquille qui descendait en pente douce. Autrefois, ce quartier était connu pour ses artisans qui travaillaient l'argent, le cuivre et l'or. Ils avaient tous immigré de quelque part, en remontant le fleuve, quittant d'autres pays, d'autres villes et d'autres lieux pour apporter ici non seulement leur savoir-faire, mais aussi leur accent étranger, leurs coutumes et leurs noms. Et tout cela avait donné à ce quartier un caractère passablement cosmopolite. Autrefois, il était plein de vie, et aujourd'hui encore, avec un peu de chance, on pouvait apercevoir à la lueur d'une lampe à huile un visage penché sur son travail, comme si le sort du monde pouvait être encore accroché à une toute petite lettre gravée à la perfection.

Une fois sorti de la ville, Argin avança dans les fourrés qui grimpaient sur la berge, et au milieu de bouquets clairsemés d'acacias chétifs. A cet endroit, la route s'incurvait vers la rive du fleuve et les docks. Au-dessus des palmiers, les cous métalliques de deux grues immobiles trouaient le ciel comme des cigognes faméliques perchées sur une seule patte. En contrebas, sur le cours d'eau, on voyait une file d'embarcations amarrées en désordre, certaines petites et laides, délabrées et de guingois, toutes gonflées d'eau, à côté d'autres dont les voiles étaient ferlées et bien attachées. Et aussi de vieux bateaux de pêche, des embarcations à fond plat et à larges flancs dont le mât formait un angle qui ressemblait au bras d'un archer visant le ciel.

En passant devant les bassins de radoub, Argin remarqua que malgré l'heure matinale il y régnait une grande activité. Le *Toshka*, le plus grand des vapeurs qui parcouraient ce secteur du fleuve, avait été halé jusqu'à la cale en béton pour être remis en état avant son dernier voyage vers l'amont. Au milieu de cette cacophonie de bruits de marteaux et de scies, Argin distingua la voix de l'ingénieur Faras qui, selon son habitude, indiquait aux ouvriers ce qu'ils devaient faire.

Tout au bout de cet alignement de bateaux, il arriva en vue du *Taharqa*, reconnaissable à sa ligne basse et trapue. A la vue de cette embarcation misérable, Argin fut consterné. Elle était pire qu'il ne l'aurait imaginée. Une eau boueuse venait lécher la quille piquetée de rouille. De vieux pneus pendaient sur ses flancs et une famille de tisserins était venue se nicher à l'intérieur de l'un d'eux. Il appela plusieurs fois, et à la fin une voix à moitié endormie s'éleva de l'intérieur.

"Fichez le camp !

— Je veux parler au capitaine.

— Impossible."

Argin n'était pas sûr d'avoir bien compris. Pas très loin, il crut entendre quelqu'un qui pinçait les cordes d'un luth. Il éleva la voix : "Il faut que je lui parle. Est-ce qu'il est à bord ? Je suis le *DO*.

— Peu importe qui vous êtes, s'il n'est pas là, vous ne pouvez pas lui parler !"

Par nature, Argin n'était attiré ni par les bateaux, ni par l'eau. Il n'avait jamais appris à nager convenablement, ce qui expliquait peut-être sa méfiance à l'égard de tout ce qui se présentait comme susceptible de flotter. Mais le ton insolent de ce refus l'avait vexé, et il se risqua sur la passerelle. Il ne tarda pas à le regretter, car la planche se mit à osciller de façon inquiétante. Argin se raidit, écarta les bras pour se stabiliser. Il envisagea de sauter, mais l'idée de plonger la tête la première dans les festons poisseux d'algues vertes qui cernaient le navire l'en dissuada.

"Vous êtes sûr qu'il n'est pas là ?" hurla-t-il, sans quitter des yeux la planche sur laquelle il se trouvait. Pas de réponse. Argin s'arma de courage et avança un pied timide. Comble d'effroi, elle se mit à ployer encore davantage en direction de la surface de l'eau qui clapotait doucement sous ses pieds. On n'entendait rien, hormis ce luth que quelqu'un continuait à gratter sans tenir compte de sa fâcheuse position, égrenant des notes légères qui venaient se perdre sur l'eau. Argin décida qu'il reviendrait un autre jour. Un pied dans chaque direction, il allait faire demi-tour lorsque la voix lui demanda :

"Mais qu'est-ce qu'il veut de si urgent, ce *DO* ?"

Au milieu du vapeur, il y avait une coursive recouverte par le pont supérieur. Une silhouette se tenait là, éclairée par une lumière qui se reflétait dans l'eau.

"Faut m'aider, mon capitaine.

— Avancez-vous vers moi, dit la voix, et regardez devant vous, pas en dessous !"

Plus facile à dire qu'à faire, pensa Argin. Mais se sachant observé, il se sentit obligé de ne pas se donner en spectacle. "C'est vous que j'ai entendu jouer tout à l'heure ? dit-il. Je connais cet air." Il fit glisser un pied vers l'arrière, sans se rendre compte que c'était la façon la plus ridicule de monter sur un bateau. "Vous jouez très bien.

— Une chanson, c'est tout", répondit Abu Tawab d'un ton sec, en faisant tourner le luth dans ses mains.

Perdant l'équilibre, Argin se lança en avant et, poussant un cri, il trébucha sur le pont et tomba maladroitement dans les bras du capitaine. Il lui fallut un instant avant qu'il ne se redresse, s'excuse et réajuste sa tenue.

"Il faut que j'aille chez les gens qui vivent sur les îles près des cataractes, pour les faire évacuer."

Abu Tawab lui tourna le dos. "Vous perdez votre temps, ils ne partiront pas !

— Je dois essayer, capitaine. On m'a dit que vous étiez le seul sur le fleuve capable de m'emmener là-bas, et de me ramener." Il y eut un long silence. Un couple de tisserins vint voleter autour du bateau, puis disparut sous la poupe. Le capitaine recula dans l'ombre.

"Suivez mon conseil, laissez-les donc se débrouiller tout seuls.

— Je ne peux pas faire ça. C'est mon travail, et de plus ce ne serait pas bien.

— Moi, je connais ces gens, et, croyez-moi, ils ne partiront pas.

158

— Donc, il faut que je trouve une autre solution. Vous permettez ?" Argin montra la jarre pleine d'eau. Il souleva le couvercle et trempa le gobelet de métal dans le liquide frais et sombre. "Quoi qu'il en soit, dit-il en reprenant son souffle, je dois dire que vous jouez très bien. Je ne comprends pas comment quelqu'un qui a le cœur aussi dur peut produire une musique aussi douce. Vous avez dû traverser bien des épreuves, non ?"

Abu Tawab grogna quelque chose d'inintelligible et regarda ailleurs. Argin s'apprêta à partir, remit le couvercle de bois et le gobelet à leur place et s'essuya la bouche du revers de la main. En dépit de la mauvaise humeur du capitaine, il régnait en ce lieu un calme étrange. Pendant quelque temps ils restèrent tous les deux en silence, à contempler le fleuve.

"Vous devez en connaître un bout sur la vie ! Et sur les femmes ?

— Les femmes ? reprit Abu Tawab. Vous voulez parler de celle qui mène le mouvement ?

— Vous la connaissez ? demanda Argin intrigué, car ce n'était pas à elle qu'il pensait.

— Si je vous disais que j'ai été fiancé avec elle, je suppose que cela vous surprendrait ?

— Certes, cela me surprendrait beaucoup", dit Argin en s'asseyant sur un grand casier métallique. Il ne savait pas s'il devait le croire, peut-être cet homme se moquait-il de lui ?

Abu Tawab haussa les épaules.

"Mais comment a-t-elle pu se retrouver mêlée à toute cette histoire ?

— Je n'en sais rien, dit le capitaine. Parfois, je me dis qu'Allah a voulu me punir. Pensez donc ! Deux femmes, cinq filles, et pas un seul garçon ! A mon âge, un homme n'a plus beaucoup d'occasions. J'ai entendu dire qu'elle a des visions. C'est difficile d'épouser une femme comme ça, mais j'aurais pu essayer si j'avais été sûr d'avoir un fils." Il regarda Argin. "Sept ans d'attente, et tout ça pour rien, c'est long !

— Oui, c'est long, approuva Argin. Eh bien, je regrette que vous ne vouliez pas m'amener en amont. J'ai apprécié notre brève conversation et votre façon de jouer."

Abu Tawab renifla et, d'un geste gauche, il promena sa main calleuse le long de la rambarde de bois toute fissurée. "Vous le pensez vraiment, ou c'est une façon de parler ?

— Mon père jouait du luth, et il disait que j'avais une bonne oreille." C'étaient bien ses paroles, mais elles avaient alors un tout autre sens : le père d'Argin aimait tirer les oreilles de son fils quand celui-ci l'empêchait de jouer.

"C'est important, la musique." Abu Tawab semblait approuver ses propres paroles. "C'est bon pour l'âme." Puis il donna un coup de poing sur la rambarde et se retourna. "Soyez ici demain matin à cinq heures si vous voulez toujours y aller. Sachez simplement que, comme je vous l'ai dit, c'est une perte de temps."

Argin était à la fois soulagé et perplexe. Il poussa un soupir en voyant l'eau miroiter, et il posa les yeux sur l'étroite planche qui le séparait de la terre ferme. Il ne lui restait plus qu'à quitter ce fichu bateau.

CHAPITRE XXII

Le jour suivant, agrippé au bastingage du pont supérieur, Argin n'était pas à l'aise. Car il se retrouvait sur l'eau, mais en plus le capitaine ne cessait de parler avec passion d'un seul sujet : ses dons musicaux. Abu Tawab avait changé complètement de comportement depuis qu'il croyait avoir trouvé une oreille sensible. "Autour de moi, je n'ai que des bêtes ignorantes, dont l'imagination ne va pas plus loin que le trou du cul du garçon qui dort à côté d'eux !" Il voyait en Argin un être intelligent, cultivé, capable d'apprécier ses dons cachés. Une telle vanité donnait la nausée à Argin. Penché au-dessus de la rambarde pour mieux prendre l'air, il essaya de retrouver son calme en fixant la rive paisible qui défilait devant lui.

Il était heureux d'avoir quitté les quatre murs de son bureau. Observer le paysage depuis la passerelle du *Taharqa* donnait une autre dimension à l'immense tâche qui l'attendait. Il voyait les norias qui tournaient, les ânes et les bouvillons à longues cornes, les cases et les prairies verdoyantes. Il fut frappé par la fragilité de ce mince filet de vie se détachant sur un vide immense, et qui empêchait le désert d'empiéter et de tout dévorer. Ils approchaient des cataractes. Des rochers pointaient hors du fleuve, comme de gros doigts. L'eau se déversait entre eux en formant un éventail de lumière. Argin se sentait perdu. Il n'aurait jamais pu imaginer que l'eau se précipitait à travers cet obstacle avec une telle violence.

"Vous croyez qu'on va y arriver ?"

Abu Tawab ignora la question. Argin se demandait s'il l'avait offensé, mais avant qu'il ait eu le temps d'y réfléchir davantage le bateau se mit à tanguer avec violence au moment où ils pivotaient sous la force du courant. Sur le côté est de cette barrière, il y avait un chenal où l'eau s'engouffrait avec sensiblement moins de virulence. Le capitaine lança des ordres à droite et à gauche, s'empara en personne de la roue du gouvernail, et demanda à l'homme de barre de se tenir à tribord pour surveiller les flancs du navire.

Le bateau réduisit tellement sa vitesse qu'il semblait ne plus avancer du tout. Mais quand ils pénétrèrent dans cet étroit chenal, le moteur était à fond, et des trombes d'eau s'abattaient lourdement sur l'avant. Argin eut un instant l'impression de pouvoir toucher le rocher noir. Ils avançaient par bonds. L'air était saturé d'une vapeur d'eau qui passait en sifflant. Une odeur de soufre se dégageait des rochers volcaniques. Un fin brouillard commençait à l'envelopper comme une caresse, et il sentit que ses vêtements étaient trempés. Des petites gouttes d'eau s'accrochaient à ses bras et à son visage. Le capitaine faisait passer la roue de droite à gauche, d'une main à l'autre, d'un mouvement sec, comme un muletier qui fait claquer les rênes contre les oreilles de sa monture récalcitrante. Ils se retrouvaient soudain piégés à l'intérieur d'une bulle. Le bateau se soulevait et descendait par

secousses, mais il n'avançait guère. A tout instant, Argin s'attendait qu'ils soient tous écrasés.
Il n'aurait pas dû insister pour faire ce voyage.
Comment diable l'ingénieur Faras pouvait-il
envisager de franchir cette barrière avec tout ce
matériel lourd qu'il allait charger dans les docks ?
A nouveau, l'avant s'enfonça, et il eut la nausée.
En consultant sa montre, il crut qu'ils étaient
restés en l'air pendant une ou deux minutes,
pour s'apercevoir qu'elle s'était arrêtée. Le bateau
gîtait à présent si fort qu'il dut s'accrocher au
pont pour ne pas tomber. Des parois rocheuses
s'élançaient vers le ciel et éraflaient de chaque
côté les caissons d'acier des roues à aubes. Ils
restèrent ainsi un bon moment, l'avant en l'air ;
les moteurs tournaient dans le vide, l'eau tour-
billonnait autour d'eux, puis le *Taharqa* se glissa en avant dans des flots plus tranquilles.
D'un seul coup ils se retrouvèrent de l'autre
côté.

Lorsque Argin se retourna, il vit une simple
bande d'écume blanche qui disparaissait dans
une sorte de fissure étroite au cœur du rocher
noir. Devant eux, l'espace s'élargit alors qu'ils
pénétraient dans un passage vaste et dégagé
où l'eau s'écoulait à vive allure au milieu d'îlots
rocheux, si nombreux qu'on ne pouvait pas les
compter. Il y en avait des gros, des petits,
d'autres ourlés de végétation : nénuphars d'un
vert éclatant, lotus, et jacinthes d'eau à profusion.
Le paysage mystérieux se déployait dans un
silence qui tenait du miracle, après le vacarme
assourdissant qu'ils venaient de quitter. Il se
souvenait que dans des temps reculés les gens
croyaient que le fleuve sortait à gros bouillons de
la terre en un lieu magique qui devait ressembler
à celui-ci.

Stupéfait, Argin regardait le capitaine louvoyer avec assurance au milieu de ce labyrinthe. Il n'existait pas de cartes précises de cette région. Elles n'auraient été d'aucune utilité, car le changement constant du niveau de l'eau modifiait tout. Il suffisait de repérer les cataractes comme le fait un chasseur quand il cherche son gibier.

Bientôt ils arrivèrent à un promontoire plat où se trouvaient quelques maisons. Argin aperçut quelqu'un assis au bord de l'eau. C'était un vieillard, accroupi au soleil, en train de réparer un filet de pêche. Argin se dirigea vers lui, mais l'homme ne leva pas les yeux et poursuivit son travail.

"Je suis venu pour vous parler du projet de réinstallation.

— Qu'est-ce que c'est que ce projet ? fit l'homme en louchant à cause du soleil.

— Il faut que vous partiez. Toute cette région sera submergée dans moins d'un an.

— Qui a dit ça ?" demanda le pêcheur d'un ton agressif. Argin lui fournit toutes les explications nécessaires à propos du barrage, de leur réinstallation, des indemnisations et de l'attribution des terres, de la vie nouvelle qui serait la leur. "Comment ça, une vie nouvelle ? Mais on n'en a pas besoin, nous sommes très heureux comme ça !" lui dit le vieillard d'un ton qui n'admettait pas de réplique.

Argin enleva son casque pour s'essuyer le front. "Attendez, je crois que vous n'avez pas bien compris. Vous n'avez pas le choix !

— Vous perdez votre temps, dit le pêcheur, reprenant les mots du capitaine, je n'ai aucune envie de m'en aller."

Découragé, Argin regardait autour de lui. Il n'y avait rien sur cette petite île, à part quelques maisons, pas d'arbres, pas de champs, rien que des rochers arides et de l'eau qui surgissait de partout. On avait du mal à imaginer que l'on puisse avoir envie de venir y vivre.

"Vous n'avez pas de famille, alors, pas d'enfants ?"

L'homme posa son filet, se leva et regarda Argin des pieds à la tête. "On vivait ici bien avant votre barrage, et on y sera encore quand il aura disparu !

— Mais il y aura des dédommagements.

— C'est ça !" L'homme fit un geste d'adieu et s'en alla.

Quelque peu refroidi par cette rencontre, Argin revint vers le bateau et en chemin il s'arrêta pour observer le village. La plupart des maisons avaient été abandonnées. Les toits et les murs s'étaient effondrés. Les rares personnes qu'il rencontra n'avaient pas envie de lui parler. Elles semblaient déjà préparées à mourir. Il visita un autre îlot, puis encore un autre. Partout, la même réaction. On ne voulait pas de son argent. On ne voulait pas de son aide. Ce n'était pas seulement qu'on refusait de lui parler ; une fois, les habitants partirent en courant dès qu'ils l'aperçurent. A sa dernière halte, il rencontra une femme désespérée dont le mari s'était noyé deux semaines auparavant.

"J'ai quatre enfants, docteur, implorait-elle. Que puis-je faire ici, toute seule, je vous le demande ?" Encouragé par ces paroles, Argin voulut se rendre utile : "Je peux vous aider, venez donc avec moi sans plus tarder. Prenez quelques affaires, et nous les emporterons à bord du ferry." Il était si content à l'idée d'avoir enfin rencontré quelqu'un prêt à partir qu'il avait du mal à garder son calme.

"Tant pis pour les affaires, ça n'en vaut pas la peine." Elle fit sauter le bébé sur sa hanche et jeta un coup d'œil méprisant autour d'elle. "Le fleuve m'a pris mon mari, alors il peut bien emporter tout le reste !"

Argin l'assura qu'elle n'avait pas de souci à se faire, et qu'elle apprécierait de retrouver des objets familiers dans sa future maison. Il rassembla quelques affaires à la hâte.

Elle leva son regard sur lui : "Je n'ai plus rien à faire ici-bas. Juste avant que vous arriviez, je pensais me jeter à l'eau avec mes enfants, histoire d'en finir !

— Quelle horreur !"

Elle baissa la tête et se couvrit le visage. "Je n'attends plus rien de la vie.

— Allons, allons donc." Argin essayait de la consoler, mais ne savait plus quoi faire, il n'avait aucune idée de la façon dont il pourrait résoudre ce problème. Elle se lamentait, disant qu'elle ne pouvait plus continuer à vivre dans ce monde qui lui rappelait son pauvre mari. En montant à bord du *Taharqa*, elle donna l'ordre à l'équipage, d'un ton cinglant, de prendre soin de ses affaires, puis elle posa sa main sur l'épaule d'Argin pour ne pas tomber ; elle s'approcha encore et demanda en souriant : "Vous êtes marié, monsieur le DO ?"

Argin en resta bouche bée. Au milieu de sa stupéfaction, il entendait le rire du capitaine sur le pont supérieur. Tout le long du trajet de retour, il resta assis, à méditer en silence.

CHAPITRE XXIII

Une fois de plus, Argin vit ce grand lac en rêve. C'était un bassin enchanté, comme un récit sorti tout droit de la bouche d'un conteur, sur la place d'un marché. Le genre d'endroit d'où l'on pouvait s'attendre à voir surgir des djinns et des coffrets mystérieux. Dans son sommeil, il se mit à crier et à donner des coups de pied. Il était un faucon rasant la surface calme d'une immense étendue d'eau. Et quand, de ce point qu'il estimait très élevé, il regardait en bas, il croyait distinguer des formes sous cette masse liquide. Il voyait des maisons, des rues entièrement submergées, un dôme de bronze étincelant, une cathédrale élancée, semblable à celle que les archéologues avaient découverte dans les environs, mais absolument intacte, et immense. Il voyait des temples, des remparts, des forteresses, des statues de rois et d'oiseaux aux visages en or massif. Il voyait tout cela comme si sous sa surface l'eau avait redonné à chaque objet sa forme première, comme si les siècles les avaient entièrement préservés des outrages du temps.

A mesure qu'il s'avançait, sa vision perdait de sa clarté. Il vit une ville qui s'étendait jusqu'à l'horizon, avec d'immenses tours serties de gros diamants. Cette ville brillait de tous ses feux, comme si elle avait été faite de chrome, d'argent, ou de tout autre métal brillant. Il voyait émerger des formes géométriques, des triangles, des carrés ou des losanges. Ces images commencèrent à s'agiter, et c'est à peine s'il pouvait les repérer tandis qu'elles défilaient sous ses yeux. Sur une dizaine qui passaient devant lui, il ne pouvait en saisir qu'une seule, ce qui provoqua chez lui un sentiment de confusion et de terreur. Il ne pouvait pas expliquer la plupart des choses qu'il voyait, car elles étaient si étranges qu'il aurait pu facilement croire qu'il était dans un autre monde, sur une autre planète. Une forêt gigantesque ravagée par le feu, un navire de la taille d'une grande ville, une mer desséchée, une île recouverte par les flots, une ville en papier, une métropole souterraine avec des trains, des voitures, des gens et des boutiques, le tout profondément enfoui sous terre comme dans une tombe. Un soleil géant qui explosait. Un oiseau qui battait vainement des ailes dans une mare de goudron. Une armée d'engins métalliques qui fonçaient bruyamment dans le désert. Un vent qui arrachait la chair des êtres humains. Une ville qui disparaissait, engloutie dans une crevasse, une pyramide de crânes, et je ne sais quoi encore. On aurait dit que chaque horreur effaçait l'image de la précédente. C'était plus qu'il n'en pouvait supporter, et il se retourna en poussant un cri. Le bruit qu'il fit en tombant sur le plancher le réveilla.

La nuit était calme. On n'entendait que le coassement des grenouilles. Les étoiles veillaient paisiblement sur un monde où tout semblait en ordre.

Argin se remit au lit et, en essayant de se rendormir, il comprit que ce qui le préoccupait le plus, ce n'étaient pas ses tâches officielles. Il se rendit compte qu'au cœur de cette agitation il y avait cette étrangère, cette archéologue avec laquelle il n'avait pas échangé plus de quatre mots. Il était resté muet et interdit pendant qu'il l'entendait parler à quelqu'un d'autre. Il n'avait pas l'air de se rendre compte qu'on aurait pu le prendre pour un crétin. Il ne voulait pas entendre les grognements sonores et les raclements de gorge gênés de Murjan. Il avait bien conscience qu'il se comportait de façon bizarre, mais il ne pouvait pas faire autrement.

Après une longue journée de travail, l'équipe des archéologues étrangers aimait se retrouver tous les soirs, à la bonne franquette, juste après le coucher du soleil, pour discuter et boire des cocktails de leur invention. Argin préférait ne pas boire en présence de Murjan même s'il se doutait que tout le monde savait qu'avec Sittu il ne buvait pas que du thé. Mais c'était autre chose de boire sous le regard indiscret et désapprobateur de son ordonnance. Aussi se contentait-il de jouer avec un verre, qu'il avait accepté par politesse, pour ne pas paraître grossier. A l'odeur, il en conclut que c'était du jus de goyave mélangé à une bonne dose d'un alcool qu'il ne parvenait pas à identifier. Il résista à la tentation et, tenant son verre avec précaution entre le pouce et l'index, il le leva avec un sourire gêné toutes les fois qu'on portait un toast. On pouvait considérer, bien sûr, que, s'il fraternisait ainsi, cela faisait partie de ses responsabilités, qu'il était là pour faciliter la bonne entente et mettre ses visiteurs à l'aise, etc. Mais au fond de son cœur il savait que cela prouvait à quel point il était prêt à subir des humiliations de ce genre uniquement pour pouvoir être près d'"elle".

Ils étaient en train de discuter avec passion des fresques découvertes dans l'après-midi. Argin ne parvenait pas à faire le moindre commentaire, à part quelques mots de félicitations ou d'admiration. Il avait peur qu'on ne le prenne pour un ignorant, un rustre, un paysan mal dégrossi, ce qu'au fond de lui-même il pensait être. Il n'en avait jamais eu honte et jusqu'à une date récente cela ne lui avait pas causé le moindre souci. Mais maintenant c'était comme si l'on remuait un fer dans une plaie.

Quant à elle, elle pouvait s'exprimer sur tous les sujets avec l'assurance et l'aisance d'une érudite habituée à prendre la parole en public. Cette éloquence lui faisait mal, car chaque mot était pour lui comme un défi. Il était déchiré entre le plaisir de se tenir auprès d'elle et l'envie de ne pas être ici, mais n'importe où ailleurs.

Qu'est-ce qui m'arrive ? se demandait Argin. Ces étoiles qu'il voyait là étaient restées les mêmes, mais elles brillaient plus fort, elles étaient plus vivantes. Etait-ce l'amour qui le poussait à se comporter de façon aussi sotte ? Dans ce cas, nous étions bien loin des fadaises que fredonnaient les chanteurs de charme, rien à voir avec les gazouillis des oiseaux ou le parfum d'un bouquet de fleurs ! Il était décidément dans le plus grand trouble. Il ne pensait qu'à elle, mais elle demeurait insaisissable, distante, étrangère. Il ne pouvait s'approcher d'elle, pas plus qu'il ne pouvait s'en éloigner. Il était incapable de dire quoi que ce soit d'intéressant, ou de prendre la moindre initiative. Il se prenait sans cesse les pieds dans ses lacets à peine renoués. Et, par-dessus tout, il n'avait aucune raison valable pour justifier tout le temps qu'il consacrait à cette équipe-là plutôt qu'à toutes celles qui travaillaient en amont et en aval du fleuve.

Dans la voiture, ce soir-là, Argin se promit qu'il ne se rendrait pas sur ce site avant au moins trois jours. Il fallait qu'il trouve un remède à cette folie. Murjan était assis à côté de lui, il ne disait rien et serrait les lèvres en fixant la nuit dans laquelle ils s'enfonçaient.

CHAPITRE XXIV

"Ce n'est pas facile de faire accepter aux gens de quitter leur maison !" dit Sittu pendant qu'Argin dégustait un repas qu'elle lui avait préparé. Ce soir-là, ils étaient assis sur le balcon du premier étage de l'hôtel où l'air était frais et d'où l'on voyait le fleuve se dérouler comme un sillon d'argent miroitant au clair de lune. L'appartement de Sittu était à l'autre bout de la véranda. Ici, les étoiles semblent beaucoup plus proches, se dit Argin, tout en sachant bien que cela n'avait pas de sens. Le ciel était comme incandescent. Et il se sentait soulagé de ne plus avoir à donner d'ordres, d'être en compagnie d'une personne qui ne lui causait pas de souci.

"Ce jour-là, je me suis rendu compte de l'énormité de la tâche qui m'attendait", avoua-t-il en songeant à sa rencontre avec Abu Tawab, lorsqu'ils avaient remonté le fleuve ensemble. Sittu fumait un narguilé, une vieille habitude. L'odeur du tabac blond se mêlait au parfum des citrons verts qui montait du jardin.

"Des gens comme vous et moi, nous avons accepté que les hasards de la vie nous mènent vers des lieux inconnus. Mais pour ceux qui ont cultivé les mêmes terres pendant plusieurs générations, l'idée de partir est pire que la mort."

Argin admirait cette façon qu'elle avait d'exprimer ses propres pensées mieux qu'il n'aurait pu le faire.

"Pourquoi souriez-vous ?

— Oh, pour rien", dit-il, cachant son embarras en prenant un morceau de pain qu'il trempa dans la purée d'aubergines. "Sans doute parce que je commence à me trouver bien ici. Je sens que je vais regretter ces moments passés à rester assis sur cette véranda, ces étoiles, ce fleuve et, bien sûr, votre cuisine délicieuse." Sittu resta silencieuse et sembla prendre soudain un vif intérêt à ses ongles. Argin comprit qu'il n'aurait pas dû dire cela.

"Qu'est-ce qu'il y a ?

— On peut changer le cours d'un fleuve, mais suivre le cours naturel des choses, c'est toujours plus facile."

Argin fronça les sourcils. "Oui, c'est vrai", fit-il, bien qu'il n'ait pas compris tout à fait ce qui avait provoqué cette étrange digression métaphysique, ni à quoi elle voulait en venir exactement. Dans l'obscurité, le regard de Sittu chercha un instant le sien, puis se détourna. Dans la douce lueur des lampes à huile et des étoiles, les traits durs de cette femme volontaire semblaient s'estomper un peu, et l'on devinait ce qu'avait dû être son visage quand elle était plus jeune et moins marquée par la vie et le temps. Argin sentit que sa gorge se nouait, et il ne savait plus s'il devait continuer à manger, aussi il ne bougea plus.

"Il y a des choses auxquelles on ne doit pas nécessairement dire adieu, si on ne le souhaite pas, poursuivit-elle.

— Bien sûr", approuva Argin qui ne comprenait toujours pas. Il sentit qu'elle n'avait plus rien à dire, et cela le soulagea. Elle claqua des doigts pour faire retirer le couvert et demander que l'on serve le café et le dessert. Ils se replongèrent tous deux dans ce silence familier et amical qu'Argin avait trouvé si réconfortant ces dernières semaines.

"J'ai parfois le sentiment que ce fleuve en sait plus sur nous que nous-mêmes", dit Argin au bout d'un moment. Il ne remarqua pas un sourire approbateur sur les lèvres de Sittu. Puis on servit le café et les étoiles passèrent doucement dans le ciel, chacune parfaitement à sa place.

CHAPITRE XXV

Le lendemain matin, Argin songeait encore à l'étrange conversation de la veille. Il regardait vaguement par la fenêtre de son bureau. Au bout d'un moment, il se rendit compte qu'il y avait une petite fille en train de jouer dans le jardin. Elle entrait et sortait sans cesse des pans de lumière qui tombaient des arbres. Argin s'aperçut qu'il n'avait jamais accordé beaucoup d'importance aux enfants. Quand elle disparut derrière le canon, au milieu des branches violettes d'un hibiscus, il se pencha pour continuer à la voir.

"Murjan, Murjan !

— Oui mon colonel." La silhouette familière apparut à l'entrée, au garde-à-vous.

"Il y a une fillette dans le jardin. Qui est-ce, et comment est-elle entrée ici ?"

Murjan arracha son béret et s'inclina profondément. "Toutes mes excuses, mon colonel, c'est ma fille, Gemai." Des gouttes de sueur brillaient sur son front. "Je vais la faire partir.

— Non, mais non, pas la peine ! Je voulais juste savoir." La faire partir ? Argin, craignant soudain que sa question ne crée de la gêne ajouta : "Elle peut jouer autant qu'elle voudra." Mais c'était trop tard, il le sentit bien. Murjan, visiblement embarrassé, allait de toute manière gronder la fillette. Il se demanda pourquoi il n'avait encore jamais rencontré la famille de cet homme. L'ordonnance rectifia son uniforme et ajusta sa vareuse. Argin ne tenait pas à en savoir plus. Il envisagea de donner congé à Murjan pour le reste de la journée, mais cela ne ferait qu'ajouter à son sentiment de culpabilité. Il essayait de trouver une autre solution à ce délicat problème lorsqu'il fut distrait par un bruit au loin. Les deux hommes se regardèrent avec la même expression d'étonnement.

"Vous avez entendu ça ?"

A voir l'air perplexe de Murjan, Argin comprit qu'il n'avait pas rêvé. Il se passait assurément quelque chose et, à en juger par le bruit, quelque chose de grave. Ils sortirent tous les deux sur la véranda. La fillette se tenait au milieu de la pelouse, sans bouger. Elle aussi, elle sentait le danger. Par-dessus la muraille, on voyait les arbres de la rue s'agiter violemment, alors qu'il n'y avait pas le moindre vent. Maintenant, on distinguait aussi des voix fortes qui s'approchaient. Sur la pelouse, la fillette s'arrêta de lancer sa balle en l'air, et se tourna vers les deux hommes qu'elle venait maintenant d'apercevoir. C'est alors qu'une première pierre vola au-dessus du portail pour venir frapper l'un des volets avec un bruit sourd.

"Va derrière la maison !" lui ordonna Murjan. Gemai fila sans un mot. Dehors, la tension montait. Un nuage de poussière s'élevait lentement. Les gens scandaient des slogans et agitaient des branches arrachées aux arbres. Argin n'en croyait pas ses yeux. Ils secouaient le portail sur lequel une pauvre sentinelle appuyait de toutes ses forces, essayant en vain de le maintenir fermé. Son calot tomba et en essayant de le ramasser il laissa glisser son fusil de son épaule. Ses bottes dérapaient dans la poussière. Sous cette pression, peu à peu, il reculait. La clameur était à son comble. Argin battit en retraite vers la maison, sous une pluie de pierres et autres projectiles qui venaient s'écraser tout autour de lui.

"Va leur parler", dit-il à Murjan. Le portail n'allait pas les retenir bien longtemps.

"Qui, moi ?" Le visage de l'ordonnance se rembrunit. "Et que dois-je leur dire, mon colonel ?" Tandis qu'il parlait, une mangue pourrie passa près de son oreille droite, disparut dans le bureau d'Argin où elle alla s'écraser dans un bruit de verre cassé. Comme un seul homme, ils allèrent chercher protection derrière un pilier de brique. Argin se frotta le menton.

"Descends, demande-leur de désigner un porte-parole, et qu'il vienne ici !"

Murjan doutait de la sagesse de cette décision, mais un ordre était un ordre. Il fit un salut bref, pivota sur ses talons, et descendit courageusement l'allée pour affronter la foule pendant qu'Argin s'effondrait contre le pilier, le cœur battant. Mais qu'est-ce qui avait bien pu se passer ?

Cela faisait maintenant plusieurs semaines que l'on avait envoyé la délégation d'anciens du village visiter les sites de relogement pour mettre ainsi fin à leurs critiques. Le succès avait été complet. Partout, ils avaient été reçus comme des chefs d'Etat en visite officielle. Tout d'abord ils s'étaient rendus dans la capitale en avion (aucun d'entre eux jusque-là n'avait vu un avion de près, et encore moins n'était monté dedans), et ils avaient été reçus en personne par les généraux. En effet, la junte au pouvoir était formée d'un groupe d'officiers dont le premier acte public après la prise de pouvoir avait été de s'attribuer à tous le même grade, ce qui était la preuve, à les entendre, de la profondeur de leurs convictions démocratiques, ce dont nombre de gens doutèrent. On organisa une fête immense en l'honneur de nos visiteurs, à laquelle assistèrent des tas de gens très riches, et toute une brochette d'acteurs, de chanteurs à la mode. Les radios diffusèrent dans tout le pays les discours des généraux, où il était question des nobles sacrifices consentis pour le bien commun de la nation. Ils étaient tous des héros, ces citoyens que l'on déplaçait, au même titre que ces nobles martyrs qui avaient donné leur vie dans la lutte pour l'indépendance. Partout où ils allaient, ils avaient droit au même accueil. Ils disparaissaient sous des guirlandes de fleurs, on les saluait par des youyous et des chants de victoire. Au milieu des bêlements et des mugissements, on abattait des moutons et des bœufs sur le sable, et on offrait leur sang en sacrifice. Des experts reconnus étaient là pour expliquer les avantages sociaux qu'il y avait à regrouper toute une communauté sur un même site géographique entièrement neuf : d'après une théorie en vogue, le choc d'un changement soudain pouvait resserrer les liens sociaux, et favoriser sa cohésion. Des ingénieurs du bâtiment vantaient les mérites des blocs préfabriqués, la supériorité des matériaux modernes, et le plan inédit des nouvelles maisons, le tout étant d'une modernité sans précédent dans le pays. Ouvrons une parenthèse : on ne faisait pas mention, mais c'était un détail, du fait que plus de la moitié des maisons promises n'étaient pas prêtes à la date requise, ni que les entrepreneurs engagés au début s'étaient retirés, et qu'une solution moins chère était à l'étude. Fin de la parenthèse. Il y avait là toutes sortes d'experts : des agronomes qui expliquaient de brillants projets d'irrigation, des démographes qui soulignaient les avantages d'habitats rapprochés, des météorologues qui insistaient sur la régularité d'une pluviométrie saisonnière, laquelle allait augmenter le nombre de récoltes par an. On montra aux délégués une ferme expérimentale où poussaient des poivrons gros comme des melons, en oubliant de signaler qu'on les avait traités avec un pesticide interdit dans la plupart des pays civilisés.

Jusque-là, en dépit de quelques réserves morales, Argin avait estimé que ces divers comptes rendus démontraient le succès de toute cette comédie. Mais il commençait à se demander s'il n'était pas allé un peu vite en la matière. Car ces gens qui s'avançaient sur la pelouse évoquaient l'image lugubre d'une foule prête à le lyncher. Murjan fit de son mieux pour les freiner, mais ils le repoussèrent et se regroupèrent au pied de la véranda.

"Monsieur l'officier, monsieur Argin, nous sommes venus ici pour vous faire part de l'inquiétude des gens quand ils apprennent toutes les calamités auxquelles vous nous avez condamnés !"

Argin comprit qu'il lui fallait quitter le pilier de brique derrière lequel il se sentait en sécurité. Il s'avança à découvert, et vit à ses pieds une marée menaçante de coton blanc.

Ils parlaient tous en même temps.

"Ces zones de réinstallation…

— Mais vos compatriotes sont allés euxmêmes les visiter." Un grand gaillard se détacha de la foule. "C'est bien ça, maintenant, nous savons tout !

— Mais que savez-vous au juste ?

— Nous savons tout sur ce lieu où on nous envoie : il est maudit !"

Argin était pris de court. "Maudit ? répéta-t-il.

— Là-bas, l'eau du fleuve a un goût de pisse de cheval.

— Et il y a une maladie qui fait que les hommes se mettent à enfanter !

— Et il est habité par des sauvages et des babouins qui copulent avec des femmes respectables !" Argin en avait le vertige. "Mais qu'est-ce que c'est que toutes ces histoires ? Qui vous a raconté tout ça ?"

Ils n'étaient pas venus pour l'écouter, mais pour agir. Un homme sauta sur la véranda. Il repoussa Argin, fit monter les clameurs en exhortant la foule à descendre dans la rue, pour réveiller cette ville endormie.

A cet instant, alors que tout semblait perdu, Argin fut sauvé du malheur que le destin lui réservait par une étrange apparition. L'homme qui lui parlait se tut soudain, sans que personne, et encore moins Argin, sache pourquoi. C'est alors qu'il poussa un cri en montrant la rue d'un geste théâtral. Argin suivit la direction qu'indiquait sa main, et vit la foule se diviser comme le fait la mer dans les textes sacrés et là, tout au bout de ce sillon humain, il aperçut la silhouette minuscule d'une femme vêtue de noir des pieds à la tête. Argin retint son souffle quand il comprit que tout, y compris sa propre vie, dépendait de ce qu'elle avait l'intention de faire. A cet instant, elle bifurqua et disparut, tout simplement. Sans un mot, la foule oublia complètement Argin et se précipita à nouveau dans la rue pour la suivre. Tout chavirait, on était en plein chaos. Argin se pencha à droite et à gauche pour essayer de deviner ce qui se passait au-delà de cet océan de têtes et de branches que l'on continuait d'agiter. Il se dit que la mystérieuse femme en noir devait être en tête du cortège et qu'elle les entraînait à travers les rues. Après avoir donné l'ordre à Murjan de barricader le portail d'entrée, il s'enferma à clef dans son bureau et appela le gouverneur.

"Ces j-jours-ci, toutes les fois que j'entends le son de votre voix, je sais que ça ne va pas, grogna le gouverneur, et quand je fais un cauchemar, je n'entends plus que vous !

— Je suis désolé", s'excusa Argin. Il décrivit la manifestation. "Il y a maintenant, de toute évidence, une volonté arrêtée de répandre ces mensonges pour couler le projet.

— Je savais bien que l'idée de les calmer n'était p-pas la bonne, murmura le gouverneur. De pareilles subtilités, ça passe au-dessus de la tête d'un paysan ! Alors, que proposez-vous maintenant ? On fait donner la troupe ?

— Je croyais que ces visites allaient les aider à comprendre la situation. Mais tout ce qu'ils en ont retenu, ce sont ces superstitions absurdes.

— Faut les mettre au-au pas !

— Oui, mais comment ? L'armée ne connaît que la violence. Cela ne résoudra rien.

— Mais non, pas du tout. Il faut les impressionner, avec de l'autorité. Leur faire peur. Leur flanquer une sacrée peur !

— Oui, mais comment ? Vous ne voulez pas dire que… Non, ce n'est pas possible !

— Si, fit le gouverneur d'une voix grave. On va organiser une visite des gé-gé-généraux !"

Argin sentit que le cœur lui manquait. L'ennui, selon lui, avec ces militaires, c'est qu'ils avaient tendance à mettre leur nez dans des choses auxquelles ils ne comprenaient rien. Ils étaient obstinés, oui, têtus comme des mules. C'étaient des brutes. Ils n'avaient pas la moindre idée de la façon dont on pouvait gouverner, mais ils aimaient tellement ça qu'ils tuaient ou jetaient en prison tous ceux qui défiaient leur autorité.

"Vous croyez vraiment que c'est nécessaire ?

— Comment ça, nécessaire ? Mais ça s'impose ! Le problème, c'est de trouver un prétexte." Pendant un moment, il y eut un silence sur la ligne puis, à nouveau, on entendit la voix du gouverneur. "Et si on avait recours à un martyr ? Comme vous le savez, ils sont très attachés aux figures historiques. Vous n'en auriez pas une sous la main ?

— Eh bien, oui, il y a toujours ce Qustal Kalabsha.

— Excellent ! Vous voyez, quand on s'y colle, on finit toujours par trouver une idée ! En tout cas, oui, il faut faire quelque chose pour ce vieux coquin, on ne peut pas le laisser comme ça en pâture aux poissons. Occupez-vous-en. Organisez une nouvelle sépulture, un enterrement. Avec des fanfares. Avec des défilés d'écoliers. Des drapeaux partout. Ça, ils aiment ! Donnez-leur une occasion d'exhiber leurs vieilles médailles. Faites-le immédiatement !"

CHAPITRE XXVI

Pendant onze semaines qui semblèrent interminables, le chantier naval avait été ébranlé par le grincement des scies à métaux, le bruit sourd et régulier des marteaux heurtant les tôles de métal. On avait traîné le *Toshka*, jadis si élégant, sur son bassin de radoub où il gisait maintenant comme un vieil éléphant privé de ses dents. Les deux cheminées au-dessus de la salle des machines faisaient penser à deux défenses minables, toutes déchiquetées, et qui s'écartaient l'une de l'autre pour former un angle obtus. Les flancs de ce lourd vaisseau, une fois sortis de l'eau, laissaient paraître des zébrures de rouille orangée. Triste fin, après une carrière aussi longue et aussi brillante ! Tout, sur ce navire, portait la marque de l'usure et de la fatigue. Les superstructures, dévorées par les vers, couvertes de cicatrices de corrosion, avaient un besoin urgent de réparations. Quand on s'emparait d'une balustrade, elle vous restait dans la main. Des portes basculaient dans le vide, retenues par un seul gond. Le pont en bois, jadis entretenu avec amour, régulièrement frotté et dûment encaustiqué, était tout gauchi et craquelé. Par endroits, là où les planches s'étaient effondrées, on voyait maintenant des trous béants. Des oiseaux prenaient plaisir à voleter avec habileté au travers de volets qui avaient perdu des lattes. Toutes les pièces étaient recouvertes d'une couche de poussière fine comme du cacao en poudre comme si ce navire avait été fait en chocolat, qu'il s'agisse des lits, des tables, des buffets, des chaises ou des vaisseliers. Toutes sortes d'insectes et de reptiles y avaient élu domicile. Des lézards traversaient à la hâte les cabines de première classe, des serpents s'enroulaient au fond des baignoires, des scarabées se heurtaient dans leur vol à des vitres couvertes de crasse, des chauves-souris venaient se suspendre aux tringles des penderies. Pourtant, ces dernières semaines, même les moins lucides de ces nouveaux hôtes s'étaient mis en quête d'un autre domicile. Car ce bruit, ces vibrations constituaient une gêne pour tous, sauf pour les plus têtus et les plus indolents d'entre eux.

Faras, l'ingénieur en chef, avait pris la direction de toutes ces grandes réparations, mais sans le moindre souci de rendre au *Toshka* sa grandeur passée. Pour lui, ce bateau n'était qu'un moyen pour accéder à une fin, un simple élément dans ce plan compliqué qu'il avait élaboré avec soin. Et pour lui, des priorités s'imposaient : la coque, les roues à aubes, les machines. Le responsable du Steamers & Telegraph, le pilote, le chef de la capitainerie du port et un directeur des ateliers fort mécontent allaient des années durant ressasser l'humiliation qu'ils avaient subie lorsqu'il visita le navire pour la première fois.

"Mais c'était la perle de notre flotte ! expliqua l'employé de Steamers & Telegraph, avec un sourire plein de nostalgie, et à la belle époque on a vu monter à son bord la fine fleur de l'aristocratie."

Or Faras n'avait que faire de toutes ces frivolités. "On m'a dit que ce navire était en parfait état de marche", fit-il d'un ton sec en coupant court aux bouffées de nostalgie de cet homme qui était son aîné. Le directeur de Steamers & Telegraph se tut. On pouvait lire sur son visage une expression qui montrait à quel point il était déconcerté par la brutalité du propos. Les autres se rapprochèrent pour lui porter secours.

"C'est un bon navire, un navire solide, fit le pilote d'un ton désapprobateur, suffira de lui donner un petit coup de pouce, et de le bichonner." Le chef de la capitainerie approuva énergiquement. L'ingénieur Faras les regarda l'un après l'autre, abasourdi par tant de vanité, par une bêtise aussi épaisse. Et tandis qu'ils poursuivaient leur visite, les choses allèrent en empirant. L'un après l'autre, le pilote, le responsable de Steamers & Telegraph, le chef de la capitainerie se sentirent offensés par ses condamnations quelque peu sommaires. Le directeur des ateliers essaya bien de balancer une clef anglaise à la tête de cet homme qui les accusait de façon si éhontée, mais les autres réussirent tant bien que mal à l'en empêcher. Ces quatre vieux complices se serraient l'un contre l'autre, se demandant où tout cela allait bien mener, ou, plus précisément, ce qu'ils allaient devenir dans ce monde sans pitié.

On dirait des gamins dans la cour d'une école, songea Faras. L'ingénieur en chef était scandalisé par tout ce qu'il voyait. Et comment diable allait-il s'y prendre pour faire remonter les cataractes à cette vieille bourrique, qui n'était plus bonne à rien ?

"Ce navire, il est pourri, complètement pourri !" déclara-t-il en enfonçant son poing dans la latte la plus proche aussi facilement que si c'était du papier journal. Vaincus, les autres lui collaient aux talons, traînaient derrière lui en silence le long des escaliers, élevaient des protestations de plus en plus faibles tandis qu'il leur désignait d'autres défauts. Le responsable de Steamers & Telegraph changea rapidement de camp. Il s'arrangea pour se retrouver aux côtés de Faras et pour tourner le dos au chef de la capitainerie qui semblait maintenant complètement désorienté, après avoir protesté à plusieurs reprises contre le peu de crédits qu'on lui avait attribués pour pouvoir effectuer les réparations nécessaires.

Une foule de badauds observaient tout cela de loin, ils étaient perplexes. Ils se demandaient pourquoi l'on faisait tant d'histoires. Bientôt, ils allaient le découvrir. La visite terminée, Faras rassembla tout le monde et grimpa sur un baril de mazout dressé à la verticale pour leur dire ce qui l'avait amené ici. Ce qui les attendait, c'était un voyage historique, et pour ce navire, ce serait son couronnement, son heure de gloire. Ce vapeur allait jouer un rôle crucial dans le dernier chapitre de l'histoire de la région, un rôle dont les générations à venir parleraient longtemps avec fierté. Ce navire allait remorquer tout ce qui valait quelque chose dans ce chantier pour l'emporter le long de la vallée, en remontant le fleuve, jusqu'à la capitale. Il y avait des tas de choses à faire pour tout le monde, continua-t-il. Il fallait renforcer la coque avec des tôles d'acier, démonter et remonter complètement les machines : tant que le *Toshka* ne serait pas en parfait état, il ne serait jamais capable de faire face à la puissance des cataractes.

"Messieurs, le monde nous regarde. Ils veulent savoir si nous serons capables de relever ce grand défi. Beaucoup pensent que nous ne pourrons pas le faire. Eh bien, on va leur prouver le contraire !"

C'était là un discours digne d'un général intrépide ralliant ses troupes à la veille d'un combat incertain. En descendant de son piédestal, Faras s'adressa intérieurement de sincères félicitations. Il avait toujours éprouvé une certaine sympathie pour ces ingénieurs militaires étrangers qui mettaient leur compétence au service de leur pays. Ah, si seulement il pouvait compter un peu sur un tel dévouement ! Au moment où il descendait de cette chaire improvisée, il eut droit à de faibles acclamations. Déjà, on faisait la queue pour s'embaucher.

Pourtant, cela prit beaucoup plus de temps qu'on ne l'aurait généralement cru. A chaque nouvelle tranche de travaux, on découvrait qu'il fallait en ajouter d'autres. Le *Toshka* ressemblait à un gros mastodonte docile qui attendait sa fin, calé paresseusement entre les palmiers et les grandes herbes. Toute la journée, des chalumeaux à acétylène, des lampes à arc bourdonnaient et haletaient, répandant une lueur bleue, crachant des gerbes d'étincelles éblouissantes comme des étoiles qui se répandaient dans l'obscurité en cascades. D'étranges lueurs blanches et intermittentes montaient à travers les écoutilles de la salle des machines.

Les vieux qui se tenaient à distance respectable parlaient de magie noire, de sorcellerie. Certains consultaient les ossements pour savoir si le *Toshka* serait jamais capable de remonter le courant. Ou quel sacrifice le fleuve allait encore exiger.

CHAPITRE XXVII

Vouloir déterrer les ossements d'ancêtres lointains pour les sortir de leurs tombes en ruine,
c'était bien beau. Mais vouloir exhumer le cadavre de Qustal Kalabsha, un homme qui était
encore plus ou moins un héros national, dont le
nom était griffonné par les écoliers dans leurs
cahiers tout chiffonnés, ou cité de temps à autre
par des politiciens opportunistes qui espéraient
pouvoir ainsi récupérer quelques-unes des
valeurs attachées à sa légende (bravoure, probité
et dignité), cela, c'était une tout autre histoire.
Mais la décision avait été prise. Le vieux guerrier
devait effectuer un dernier voyage qui allait
l'amener de ce lieu où il était mort au combat
soixante-dix ans plus tôt à la capitale pour y
faire une tournée invraisemblable, et où on allait
ériger une grande statue de marbre rose le représentant en train de caracoler sur son cheval. C'est
là le sort réservé aux braves, aux hommes intré-
pides. La postérité a pour habitude de les statufier
afin qu'ils ne viennent plus déranger le présent.

Mais on se heurtait à une première difficulté :
celle de retrouver son corps. Personne ne pouvait dire de façon certaine l'endroit exact où il
avait été enterré. A une certaine époque, on faisait mention d'un gros tas de pierres et d'une
plaque de plomb où l'on avait grossièrement

gravé son nom. Peu importait si c'étaient ses restes, comme l'avait fait sagement remarquer un homme politique, puisque son esprit planait sur tout le pays. Mais il y avait aussi les ravages du temps et du hasard, car maintenant des rochers et des pierres étaient répandus sur toute cette sombre plaine sans qu'on puisse vraiment dire qui y était enseveli.

Tant et si bien que personne ne pouvait affirmer que cette forme enroulée dans son linceul que l'on avait arrachée à la terre était bel et bien celle du fameux cavalier, de ce grand guerrier. Les entrepreneurs des pompes funèbres décidèrent qu'un cadavre en valait bien un autre. La question était si délicate que personne ne souhaitait véritablement apporter la contradiction, car cela aurait pu retarder le projet. Personne n'avait envie de poser trop de questions. On voulait en finir, et au plus vite. Comment pourrait-on le leur reprocher, car le seul fait d'aller déranger les morts avait quelque chose de troublant. Le gouverneur enfonça bien le clou en disant que ce corps en tant que tel n'était guère important, et que ce qu'on allait véritablement déterrer, c'était une vieille hache de guerre et l'âme même d'un combat. Recueillir les restes d'un corps, c'était important, mais ce qui comptait le plus, c'était la légende.

Comme c'est souvent le cas, l'histoire véridique de cet homme était assez différente de celle qui sortait de la bouche d'opportunistes aussi insignifiants que paresseux, ou de celle proférée dans leurs salles de classe à grands coups de craie par des pédagogues imbus d'eux-mêmes. Le véritable Qustal Kalabsha, prince d'Orient, aurait été sans doute très touché de voir que l'on sortait ses restes de la terre (à supposer que ce soient les siens) pour les déposer avec vénération sur un lit de bois recouvert de palmes qui faisaient songer aux plumes desséchées d'un énorme oiseau. Mais qui donc pourrait s'opposer à ce que l'on souhaite rendre la vie à sa légende ? Et cette image d'un oiseau n'est pas fortuite. En privé, on l'avait souvent comparé à un oiseau de proie, mais pas dans le sens où on l'entend généralement. Et si l'on utilisait à son propos le terme de faucon, ce n'était pas dans le contexte d'une bataille, mais dans celui de l'habitude qu'il avait de se jeter sur de jeunes hommes pour satisfaire ses appétits sexuels, lesquels, à en croire les initiés, étaient aussi violents que son désir de vaincre les armées du *sirdar*. Pour assouvir ses désirs, il ne faisait pas de distinction entre les hommes et les femmes, et il avait un grand plaisir à prendre les uns ou les autres, ou les deux à la fois. Quand il se déplaçait, il était escorté d'une suite qui tenait à la fois du cirque et du bordel. Imaginez un peu tout cela : partout, des peaux de léopard, des personnes des deux sexes se pavanant, entrant et sortant de sa tente à toutes les heures du jour ou de la nuit, plus ou moins nues. Les bonnes âmes désapprouvaient sa conduite, mais on tolérait cela et on le dissimulait à ses partisans, car, après tout, qui aurait pu le remplacer ? Il mourut en fuyant l'ennemi. Submergé par le nombre, après avoir perdu son fusil, et arraché de sa selle par une rafale d'arme automatique. De toute sa vie, il n'avait jamais vu une mitrailleuse. C'était comme si une main était sortie d'un lac d'éternité pour le tirer de ce ciel où il s'était accroché. Et maintenant, la même main allait l'arracher à la terre. Il semble que les méchants ne connaissent pas de repos, même dans la mort.

CHAPITRE XXVIII

Il n'était pourtant pas facile de persuader les gens de la validité de ce projet. Une après-midi, Murjan était revenu avec un œil au beurre noir, et il avait reconnu qu'il s'était bagarré au marché à propos de Qustal Kalabsha. Deux fortes femmes en discutaient derrière un tas de goyaves :

"Ces imbéciles, ils croyaient qu'on allait gober tout ça, que tous ces généraux haut placés venaient ici uniquement à cause d'un soldat qui était mort bien avant notre naissance ! On ne savait même pas qu'il avait été enterré ici. Et s'ils l'ont retrouvé après tout ce temps, vraiment, ça tient du miracle !" Murjan voulut contester cette opinion, et elles se retournèrent contre lui.

"Tout le monde sait que, s'ils viennent ici, c'est parce que cette chiffe molle de DO est incapable d'arrêter la révolte."

"Je leur ai dit que c'était un secret militaire, mon colonel, et alors, elles ont ri comme des chiennes." De dépit, Murjan avait jeté son béret par terre.

"Il ne nous reste plus qu'à attendre pour voir ce qui va se passer", soupira Argin en regardant par la fenêtre. De toute façon, déterrer les morts était un problème délicat. Argin ne voulait surtout pas que les gens aillent s'imaginer que tous leurs défunts, parents, oncles, tantes, chats et chiens pourraient être déterrés et embarqués en même temps qu'eux dans le train vers leurs nouvelles résidences. Ce serait un vrai cauchemar.

Le jour se leva, monotone, et inévitable comme tous les jours mémorables. Sur le chemin de l'aérodrome, Argin surveillait attentivement le moindre signe de désordre, mais il n'en vit pas. La piste d'atterrissage n'avait rien d'impressionnant. A tel point qu'il aurait été pardonnable de la dépasser en voiture sans même la voir. Il y avait un panneau métallique en forme de flèche sur lequel, en lettres blanches sur fond bleu, le mot "aérodrome" était écrit assez maladroitement sur chaque face. Un des deux poteaux de fer avait été cabossé par un camion qui, surgi on ne sait d'où, avait réussi à lui rentrer dedans, si bien que la flèche pointait maintenant vers le ciel, à angle droit. Au sol, on voyait une rangée de pierres blanchies à la chaux, et une tente de toile kaki fanée. Les pierres délimitaient la piste d'atterrissage qui n'avait aucun revêtement et était recouverte d'un sable orange clair.

Mais il faut reconnaître que cette piste avait été débarrassée de tous les obstacles possibles et aplanie par une équipe d'ouvriers qui, pendant près d'une heure, avaient passé et repassé un lourd rouleau de métal. La piste unique, assez courte, se terminait par une aire circulaire, également entourée de pierres blanches, sur laquelle un avion pouvait facilement faire demi-tour. Il y avait aussi un drapeau accroché en haut de son mât, et une manche à air déchirée qui de ce fait soufflait dans toutes les directions.

Le chef de la police, en tant que responsable de la sécurité aérienne, attendait à côté d'une jeep bleu foncé, en se caressant la moustache. Argin roulait dans la voiture officielle du gouverneur, un énorme véhicule qui datait de près de trente ans, et qui avait la forme et les dimensions d'une petite baleine. Elle ne servait que pour les cérémonies officielles car Argin lui préférait la jeep, moins confortable, plus robuste, mais qui donnait moins le mal de mer. Elle était aussi plus discrète. Mais dès qu'il s'agissait de conduire la voiture du gouverneur Murjan ne tenait plus en place. Quand ils voulurent s'arrêter, elle continua à tanguer et à basculer pendant qu'un énorme nuage de poussière sortait de sous le châssis, comme si elle rendait son dernier soupir. Quelques policiers en tenue blanche reculèrent et époussetèrent leur uniforme d'un air dégoûté.

"Tout est calme ? demanda Argin.

— Rien à signaler." Le chef de la police était plutôt de mauvaise humeur, car il estimait qu'il aurait pu rester au lit une heure de plus, comme les autres, au lieu d'aller inspecter la ville aux aurores comme Argin le lui avait ordonné. Et quand il lui demanda si ses hommes étaient postés, le chef renifla. Il serra les poings derrière son dos, et redressa les épaules : "J'ai placé tous mes hommes où il faut, mais de façon discrète. Ils ont tous reçu des ordres."

Argin jeta un regard inquiet autour de lui. "Espérons qu'on n'en aura pas besoin !"

Le chef de la police poussa à nouveau un petit grognement et baissa son regard. Quelqu'un siffla en montrant le ciel. Les deux hommes clignèrent des yeux. Venant du sud, un bruit de moteurs se rapprochait. Les généraux arrivaient.

Argin avait toujours considéré qu'il était plus prudent de se tenir à l'écart de la politique. Pour lui, cela représentait la corruption, la folie, la mort, et toutes sortes d'ennuis interminables. Si on lui demandait son avis sur telle ou telle question, il déclarait poliment qu'il n'en savait rien, ou alors il faisait l'idiot. Mieux valait avaler son amour-propre que la pitance de la prison. A son humble avis, la politique n'était que perfidie. Les hommes se passionnaient pour une cause, et sacrifiaient leur vie, et tout cela pour quoi ? Pour les gens, cela ne changeait pas grand-chose, cela n'avait jamais été le cas, et il en serait de même à l'avenir. A quoi bon avoir une opinion ? La junte des militaires s'était emparée du pouvoir par la force. Son expérience lui avait fait comprendre que des hommes qui ont appris à se ruer sur l'ennemi une arme à la main étaient rarement capables de réfléchir par eux-mêmes. Un soldat est entraîné à ne pas penser. On lui a appris à agir, à exécuter un ordre, sans jamais poser la moindre question. C'est pourquoi ces officiers étaient les gens les plus inaptes du monde à diriger un pays. Pourquoi tenaient-ils tellement à le faire ? C'était là le vrai mystère. De toute évidence, ils n'étaient pas qualifiés pour exercer ce métier, et ils étaient absolument incapables d'innover, ou d'avoir des idées originales. Ce qu'ils aimaient, c'étaient les défilés, les inaugurations, toutes les cérémonies publiques, et c'est pourquoi ils manifestaient un tel enthousiasme pour une nouvelle usine, pour les ponts, les barrages, les tanks, les bombardiers, et je ne sais quoi encore. Cela leur donnait l'impression d'être des gens véritablement utiles, et tant pis si l'usine en question ne devait jamais fonctionner à plus de dix pour cent de sa capacité, ou si elle épuisait scandaleusement les ressources naturelles, provoquant ainsi un désastre pour l'environnement, et endettant sérieusement le pays pour des dizaines d'années.

La difficulté avec ces militaires c'était que, d'une manière générale, il n'était pas facile de travailler avec eux. La plupart d'entre eux devenaient méfiants dès que quelqu'un savait bien tourner une phrase, car souvent ils ne comprenaient pas ce qu'on leur disait. S'ils se doutaient que vous n'étiez pas de leur avis, ils considéraient alors que la meilleure solution était de se débarrasser de vous le plus vite possible, *via* le peloton d'exécution. Si par ailleurs ils n'étaient pas tout à fait sûrs de ce que vous aviez dit, ou s'ils ne l'avaient pas bien compris, ils vous envoyaient finir votre vie en prison, ce qui certes valait mieux que la perdre. Avec ces chefs militaires, on n'avait guère de choix : ou bien on était avec eux, ou bien, tout simplement, on était un homme mort.

L'avion étincelant roula sur la piste. Les grosses hélices soulevèrent un tel tourbillon d'air qu'elles contraignirent le chef de la police à traverser l'aérodrome à toute allure, et à faire des zigzags pour rattraper son béret.

Un moment plus tard, les généraux (ils étaient cinq) descendirent de l'avion. Aussitôt, ils se prêtèrent à un curieux rituel consistant à agiter en l'air leur bâton de commandement et à joindre les mains au-dessus de leur tête en signe de solidarité et de victoire. La mort dans l'âme, Argin observa leur désarroi quand ils comprirent qu'il n'y avait pas de foule pour les acclamer à leur arrivée. On les voyait grommeler entre eux tandis qu'ils descendaient la passerelle métallique. Et quand ils furent arrivés près de lui, il crut voir un troupeau de rhinocéros grincheux.

"Alors, Argin, où est la foule ?

— Votre illustre visite doit être une surprise, expliqua Argin, en s'inclinant aussi bas que possible.

— Ah bon !" Et, de nouveau, ils sourirent. Ceux qui étaient au premier rang répétaient ces explications en les criant au ministre de l'Education qui était dur d'oreille. La bonne humeur était revenue.

"Mais qui est ce crétin qui court après son béret ? demanda le ministre de l'Agriculture et de la Pêche.

— C'est le chef de la police, dit Argin en les accompagnant vers les voitures qui les attendaient.

— Et les sirènes, où sont-elles ?" demandèrent les Affaires étrangères au moment où ils démarraient, interrompant ainsi le compte rendu paillard d'un récent voyage à l'étranger où il avait fait la connaissance intime d'une célèbre danseuse orientale. Sur le siège avant, Argin cherchait encore une réponse à cette question lorsqu'ils arrivèrent sur l'avenue principale de la ville, et la voiture s'arrêta dans un crissement de pneus, si brutalement que sa tête alla cogner contre le tableau de bord.

"Mais qu'est-ce que tu fais ?" demanda-t-il à Murjan. L'ordonnance ne répondit pas, mais quand Argin se redressa il comprit ce qui se passait : la rue était barrée, dans toute sa largeur, par une énorme foule menaçante. A sa tête se trouvait la silhouette devenue hélas trop familière de la femme en noir, comme la pointe d'une flèche dirigée vers eux. "Mon Dieu ! murmura Argin.

— Ah ! fit sèchement l'homme des Affaires étrangères qui avait tendance à tout comprendre de travers, avec des résultats souvent catastrophiques. Voilà donc notre comité d'accueil !

— Prends vite cette rue, souffla Argin.

— Vous croyez, mon colonel ?" Murjan prit un air renfrogné à la vue de cette rue en terre battue, remplie de trous, de flaques d'une eau stagnante et verdâtre provenant d'une conduite qui avait éclaté.

"Allez, fonce, Murjan !"

L'ordonnance qui comprenait vite n'eut pas besoin de se le faire répéter. Il donna un coup de volant brusque et écrasa l'accélérateur. La voiture large et majestueuse se précipita avec un grognement vers cet étroit passage. A l'arrière, les généraux étaient ballottés dans la plus grande des confusions.

"Mais pourquoi tournons-nous ?

— Je crois que ça fait partie de l'itinéraire.

— Et cette foule, qu'est-ce que ça veut dire ?

— Elle va nous rattraper, ne vous en faites pas pour ça. Allez, haut les cœurs !"

Ils bondirent littéralement dans la ruelle pour atterrir sur une énorme tranchée. Les généraux, projetés en l'air comme une rangée de pantins, vinrent s'écraser contre le plafond de la voiture et les cinq têtes disparurent dans leurs casquettes. Ils étaient secoués si violemment qu'ils ne pouvaient plus se tenir assis correctement, et encore moins élever la moindre protestation. La poussière qui entrait par les vitres ouvertes les étouffait. Murjan conduisait comme un fou, et gardait le pied au plancher. Argin avait du mal à apercevoir derrière eux les reflets de la jeep bleue du chef de la police, car ils laissaient dans leur sillage un épais nuage de poussière, de boue, ainsi que des torrents d'une eau glauque. Il était persuadé que, le soir même, on allait le coller contre un mur pour le fusiller.

"Le goudron, ça existe dans ce coin ? demanda le ministre des Transports qui à cet instant se retrouvait sur le plancher. Pourtant, je suis sûr qu'on vous avait attribué des fonds pour ça."

La grosse voiture prit un brusque virage et vint se garer devant l'entrée principale de l'hôtel. Le personnel de service bondit de côté, certains allèrent même jusqu'à enjamber imprudemment un muret qui donnait dans le jardin planté de cactus. Le vieux Kertassi plongea dans un fossé et en sortit recouvert par les restes gonflés d'un chien qui ricanait dans la mort. Murjan semblait être le seul à comprendre ce qui se passait. Il quitta la voiture avec un certain calme, et tint la portière ouverte pour les officiers quelque peu ébranlés. Ils étaient en train de brosser leurs uniformes, de rectifier leurs tuniques et leurs bérets en se raclant la gorge lorsqu'une énorme pierre tomba du ciel et vint s'écraser lourdement sur le toit de la voiture.

Ils la regardèrent un instant, puis, comme un seul homme, ils firent demi-tour et coururent se réfugier dans l'hôtel. Il n'était plus question de se méprendre sur les intentions hostiles de la foule. Les généraux se rassemblèrent dans la salle à manger où ils demandèrent des rafraî-chissements. Sittu frappa dans ses mains : les employés quittèrent leurs sièges et se mirent au travail. Si on leur avait laissé le choix entre une foule d'insurgés et leur maîtresse en colère, aucun doute n'était permis, ils auraient préféré fuir cette dernière. Fou de terreur, Argin la suivit dans sa cuisine.

"Sauvez-moi, aidez-moi à prendre la fuite ! Ils vont me jeter aux chiens. Je suis fichu."

Elle le regarda d'un air bizarre, et peut-être y avait-il un peu de déception dans son regard, mais cela ne dura pas. Elle l'entraîna dans une pièce à l'écart et referma la porte derrière eux.

Les mains sur les hanches, elle le regarda droit dans les yeux.

"Ecoutez-moi bien. Personne d'autre que vous ne peut résoudre ce problème. Entre ces singes en uniforme qui sont là-bas et les pauvres gens complètement affolés de cette ville, vous êtes le seul qui ait gardé son bon sens."

Argin la regarda avec un sentiment de respect accru. Il ne s'était jamais encore confronté à ce fort tempérament. Certes, il l'avait vue en jouer avec d'autres personnes, mais jusque-là elle s'était toujours adressée à lui avec une telle courtoisie, une telle déférence ! Il n'y avait jamais pensé. Maintenant, il la voyait sous un autre jour. Ses yeux brûlaient de rage et de détermination, et elle avait les joues en feu.

"Je... vous croyez vraiment que..."

Elle traversa la pièce et ouvrit un placard dont elle tira une bouteille qui contenait un liquide de couleur claire. Elle la déboucha et en versa un peu dans un verre à thé.

"Buvez ça, vous vous sentirez mieux." Argin renifla le verre et commença à boire. Ivre par devoir, cela s'imposait. Sittu posa sa main sur la sienne. Elle le regarda dans les yeux et il sentit une douce chaleur le pénétrer. "Buvez. Sans vous poser de questions."

Argin avala donc le contenu du verre et eut une sensation de brûlure. Ses yeux picotaient, et cela lui faisait chaud au cœur.

"Eh bien, dit-elle d'une voix douce mais ferme. Allez là-bas, et faites ce que vous avez à faire."

Argin posa le verre et acquiesça. Il alla vers la porte à reculons. "Je n'avais jamais pensé que je... que vous... enfin que nous..." A court de mots, il s'arrêta, mais à vrai dire il n'y avait pas besoin de mots. Sittu souriait de façon étrange.

Elle se détourna rapidement, et il la vit porter les mains à ses yeux.

"Allez, nous parlerons plus tard."

Dans la salle à manger, Argin trouva les généraux en train de discuter avec passion de ce qu'il fallait faire. Une frappe aérienne, dit l'un d'eux, et l'envoi immédiat d'une division blindée. D'autres étaient prêts à en découdre avec ces bandits à mains nues.

"Messieurs, du calme."

Ils se retournèrent tous pour regarder Argin. "Nous ne devons pas augmenter leurs craintes. Nous devons discuter avec eux.

— On ne peut pas discuter avec cette bande de vauriens ! glapit la Défense. Ils ne comprennent qu'une chose : la force.

— Bien dit ! murmurèrent deux autres officiers.

— Je ne suis pas d'accord." Argin les regarda et pensa un instant que le combat était perdu, et lui aussi. Puis, les regardant à nouveau, il dit : "Ils sont terrifiés." Il aurait pu ajouter tout comme vous, mais il s'en garda. "Nous devons leur montrer que nous savons ce que nous faisons. Le recours à la force ne ferait que confirmer ce qu'ils craignent le plus, que nous essayons de leur voler ce qui leur appartient pour nous enrichir."

On lui répondit par un concert de grognements. Mais le ministre de l'Information, un homme assez vaniteux et sans grande force de caractère, qui avait toujours rêvé d'être un acteur et qui se comportait régulièrement comme s'il était dans un film, le ministre donc se leva.

"Je suis de son avis. Il est temps de leur parler. Nous devons saisir cette occasion, pénétrer dans la brèche et…"

Il fut brutalement interrompu par la Défense.

"Voilà qui part d'un noble sentiment, mais, croyez-moi, ça n'aura aucun effet sur ces gens-là."

Mais l'Information fit un geste théâtral pour qu'Argin le rejoigne, puis il demanda un micro, un haut-parleur, n'importe quoi pourvu qu'il puisse "lancer un appel à notre peuple".

Lorsqu'ils se réunirent tous sur la véranda du premier étage, on était au milieu de la matinée, le soleil frappait à la verticale, et des gouttes de sueur dégoulinaient le long du visage du ministre de l'Information lorsqu'en levant la main il demanda le silence. Quelques mottes de terre le frôlèrent pour aller s'écraser derrière lui contre les murs de l'hôtel, faisant comme des taches d'encre sur du papier blanc. Il les ignora froidement.

"Frères et sœurs, écoutez-moi ! Nous ne sommes pas venus ici pour vous combattre, nous sommes venus ici pour vous écouter et faire preuve de solidarité à votre égard !"

Il s'ensuivit un silence embarrassé. Visiblement, personne, pas plus que lui-même, ne savait au juste ce qu'il voulait dire. Argin croisa les doigts. Pendant un moment, on aurait pu penser que cela allait marcher. Le ministre de l'Information passa un doigt ganté sur la fine moustache qui couvrait sa lèvre supérieure perlée de sueur. Il reprenait confiance.

"Nous sommes fiers de vous ! poursuivit-il, la voix tremblante d'émotion. Oui, vraiment, nous sommes fiers de vous ! Partout dans notre merveilleux pays, on chante vos louanges. On crie : «Voyez comment ces gens courageux se sacrifient !» Oui, nous vous envions.

— Alors, pourquoi n'en faites-vous pas autant, pourquoi ne quittez-vous pas vos maisons ? fit une voix insolente au milieu de la foule, suivie de cris, de railleries et derrière lui de nouvelles taches apparurent sur le mur, dont certaines sentaient vraiment mauvais.

— Frères", implora le vieil histrion, en rassemblant toutes ses forces et au comble de la tension. Toutefois, la foule n'eut pas à le subir plus longtemps, car un énorme morceau de melon trop mûr vint heurter la balustrade, recouvrant son uniforme d'une purée rougeâtre. C'était fini. Il s'écroula en larmes. A nouveau, la foule s'excitait. Les gens secouaient les nèmes du jardin pour essayer d'en arracher des branches et s'en faire des armes. Ils ne maîtrisaient plus la situation.

A cet instant précis, le ministre de la Défense, avec sa mâchoire carrée, sa poitrine couverte de médailles et ses yeux cachés derrière des lunettes sombres, se pencha vers Argin.

"Je vous tiens personnellement pour responsable de ce désastre !"

Argin s'aperçut avec horreur que tout en parlant l'homme mettait la main sur l'étui qu'il avait sur la hanche pour en sortir un énorme revolver, mais il fut soulagé quand le ministre de la Défense s'écarta de lui et s'avança vers la balustrade. Il leva le revolver et tira plusieurs coups en l'air. Aussitôt, instinctivement, tous les généraux qui étaient sur la véranda se couchèrent par terre, y compris le ministre de l'Education, en dépit de sa surdité. Dominant les hurlements de terreur qui montaient du jardin, la voix grave du ministre aux lunettes de soleil se fit entendre dans le haut-parleur.

"Bon, maintenant, écoutez-moi bien. Nous sommes venus ici pour rendre hommage à l'un de nos camarades qui a donné sa vie en combattant pour la liberté de ce pays. Nous sommes venus pour le ramener avec nous, pour l'honorer comme un héros, et c'est cela que nous avons l'intention de faire. Quiconque tentera de nous en empêcher devra s'attendre au pire, et se préparer à en rendre compte dans l'autre monde."

Jamais de sa vie Argin ne se serait attendu à un tel résultat. Il n'aurait jamais été d'accord si on lui avait dit que la peur était la meilleure façon de mater une révolte. Et si on lui avait déclaré que des gens qui se battaient pour empêcher que leurs maisons ne soient inondées, ou pour ne pas être dispersés aux quatre vents sous prétexte de progrès, allaient se soumettre comme des moutons à un seul homme armé d'un revolver, il ne l'aurait pas cru non plus. Or, c'est bien ce qui était en train de se passer. Il en était le témoin.

La foule était sans vie. Les gens tournaient en rond comme des feuilles mortes attendant que le vent leur indique dans quelle direction elles devaient aller. Les généraux époussetèrent leurs uniformes et se mirent solennellement en rang derrière le ministre de la Défense. Ensemble, ils descendirent l'escalier qui menait à la rue et marchèrent d'un pas raide en direction du cimetière. La foule les suivit docilement. Argin ne vit aucune trace de la femme en noir. La grosse voiture roulait au pas à côté d'eux, mais cette fois-ci Murjan n'eut pas besoin de montrer ses talents de chauffeur. C'était simple : on aurait dit que tout s'était arrêté. Personne ne parlait. Lorsqu'ils arrivèrent au cimetière, un vieil imam à la barbe grise leva les yeux, surpris de voir tant de gens venir vers lui. Il lut les versets sacrés à vive allure, faisant signe aux porteurs de s'avancer avant même qu'il ait fini de parler.

Les restes de l'illustre chef avaient déjà été déterrés et enfermés dans un nouveau coffre que l'on avait recouvert de longues palmes, et arrosé généreusement d'un parfum bon marché, dans l'espoir que cela tuerait toute odeur ou toute forme de vie qui se serait accrochée à ce vieux briscard pour l'accompagner quand on l'avait sorti de sa tombe. Les ministres élevèrent leurs mains en signe de prière, puis, sans plus de cérémonie, on chargea son corps sur un camion et on ajouta encore des palmes.

A ce stade, Argin avait presque retrouvé son souffle. Il commençait à croire qu'ils avaient peut-être une chance de voir maintenant la journée se terminer de façon pacifique. Peut-être, en fin de compte, allait-il échapper au peloton d'exécution. La passivité de la foule le surprenait. Elle semblait sous le charme. On aurait dit qu'ils passaient sans bruit devant un enfant endormi. C'était gagné, ou presque !

Une fois la cérémonie terminée, les généraux s'installèrent à nouveau dans la grosse voiture, et aussitôt ils commencèrent à se plaindre d'avoir à voyager en avion en compagnie d'un mort. Murjan passa la première et la voiture glissa en avant. Derrière eux venait le camion transportant le corps, puis la foule. Ils étaient presque arrivés à l'autre bout de la ville, et s'apprêtaient à quitter la grande avenue bordée d'arbres pour s'engager sur la route de l'aérodrome lorsque Murjan dit :

"Colonel, les ennuis recommencent !"

Argin se demandait si la seule apparition de la femme en noir suffirait à galvaniser la foule. Mais il préférait ne pas attendre que cela se produise.

"Prends à gauche, dit-il.

— Ah non ! Ça suffit !" grommelèrent les généraux tandis qu'ils roulaient une fois de plus dans les rues adjacentes, se cognant, tombant de leurs sièges et s'agrippant les uns aux autres tandis que la voiture se remplissait à nouveau de poussière.

"Je suis désolé", s'excusa Argin, mais en pure perte, car ils toussaient bien trop fort pour pouvoir l'entendre. La voiture rebroussa chemin, tourna à nouveau à gauche, puis à droite. Deux virages de plus, et ils revinrent en cahotant vers la route principale en suivant une rue étroite. Dans le convoi qui les suivait, le noble guerrier dans son linceul n'était plus attaché et se laissait ballotter de droite à gauche, comme s'il était sur le pont d'un navire en pleine tempête.

"Il y a là de quoi réveiller un mort !" marmonna le ministre de l'Agriculture et de la Pêche d'un ton sinistre.

Et c'est là que tout arriva. Au moment où ils débouchaient sur la route principale, Argin, du coin de l'œil, aperçut un vague tissu noir qui volait vers eux. A l'instant même où il entendit le cri de panique de Murjan et où il sentit un choc terrible, il vit la silhouette en haillons décrire une courbe dans les airs. En un instant, tout était fini.

Le convoi s'arrêta après un brusque coup de frein. La foule les rattrapa au moment où Argin descendait de voiture et s'approchait de cette forme inerte qui gisait sur le sol. Il tomba à genoux et, d'un geste affectueux, il tendit la main vers le tas de haillons noirs. C'étaient vraiment de pauvres restes. Tous les os avaient dû être brisés. Le vêtement contenait maintenant quelque chose de mou et d'inconsistant qui n'avait plus rien d'humain. Tout autour de lui, le silence.

"Aidez-moi, dit-il, cherchant autour de lui. Aidez-moi à la soulever." Tout d'abord, personne ne bougea. Les généraux baissaient les yeux, sans dire un mot. Argin leva son regard vers les visages consternés qui l'entouraient. Puis, dans le plus grand silence, la foule le rejoignit et de nombreuses mains se tendirent, pleines de respect et de compassion.

CHAPITRE XXIX

De tous les prodiges dont l'homme est capable, la maîtrise de l'eau a toujours exercé sur lui une grande fascination. Les philosophes de l'Antiquité célébraient les cités agrémentées de fontaines où l'eau coulait en abondance. Les poètes chantaient les torrents bouillonnants, et les yeux de la bien-aimée devenaient deux lacs paisibles. Les auteurs dramatiques, en revanche, n'aimaient pas les ruisseaux bavards. En Orient, les penseurs disaient que l'eau était le symbole même de la pureté de l'âme. Ils parlaient de sa nature versatile qui peut lui faire épouser la forme de n'importe quel vase dans lequel on la verse sans qu'elle se confonde avec lui. Mettez-la dans un autre, et elle va prendre sa forme, facilement, sans peine ni douleur. Or, effacer le moi, se transformer en un néant, c'est là le propre de l'âme, en quoi elle ressemble à l'eau. La possibilité de maîtriser cet élément qui vous glisse entre les doigts lorsque vous essayez de le retenir, mais qui peut aussi submerger une ville quand il se déchaîne, c'est tout cela qui a incité les rois à apprécier et louer les travaux de leurs ingénieurs. N'importe qui peut manier une épée, mais domestiquer l'eau, ce n'est pas donné à tout le monde. Les empereurs de l'Antiquité connaissaient les pouvoirs mystérieux de cet élément.

Maintenant, c'est le cas du président de la République.

Le barrage se dresse là, énorme et royal, comme une silhouette taillée dans le granit, et il attend. Les pattes nerveuses et longues d'une salamandre verte, en glissant d'une crevasse à l'autre, font tomber une toute petite avalanche de cailloux. Elle s'arrête et s'immobilise d'un seul coup. Sa langue jaillit, comme pour tâter l'air. Elle pointe son long cou en avant, puis en arrière, comme si elle cherchait à comprendre ce qui se passe.

Le mur immense jaillit dans un élan ininterrompu et vertigineux. Du mortier, du sable, du calcaire et de l'argile. Un flot de sève liquide qui se fige, dur comme de l'ambre. Est-ce un gigantesque bouclier de bronze qui s'offre au soleil, ou une dalle obstruant l'entrée d'un énorme tombeau ? Voici donc les portes qui ferment le fleuve. Elles tiennent à distance les barbares, les vieux démons, les lourdeurs de l'histoire, les cultes païens, l'obscurantisme et la faim. Une ardoise encore vierge sur laquelle l'avenir viendra s'inscrire, une conque obscure chargée de repousser l'oubli.

Tout au long de la vallée, les chambres souterraines renfermant des tombeaux qui vont être bientôt inondés sont tapissées de souvenirs précieux. Des peintures murales nous racontent l'histoire des mérites et des exploits de ces rois et de ces reines, elles nous parlent encore de riches moissons, et d'autres qui furent pauvres, de sept années d'abondance, et de sept années de disette. Elles nous racontent des tragédies, des victoires, des temps heureux, des temps de malheur, et tout cela en tableaux successifs sur les murs de ces chambres funéraires, à la disposition de ceux qui voudront bien s'y intéresser. Mais la plupart de ces histoires restent secrètes, et il en sera ainsi pour l'éternité. En s'ouvrant, les portes qui ferment le fleuve vont effacer pour toujours cette ardoise encore vierge.

Du haut du piédestal où il va prendre la parole ce matin, le président pourrait lever son regard et apercevoir les murs antiques du temple qui l'entoure, et se souvenir de ce poète, cet *Ingleezi* décrivant la fin de ces monuments comme une chute de gravats qui se répandent sur le sable.

Mais il pourrait tout aussi bien ne pas s'en souvenir.

En tant que tel, ce nouvel édifice est une merveille, c'est l'alliance sublime de l'innovation technique et d'une imagination débordante qui s'unissent pour lancer un défi à la nature. Nous voici au siècle des ingénieurs. Sur toute la surface de la terre, aidés des technocrates, ils se démènent et prennent la place des poètes. Ils ont surgi de partout comme une lèpre, et sont venus poser sur les épaules nues de la nature le harnais de la puissance industrielle. La règle à calcul a remplacé l'harmonium, les rectangles se sont mis à chanter et les formules mathématiques ont pris la beauté d'un sonnet. Les hommes politiques et les physiciens nous ont parlé en termes enthousiastes de la naissance d'un âge nouveau, de la chute de torrents, du bourdonnement de câbles électriques, et d'une science qui se hisse à la hauteur des philosophes d'antan. Ce sont plus que des artistes. Car, après tout, les artistes ne sont pas capables de transformer la nature. Que dis-je, à les en croire, ils sont semblables à des dieux.

Personne n'avait jamais construit un pareil barrage. Des millions de tonnes de rochers concassés, de sable et d'argile recouverts d'une fine couche étanche de béton. Des panneaux coulissants très astucieux dont l'ouverture peut s'agrandir ou se rétrécir pour contrôler le débit, à la façon d'un obturateur photographique. Dans l'ensemble, un projet d'une grande ambition. A en croire certaines mauvaises langues, c'est sans doute cela qui avait plu au président.

Peu à peu, les turbines géantes vont se mettre à tourner. Des aubes, des ailes d'acier qui luisent dans la tourmente viennent frapper l'eau pour en faire jaillir la foudre et répandre la lumière au sein de l'obscurité. Elles sont aussi tranchantes que ces épées que l'on accrochait jadis aux roues des chars de combat. Elles vont tourner sur elles-mêmes comme des moulins à prières, et répandre dans l'espace l'antique musique des sphères. Et voici ce qu'elles vont prédire.

– Dans les années à venir, la population va se multiplier par sept, c'est-à-dire cinq fois plus que tout ce que l'on avait prédit. A nouveau, le sort de ce pays dépendra de plus en plus d'investissements étrangers. Il ne sera toujours pas capable de parvenir à une autosuffisance alimentaire.

– Un limon fertile va déposer ses sédiments au fond du lac, comme sur la langue blanche d'un malade, et contrairement à ce qui avait été prévu il ne viendra pas se répandre sur les champs.

– Il y aura d'autres guerres. Plusieurs puissances étrangères organiseront des complots pour faire sauter ce barrage avec l'espoir d'inonder le pays, de provoquer sa ruine et des cataclysmes épouvantables.

– Il va acquérir une certaine notoriété comme le lieu où un autocar rempli de touristes a été balayé par des rafales de mitrailleuse. Les auteurs de cet attentat : des hommes poussés au désespoir, qui ne connaissent que les malheurs et sont aveuglés par un nouveau soleil, celui de la justesse de leur cause.

— A signaler aussi, sur ce lac, de nombreuses tragédies locales. Des chaudières qui explosent, des ponts surchargés qui s'effondrent. Les gens qui passent dessus tombent dans l'eau et vont nourrir le dieu crocodile. Ceux qui survivent aux crocodiles et parviennent à sortir de ces flots sombres pour gagner la rive sont piqués par des scorpions.

— Le raïs va connaître une fin prématurée, sa main viendra se crisper sur son cœur, il étouffera, et des millions de gens s'arracheront les cheveux, le pays sera plongé dans le désespoir, il perdra son timonier et arborera des brassards de deuil, les monuments qu'il aura édifiés s'écrouleront. Quelques années plus tard, le souvenir de sa mort sera remplacé par celui d'une chanteuse populaire, ce qui, à n'en pas douter, lui aurait fortement déplu.

— Son successeur, un histrion et un amateur, fera une brève carrière politique qui épargnera au monde l'ennui d'avoir à subir ses tristes talents de comédien. Son œuvre consistera à faire le contraire de son prédécesseur, et il mourra sous une grêle de balles, mettant ainsi un terme à cet âge nouveau pour annoncer l'arrivée d'une théocratie.

Cette grande plaque d'ambre et de poussière restera vide et vierge. Au fil des ans, des fentes fines comme une toile d'araignée vont la parcourir, si bien qu'à la fin un motif va se dessiner.

Or, d'après certains, si on le regarde attentivement, on peut déjà commencer à le lire.

En se déplaçant, l'air vient battre contre la vitre comme des vagues déferlant sur une grève. Le train s'enfonce dans la nuit profonde et paisible comme dans un tunnel. On n'entend que le grondement du moteur et la sirène qui annonce que l'on s'approche tout doucement d'un village. Cela dérange un enfant dans son sommeil, et s'il avait pu voir passer en trombe ce long cortège de lumières fugaces, en se frottant les yeux, il se serait demandé : "Mais qu'est-ce donc que tout ceci, qui est-ce qui vient de passer sous nos fenêtres ?"

CHAPITRE XXX

La mort de la mystérieuse femme en noir impressionna beaucoup les gens qui vivaient en ville. Cela les arracha à leurs rêves, et détruisit immédiatement tous les espoirs qu'elle avait fait naître, ainsi celui qu'ils pourraient échapper à leur destin, qu'ils seraient capables d'arrêter ce projet de barrage, ou bien qu'ils allaient continuer à vivre comme avant. Le seul fait qu'ils aient pu croire, ne serait-ce qu'un instant, qu'ils pourraient mettre un terme à un projet si démesuré était à la mesure de la confiance qu'ils lui avaient accordée. En outre, croire qu'avec une légère intervention divine ils transformeraient un sursaut d'indignation en un mouvement assez puissant pour arrêter la marche du progrès démontrait de façon évidente la force de leur volonté. Argin se demandait comment une fillette bizarre, une sourde-muette dont l'esprit était plus ou moins dérangé, avait pu susciter de pareilles espérances. Elle était parvenue à rassembler tous ces mécontents pour les lancer contre l'ennemi avec la violence d'une fronde. Malgré lui, leur volonté de résistance le touchait. Pendant les quelques jours qui suivirent cet accident, il demeura songeur. Plus personne ne venait à son bureau. La ville était en deuil, même si celui-ci n'avait rien d'officiel. Si une personne était passée par là, elle aurait pu voir le *DO* assis en silence sur un banc, devant son bureau, plongé dans la contemplation de son jardin. On aurait alors prié cette personne de revenir un autre jour, et elle aurait fait demi-tour, elle serait partie sans faire d'histoires.

La mort de cette fillette provoquait aussi chez lui des réactions plus personnelles. D'une façon générale, Argin n'était pas enclin à broyer du noir, mais pendant plusieurs jours il se prit à faire le bilan de sa vie. Il n'était pas malheureux. Il était en bonne santé, il avait un emploi. Mais il se demandait s'il ne pourrait pas faire un meilleur usage de son temps. Ainsi pourquoi donc ne s'était-il pas encore marié ? La plupart des hommes de son âge avaient fondé une famille, ils avaient une nombreuse progéniture, ils prenaient du ventre, ce qui montrait bien qu'une épouse aimante leur prodiguait affection et bonne chère. Il était un bon fils qui envoyait de l'argent à sa mère ainsi qu'à une ribambelle de tantes, de cousins moins fortunés que lui. Or, il lui fallait bien admettre que même cette générosité n'était pas un choix personnel, mais plutôt une façon de se plier à ce que l'on attendait de lui. Après avoir assisté ces dernières semaines à tant de passions, il commençait à se demander s'il serait capable de manifester un pareil enthousiasme pour une cause quelconque.

Les journées passent. Un soir, tandis qu'il rentrait chez lui, se sentant épuisé, il ressentit un besoin fou de sommeil. Chaque jour, il éprouvait le sentiment de crouler sous la tâche. Même à cet instant, alors qu'il avait de la peine à garder les yeux ouverts, il songeait à cette pile de dossiers qui l'attendaient dans son bureau et qu'il allait devoir examiner. Il s'arrêta, et écouta la brise du soir qui agitait les feuilles au-dessus de lui. La nuit fraîche venait lécher doucement l'air chaud emprisonné dans les rues. C'est le moment qu'il préférait. Les arbres, après avoir subi jusqu'au bout la chaleur du jour, pouvaient enfin reprendre souffle et s'étirer. Il marcha plus lentement et tenta de se représenter ce qui se passerait si l'eau se mettait à monter le long de ces troncs blanchis à la chaux en bordure de route. Il imaginait des poissons qui nageaient à travers les portes et les fenêtres ouvertes des pièces abandonnées. Tous les habitants étaient partis. En plus des quelques chiens qui aboyaient au loin, les seuls témoins de tous ces changements étaient les oiseaux, et le vent. Arrivé chez lui, Argin s'aperçut que quelqu'un était allongé sur la véranda.

"Hé, là-bas, va-t'en !"

La silhouette sursauta et rampa vers le mur dans un cri d'effroi.

"Rentre chez toi, fit Argin d'une voix lasse. Ce soir, je ne peux rien faire pour toi." Mais au moment où il faisait un faux pas il sentit que cette forme accroupie par terre ne lui était pas inconnue.

"Mais je te connais, non ?

— Je travaille sur le site. C'est moi qui vous ai montré les girafes de la carrière."

En effet, au milieu de toute cette activité fébrile, il se rappelait avec plaisir cette après-midi (c'était déjà loin) passée avec l'archéologue, une étrangère, pour lui cela représentait un moment de détente. Argin fit oui de la tête. "Oui, je me souviens. Eh bien, que viens-tu faire ici ?

— C'est à propos de la fillette, de celle qui ne peut pas parler.

— Tu la connaissais ?" Buhen approuva. Pendant un moment, Argin le regarda. La seule chose dont il avait envie, c'était de se glisser dans son lit et d'oublier le monde. "D'accord", fit-il dans un soupir, et il le guida sous la voûte et le long de la véranda. Tous deux s'assirent sur les marches qui menaient au jardin derrière la maison. Argin fit apporter du thé.

"Tu dois tout me dire."

Alors le garçon lui raconta son histoire, il lui parla de la fiancée, de la vieille veuve, et de leur fugue.

"Mais que pensais-tu faire ? Où voulais-tu aller ?"

Le garçon haussa les épaules.

"Tu ne pensais rien du tout !" Nouveau soupir. "Tu sais que les docteurs ont essayé de la sauver ? Mais on ne pouvait plus rien faire.

— Ce qui doit arriver doit arriver !" dit le garçon s'enfermant dans le silence.

"C'était un accident. Voilà tout."

Buhen regardait les arbres sombres et, pendant un instant, Argin respecta son silence. Puis la curiosité l'emporta.

"Comment se fait-il qu'elle était au courant pour ce barrage ?"

Le petit leva le regard. "Je lui en avais parlé. Je croyais qu'elle ne comprenait pas ce que je lui disais.

— Et qu'est-ce que tu vas faire, maintenant ?"

Buhen regarda Argin. Dans les semaines qui allaient suivre, les archéologues devaient faire leurs bagages et partir. Il secoua la tête parce que, vraiment, il n'avait aucun point de chute. Il n'était pas question de retourner au village, ou dans sa famille. C'était évident.

En sirotant son thé, Argin se demandait ce qu'il allait bien pouvoir faire de cet étrange garçon. "Dis donc, finit-il par lui dire, est-ce que ça te plairait de travailler pour le capitaine Abu Tawab ?

— Quoi, sur son bateau ? Je donnerais n'importe quoi pour ça !" Puis il regarda sa jambe. "Mais je crois qu'il préférerait se noyer plutôt que de me dire oui.

— Peut-être pas, fit Argin d'un ton ferme en se levant avec difficulté. Ce serait peut-être le moment de régler un certain nombre de choses." Il ordonna au boy de préparer un lit près de la cuisine pour Buhen, puis il entra dans la maison. Comme il s'apprêtait à sombrer dans le sommeil, il crut entendre, loin dans les arbres, quelqu'un qui sanglotait doucement.

Le lendemain matin, le capitaine Abu Tawab se tenait à l'avant du *Taharqa*, les mains sur les hanches, et il regardait Argin d'un air songeur.

"Alors, comme ça, vous me l'avez amené ici ?" Il enroulait une corde entre ses doigts, et il termina cette opération en la faisant passer de sa main droite à sa main gauche. Puis, après avoir marqué une pause, il recommença en sens inverse. "Je lui ai promis de le découper en morceaux pour le donner à manger aux poissons, et voilà que vous me l'amenez ici !

— Il ne sait pas où aller, dit Argin.

— Pour des gens comme lui, je ne connais qu'un seul endroit, grogna Abu Tawab, et le Tout-Puissant y pourvoira ! Moi, tout ce que je peux faire, c'est de lui dire de déguerpir !" Il regarda par-dessus l'épaule d'Argin, en direction de Buhen qui se tenait sous un palmier et jetait des cailloux dans la poussière. "Il a menti. Et il m'a fait passer pour un imbécile tout le long du fleuve !

— C'est pas vrai. Et puis c'est un petit garçon, il ne comprend rien à toutes ces histoires."

Abu Tawab renifla. "Est-ce qu'il vous a dit pourquoi il s'est enfui avec cette fille ?

— Il avait peur, il se demandait ce que vous alliez lui faire en découvrant qu'elle ne correspondait pas du tout à ce qu'il vous avait raconté à propos d'elle.

— Oh, ce garçon, il vous ferait croire n'importe quoi !" murmura le capitaine. Puis il se tut un bon moment, comme s'il était plongé dans ses pensées. Le *Taharqa* se balançait doucement d'avant en arrière, sa proue arrondie venait toucher la rive. "Elle aurait fait une drôle d'épouse ! Et la vieille veuve m'a joué un sale tour.

— Oui, mais elle a fait la même chose avec tout le monde. Et vous ne pouvez pas lui reprocher de s'être dévouée pour sa fille. Par ailleurs, vous ne savez pas si elle était si méchante que ça.

— Ah bon, grogna Abu Tawab. Comment pouvez-vous dire ça ? Vous avez vu comment elle a ensorcelé tout le monde en ville ? Telle mère, telle fille !

— Soit, mais en tout cas ce garçon vous a évité des tas d'ennuis."

Abu Tawab regarda Argin en claquant des lèvres. Puis il se remit à enrouler le cordage. "C'est pas un mauvais garçon, mais c'est un estropié, et moi, je ne peux pas embaucher une demi-portion !

— Il est intelligent, plus que tous ces gens à la triste mine qui sont à votre service !"

Abu Tawab cessa de tripoter sa corde et finit par la jeter sur le pont.

"Il vaut mieux avoir un fils boiteux que pas de fils du tout", fit Argin à mi-voix.

Le capitaine leva brusquement les yeux, mais déjà le DO s'éloignait d'un pas vif.

Argin s'écarta du bateau le plus vite possible, et sans se retourner. Parvenu à un tournant, il revint un peu en arrière pour pouvoir les regarder. Le capitaine et le garçon étaient toujours au même endroit. Le petit continuait à jeter des cailloux dans la poussière, le capitaine à enrouler sa corde. "Que Dieu leur vienne en aide, murmura-t-il, s'ils ne sont pas capables de voir ce qui leur convient." Puis il fit demi-tour et se dirigea vers son hôtel.

CHAPITRE XXXI

Pendant bien des années, le *Toshka* avait fidèlement descendu et remonté cette partie du fleuve, un axe vital pour la région. C'était le fleuron de la flottille de Steamers & Telegraph. Mais les temps avaient changé, et ce navire de luxe n'avait cessé de sombrer peu à peu dans le déclin. Il avait connu son heure de gloire à l'époque où s'était développé un tourisme de masse, et où tout le monde se croyait obligé de parcourir du regard ces rives dans le confort d'une cabine de première classe, de contempler les restes superbes d'une antique civilisation, et de méditer dans des conditions agréables sur les mystères qui en expliquaient l'origine. Ah, ces splendeurs tragiques, ces ruines glorieuses ! Mais, peu à peu, les touristes s'impatientèrent. Si peu de temps, et tellement de choses à voir ! Voyager par avion, c'était excitant : on en voyait beaucoup plus en moins de temps. Il fallait en finir avec ce luxe qui était une perte de temps.

Et c'est ainsi que les ponts de première classe furent abandonnés au silence pendant qu'au même moment, en dessous, ceux de troisième classe commençaient à se remplir de monde et de mauvaises odeurs. On entendait gémir des bébés, bêler des chèvres, et les passerelles étaient encombrées de toutes sortes d'animaux, de charges qui auraient suffi à faire couler un navire de moindre importance. Ces voyageurs traînaient avec eux de méchants bagages, des paquets, des valises de carton fermées avec des ficelles, car leur serrure avait cédé depuis longtemps. Le personnel regardait avec consternation ces passagers pendant qu'ils s'installaient comme des nomades : ils se sentaient partout chez eux, se faisaient des abris, suspendaient leur lessive à des fils de fortune, et allumaient des réchauds à pétrole pour y faire bouillir de l'eau. En prenant ce ferry, ils continuaient à se sentir chez eux. Et ce long périple qui les emmenait sur leur lieu de travail devenait une sorte de migration, aussi sûre et aussi régulière que celle des oiseaux. Le vapeur se transformait en une bouteille flottante qui dansait sur l'eau, apportait des nouvelles, des sacs postaux, ainsi que des parents, des amis, des voyageurs de commerce exhibant les dernières merveilles, des fiancées, des belles-mères, et autres articles indispensables. Ce ferry était le lien avec le monde extérieur. Partout où on l'entendait, le long grondement sourd de sa corne vous faisait frissonner. Elle disait aux gens que le monde existait toujours, elle leur annonçait des nouvelles d'un père ou d'un fils qui travaillaient au loin, elle leur disait aussi qu'au-delà de leur monde il y en avait un autre, et des pays auxquels on pouvait rêver. Le *Toshka* était un gros navire, et son entretien coûtait cher. Maintenant, il y avait des vapeurs plus rapides, plus faciles à manœuvrer, ainsi que de lourds camions qui traversaient le désert et transportaient ainsi une bonne part du commerce.

Or, si le *Toshka* allait bientôt faire son dernier voyage, le plus important d'une glorieuse carrière, c'était sans doute au moment où il était le moins apte à se lancer dans une entreprise aussi hasardeuse. Il lui fallait remorquer derrière lui les grues et les cales sèches. Il allait crouler sous la charge en emportant tout ce qui pouvait être sauvé, de la ferraille, des câbles, des cordages, des grappins, des treuils, des chaînes, des mâts de charge, toutes sortes d'outils, et il lui faudrait remonter la pente raide et étroite des cataractes, un véritable traquenard. S'il parvenait jamais à s'écarter du quai sans couler sur-le-champ, cela tiendrait du miracle.

Par ailleurs, cela ne faisait pas partie de ses itinéraires habituels. En amont, le fleuve était large et paisible, mais maintenant il lui fallait le remonter, s'enfoncer à l'intérieur du pays, en direction de ces cataractes. Le *Toshka* était vieux et fragile, ses moteurs étaient poussifs, sa carène trop large pour les passages étroits dans lesquels il allait devoir se faufiler. Enfin, son tirant d'eau était trop important pour qu'il puisse passer sans dommage à pleine charge sur les rochers. Pendant plusieurs semaines, l'ingénieur Faras avait soigneusement choisi un itinéraire à travers les cataractes, aidé en cela par l'inévitable capitaine Abu Tawab, même si au début leur relation n'avait pas été des meilleures. Faras, avec le manque de tact qui le caractérisait, avait commis une lourde gaffe en interrogeant le capitaine sur ses glorieux ancêtres.

"Allez, allez, mon capitaine, soyons sérieux ! Vous n'allez pas me faire croire que vous parcourez ce fleuve depuis trois cents ans ?" Un lourd silence s'abattit sur la passerelle, et tout le monde s'immobilisa dans l'attente de la réponse du capitaine. Celui-ci frappa du poing la table des cartes avec une telle vigueur que l'homme de barre en sursauta. Abu Tawab leva son regard vers Faras et lui dit tout doucement :

"Vous, vous ne quittez pas vos crayons et vos cartes, et moi, vous me laissez le fleuve."

Faras comprit qu'il lui avait malencontreusement marché sur les pieds, aussi esquissa-t-il un sourire, mais en vain.

En dépit de cet incident, ils parvinrent à collaborer. A bord du *Taharqa*, plus manœuvrable, ils arpentèrent ces cataractes, les remontèrent et les descendirent, en empruntant un chenal, puis un autre. Dans chacune de ces ouvertures, ils utilisaient des tringles et des sondes pour mesurer la largeur et la profondeur du courant. Mais la grande carène du *Toshka* représentait un problème insoluble. A la fin, Faras arrêta son choix sur le passage où l'eau était la moins profonde. Si seulement il avait été un peu plus large ! Lorsque le coffrage en bois qui recouvrait les caissons des roues à aubes vint érafler la fente profonde d'un étroit goulet de basalte, Faras finit par comprendre ce qu'il fallait faire.

"Déposez-moi ici !"

Le capitaine se pencha au-dessus du bastingage et regarda en bas. Il aperçut Faras accroché au plat-bord et, en dessous de lui, l'eau blanche d'écume. Il lui fit un signe : "Non, pas ici, impossible !" L'eau qui surgissait derrière eux exerçait une telle poussée que, pour le capitaine, ce qui comptait le plus, c'était d'éviter que le navire ne vienne se déchirer contre le rocher. Faras lui criait quelque chose, mais le rugissement du courant l'empêchait de l'entendre. Le *Taharqa* se cabrait et venait heurter les parois. Le capitaine continuait à observer la scène, il était désemparé : si Faras ratait son bond, ou s'il hésitait trop longtemps, il allait être emporté par le fleuve. Le capitaine poussa un juron, mais au même instant il vit bondir en l'air la silhouette filiforme de l'ingénieur. Pendant un long moment, il crut que cet homme était perdu. Il disparut dans une immense gerbe d'eau jaillissant de la fente étroite laissée entre la coque du *Taharqa* et la roche lisse et noire. Le capitaine regarda alors attentivement en direction de la barre, persuadé que l'ingénieur avait été englouti par les flots bouillonnants. Pourtant, en se retournant, il fut stupéfait de voir, perchée sur un promontoire rocheux, la silhouette de Faras qui se détachait sur l'horizon et faisait des signes au *Taharqa* au moment où celui-ci prenait de la vitesse et s'enfonçait dans le goulot.

"Ah, cet homme, il est vraiment né sous une bonne étoile !"

Lorsqu'ils eurent atteint le fond de la passe, ils s'éloignèrent doucement du courant et tournèrent sur place pour trouver sur la rive un coin à l'abri. Une fois amarré, le capitaine examina son navire de la proue à la poupe. Il se déshabilla en ne gardant que son large short, plongea et nagea sous l'eau pour vérifier s'il n'y avait pas d'avaries en dessous de la ligne de flottaison. Faras ne réapparut que tard dans l'après-midi, descendant d'un pas lourd la rive abrupte au-dessus de laquelle l'équipage s'était allongé pour se reposer.

"Un de mes gars m'a dit qu'il vous avait vu passer en vol plané au-dessus du bateau", dit le capitaine d'une voix forte, ce qui provoqua une cascade de rires. A la surprise générale, le visage de l'ingénieur qui était toujours empreint de sérieux s'éclaira d'un sourire. Faras semblait de bonne humeur et, sans plus attendre, il dégagea un espace sur le sable, ce qui les amena à se regrouper autour de lui.

"Dans cet itinéraire, il y a deux passages critiques. Qu'en dites-vous, mon capitaine ?"

Ce dernier examina rapidement le croquis des cataractes que l'ingénieur était en train de dessiner avec soin en s'aidant d'un bâton. "Ici, et là, fit-il en les indiquant.

— C'est ça, approuva l'ingénieur. C'est là que nous devons placer des treuils, sur les secteurs les plus raides, afin de haler le *Toshka* le long de cette rampe." Il traça des croix sur le sable. "Mais là, il faudra aussi élargir le passage dans la roche.

— Vous voulez dire qu'on va élargir le lit du fleuve ? Et comment ça ?

— Avec de la dynamite."

Abu Tawab se mit à rire à gorge déployée, mais voyant que l'ingénieur parlait sérieusement, très vite, il se maîtrisa.

Il était maintenant trop tard pour que l'on puisse poursuivre le travail, mais le lendemain matin, aux premières lueurs du jour, un petit groupe d'hommes transportant des cordes, des treuils, ainsi qu'une grande caisse étanche rouge quitta le *Taharqa* et remonta la rive à pied. Quand on arrivait au-dessus du premier degré des cataractes, l'air n'était plus le même, il était frais et humide. Parvenue là, l'équipe éprouva un sentiment de tristesse, elle était d'humeur sombre, comme si elle ne se sentait plus motivée, comme s'il ne restait plus rien de l'ambiance joyeuse qui avait régné un peu plus tôt, quand ils étaient en bas. Faras dut les secouer pour qu'ils se décident à agir. Ils installèrent les deux premiers treuils sans trop de difficultés, en les ancrant dans le rocher avec une foreuse et en utilisant des filins d'acier pour maintenir en place le mécanisme de levage. Quand ils atteignirent l'endroit le plus étroit de la passe, Faras leur dit de dérouler les cordages.

"Il faut que quelqu'un descende là-bas", criat-il assez fort pour dominer le rugissement du fleuve. En dessous d'eux, l'eau surgissait furieusement à travers une longue fissure, mais on pouvait distinguer une petite saillie. Personne ne se proposait. Faras maudit leur réticence : "Vous êtes pires qu'une bande de vieilles femmes superstitieuses ! déclara-t-il en s'emparant d'un rouleau de corde. Il n'y a pas de djinns, ici, pas d'*afreet*, rien que de l'eau qui jaillit sous pression entre des rochers !"

A sa grande surprise, il vit que le capitaine s'avançait pour s'emparer à son tour d'une autre corde qu'il se passa autour de la taille.

"Qu'est-ce que vous faites ?

— Plus tôt on sortira de cet endroit, mieux ça vaudra. Et puis il ne me viendrait pas à l'idée de leur demander de faire quelque chose dont j'aurais moi-même peur." Le capitaine ordonna alors à ses hommes de lâcher du lest, et ils le firent descendre sur la saillie. Etant donné sa corpulence, on pouvait craindre que dans son impatience il n'impose un trop grand effort à cette corde autant qu'à son équipage. Lorsqu'il le rejoignit, Faras leur demanda d'envoyer la dynamite.

"Attention, maintenant, dit Abu Tawab d'une voix forte à l'instant où il se retrouva à côté de lui, une gerbe d'eau, et plus d'ingénieur, plus de jolis souliers, fini tout ça, plus rien !"

Faras regarda alors ses souliers de cuir qu'il avait oublié d'enlever pour s'apercevoir qu'ils étaient fichus. Sur le rebord de cette saillie, il y avait des encoches régulières, comme un cercle dont il manquait une moitié. "Ça, c'est le travail de ceux qui nous ont précédés !" criat-il, en le montrant du doigt. Il y avait des siècles de cela, en cet endroit, une expédition avait élargi le fleuve puis était partie vers le sud, à la recherche d'esclaves, d'ivoire et d'or. Pour Faras, ces cicatrices laissées dans le roc lui prouvaient l'importance historique de sa mission. Cela le confortait dans l'idée que son périple avait quelque chose de colossal. A chaque pas qu'il faisait, il avait l'impression qu'il marchait dans les traces de fantômes qui continuaient à hanter ce pays. Il était l'esprit même de la modernité, et sa tâche consistait à repousser ces esprits malfaisants.

Il se consacra alors à son travail, en leur montrant où ils devaient placer la dynamite et percer des trous à la foreuse. Puis il cracha dans ses mains comme il avait vu le capitaine le faire, et s'avança pour les aider à tourner les grands bras de la foreuse.

Ensemble, ils réussirent à creuser trois trous à la base de la falaise. Ils introduisirent à l'intérieur les crayons enduits de cire, puis les opercules et leurs détonateurs. Après quoi, par des signaux, ils demandèrent qu'on les fasse remonter jusqu'au sommet de la paroi. Ils s'écartèrent du fleuve en déroulant les mèches derrière eux. Faras leur ordonna de tourner le dos et de se boucher les oreilles, puis il appuya fort sur la poignée du détonateur.

CHAPITRE XXXII

Une après-midi, pendant qu'Argin attendait Murjan qui était allé chercher la jeep, il fut attiré
par un bruit persistant de marteau qui provenait
de la maison d'en face. Par la porte ouverte, on
pouvait voir, près de l'entrée, un amoncellement de cageots, de cantines en métal toutes
cabossées, et de meubles disparates. De temps à
autre un homme à la mine fatiguée, les cheveux
couverts de sciure et d'éclats de bois venait ajouter d'un air indifférent quelque chose à cette
pile. Argin vint se placer contre la grille d'entrée
pour voir ce qui se passait. Un homme de petite
taille, les bras musclés, avec des touffes de poils
blancs sur la poitrine, s'avança dans sa direction.
A la main, il portait un panier d'où sortait une
scie.

"Ah, c'est vous", fit Argin qui reconnut le charpentier. L'individu trapu leva les yeux. Il tira de
derrière son oreille, sous un fouillis de mèches
et de copeaux, un crayon qu'il porta à sa bouche,
puis il le remit à sa place.

"Les gens sont inquiets. On ne peut pas le
leur reprocher.

— Bien sûr", répondit Argin. Quand il vous
adressait la parole, ce charpentier avait l'habitude de détourner les yeux. Il ne vous regardait
jamais en face. Sachant par expérience que la

meilleure façon de le mettre à l'aise était de faire de même, Argin fixa la maison.

"Alors, ils vous ont demandé de tout boucher avec des planches ?

— Oui, toutes les fenêtres et toutes les portes", fit le charpentier en se retournant pour jeter un coup d'œil rapide à son ouvrage. Il avait cloué solidement des planches sur les volets des fenêtres et il avait posé ici un cadenas, et là une chaîne. Mais pourquoi donc, se demanda Argin. Pour empêcher les poissons d'entrer ?

Peut-être étaient-ils traumatisés à l'idée de devoir quitter leur maison. Argin avait observé comment, lorsque l'on devait s'en séparer, des objets que l'on considérait la veille encore comme futiles ou sans intérêt se voyaient tout d'un coup investis d'une grande valeur. Et c'est ainsi que toute acquisition, même minime, ou tout ce que vous pouviez posséder en ce monde, prenait soudainement une très grande importance. Des bâtiments modestes devenaient plus précieux que ces temples raffinés, ou que ces vieux palais qui s'écroulaient dans le sable avant de disparaître une fois de plus. Les gens se préparaient à quitter leur logis comme s'il s'agissait d'une simple visite qu'ils allaient rendre à des parents lointains, ou d'un départ pour un pèlerinage. Beaucoup n'étaient encore jamais partis de chez eux. Toute leur vie, ils avaient dormi dans la maison où ils étaient nés. Maintenant, ils balayaient leur cour comme s'ils disaient au revoir à une partie d'eux-mêmes. Ils retrouvaient de vieilles clefs rouillées dont ils n'allaient plus jamais se servir et qu'à vrai dire ils n'avaient jamais utilisées, puis fermaient la serrure de la porte d'entrée, une de ces serrures qui étaient jusque-là passées inaperçues. Et certaines d'entre elles étaient tellement bloquées par la rouille qu'on ne pouvait même pas les faire fonctionner.

Argin était persuadé que dans tous ces rituels il y avait une bonne part de superstitions. Une serrure, c'est une version moderne du lien. C'était aussi un acte symbolique, qui permettait d'empêcher les mauvais esprits de venir occuper un espace que l'on allait abandonner. Fermer la porte d'entrée de votre maison et emporter la clef avec vous, cela voulait peut-être aussi dire que l'on souhaitait rappeler au monde une appartenance à un lieu, même s'il était appelé à disparaître, englouti sous des centaines de mètres d'eau.

L'équipe des archéologues étrangers devait partir le lendemain, aussi Argin était-il plongé dans ses pensées intimes lorsque Murjan l'emmena dans la jeep pour leur dire au revoir. En arrivant, il découvrit que les membres vénérables de cette équipe de scientifiques renommés s'étaient lancés dans une sorte de chahut ou, pour être plus exact, dans une course à l'âne. Ils s'étaient formés en deux équipes. Tout le monde avait revêtu des costumes bizarres, faits de draps et de morceaux de tissu, et Argin finit par comprendre qu'ils avaient essayé de s'habiller à la mode du pays.

"Ah, Argin, vous voilà !"

En plissant les yeux, Argin regarda la silhouette inconnue qui s'avançait vers lui, et finit par reconnaître l'homme au visage rouge qui avait enroulé autour de sa tête un carré de tissu découpé dans un maillot de corps sale.

"Bonjour, professeur. Alors, à ce que je vois, on fait de l'exercice ?

— Mission terminée, fit-il à bout de souffle. Ça se célèbre. Ça fait partie des traditions !"

Même s'il avait du mal à l'admettre, Argin était quelque peu gêné de trouver le professeur dans cette tenue. Cela devait se voir, car ce dernier fit la grimace. "Allez, Argin, ne soyez pas si guindé, ne soyez pas si bêcheur ! Nous avons terminé notre travail, et nous allons rentrer chez nous."

Argin rit, à la fois gêné, et un peu vexé. "S'il vous plaît, professeur, ne faites pas attention à moi. Allez-y, et amusez-vous bien !" Un grand bras couvert de poils et sentant la sueur entoura les épaules d'Argin pour le serrer contre lui. L'odeur d'alcool et de transpiration qui se dégageait du professeur heurta ses narines comme un mur nauséabond. Argin ne se sentait pas bien, et son sourire s'évanouit.

"Allez, allez, Argin, ne soyez pas comme ça !"

Maintenant, on avait fini la course, et toute leur attention se reportait sur lui. Murjan se tenait près de la jeep et regardait attentivement le rétroviseur comme s'il venait de s'apercevoir qu'il était cassé, alors qu'il l'était depuis cinq ans.

"On vous aime bien, Argin, tout le monde ici vous aime bien." Le professeur agita ses bras en direction des autres. "Nous aimons votre pays. Et on a trouvé ce moyen pour chasser la tristesse que nous ressentons au moment de vous quitter. Vous comprenez ?

— Professeur, vous avez tous fait un travail formidable." Argin essayait de trouver les mots qui auraient pu donner un peu de dignité et de solennité à cet instant et à cette occasion, mais le cœur n'y était pas. Son cœur était ailleurs. Il aurait voulu être loin de tout cela, il aurait aimé être seul avec elle, et que ce jeu dure un peu plus longtemps, même s'il savait que ce n'était pas possible.

D'un air songeur, le professeur mit un doigt sur sa bouche. "Argin, écoutez-moi bien, rien qu'un moment, d'accord ? Si vous rassemblez tout ce qui est là, ce n'est jamais qu'une goutte d'eau dans un océan." Il prit Argin par le coude en le serrant très fort. "Nous avons dû faire un tri. Vous comprenez ? Il nous a fallu écrire votre histoire, bien sûr, de façon très concrète. Je veux dire très simplement que nous n'avons pas eu le temps de tout exhumer, vous voyez ? Non, on n'avait pas le temps, alors, on a choisi ce qui nous paraissait le plus intéressant." En voyant l'air confus d'Argin, le professeur sourit. Il posa une main sur son épaule. "Je vous aime bien, Argin. Tous, on vous aime bien. Vous allez nous manquer. Vous et vos manières bizarres, votre générosité, pas vrai ?" fit-il en se tournant vers les autres qui s'étaient rassemblés, pour qu'ils l'approuvent.

Avant même qu'il ait eu le temps de répondre, deux des plus jeunes de l'expédition s'étaient emparés de lui. Chacun l'attrapa par une cuisse, et ils le jetèrent sur le dos de l'âne. Heureusement, Argin parvint à passer un bras autour du cou de l'animal avant qu'il ne se lance dans un grand galop. La pauvre bête se mit à courir vers le premier espace vide qu'elle pouvait voir, loin du village, un endroit découvert situé à l'est. Couché sur le dos de cet animal, Argin voyait défiler sous lui un sol couvert de cailloux et les pattes noueuses de l'âne, qui faisaient penser à deux petites branches solides venant se frotter l'une contre l'autre dans un trot maladroit. Il entendit Murjan qui courait à ses côtés pour le rattraper.

"Chef, je ne comprends pas ces gens ! dit-il en aidant Argin à se remettre debout au moment où, c'était inévitable, il avait fini par tomber.

— Murjan, les comprendre, ce n'est pas notre affaire, marmonna Argin en s'époussetant tandis qu'il retournait vers le camp en boitant. Nous n'aurons plus à les supporter bien longtemps. Allez, maintenant, on sourit !" Ils répondirent à leurs applaudissements chaleureux, comme s'ils venaient de passer un rituel d'initiation.

"C'est donc la fin d'une grande aventure, fit-il en rassemblant tout son courage pour s'adresser à elle.

— Je n'oublierai jamais tous les moments que j'ai passés ici, lui dit-elle dans un murmure, en regardant le fleuve qui scintillait au loin. Je m'en souviendrai toute ma vie, j'en suis sûre. Ce lieu et, bien entendu, ces gens, tout cela est tellement particulier !" Elle tendit une main pour toucher son bras, puis, en se hissant sur la pointe des pieds, elle l'embrassa légèrement sur la joue.

"Vous avez fait de belles choses, et en si peu de temps, que notre souvenir de ces grands moments historiques…" Il s'interrompit et se tut, et ouvrit les yeux pour découvrir qu'une fois de plus il était tout seul. Sur le chemin du retour, il essaya mentalement de retrouver le dessin exact de ses lèvres. Heureusement, il avait laissé le volant à Murjan.

Lorsqu'ils entrèrent dans la ville, elle était plongée dans le silence. Argin était épuisé, même s'il savait qu'il devait encore faire de la correspondance, examiner des réclamations, sans parler de la moisson habituelle des menaces de mort, des propositions de pots-de-vin, ou de filles à marier. Il demanda à Murjan de le déposer à l'autre bout de la ville car il voulait marcher. Pour s'éclaircir les idées, lui dit-il, mais en fait c'était pour jouir un peu plus de ce léger étourdissement qu'il éprouvait maintenant.

Murjan était très content de le laisser quitter sa jeep un peu plus tôt pour qu'il puisse rentrer chez lui à pied. Il estimait que ce *DO* donnait une idée juste de la triste situation de son pays, de son manque d'ordre et de discipline. Son chef faisait partie de ces gens qui ont dans la tête tout un embrouillamini d'idées venues de la capitale. L'air frais venait lécher la chaleur emprisonnée dans les rues. Quant à lui, il avait l'impression d'être emprisonné dans un rêve, sans la moindre envie de se réveiller.

CHAPITRE XXXIII

Une aigrette solitaire vint planer doucement dans le ciel au-dessus du double panache de fumée noire jaillissant des cheminées du *Toshka*. Le sifflement aigu du *Taharqa* qui était plus loin en amont vint répondre au beuglement sourd du vieux vapeur. Cette grosse flottille se décida lentement à entrer en action avec, semblait-il, une grande répugnance et la gaucherie d'un mauvais corps de ballet.

Argin se tenait sur le ponton de bois, en face de l'hôtel abandonné, et il les regardait s'éloigner. Il n'y avait pas une fanfare pour saluer leur départ, pas la moindre salve, car les deux vieux canons qui depuis un siècle montaient la garde devant le portail du DO avaient été déjà embarqués dans un train et expédiés vers un musée dans le Sud. A force de retarder leur départ, quand ils se décidèrent enfin à quitter le quai, il était presque midi. Argin aperçut Faras qui se tenait à l'arrière du *Toshka*.

"Bonne chance !" leur cria-t-il, en leur faisant des signes de la main. On ne lui répondit pas, et pourtant il était presque sûr que l'ingénieur l'avait vu. "Ça, c'est bien lui", se dit-il. Mais il fut surpris de voir qu'une autre main lui rendait son salut. Tout en bas, sur le *Taharqa*, une mince silhouette ne cessait de faire des petits bonds.

Argin répondit par un signe à Buhen et esquissa un sourire. Ainsi, il avait bien fait, puisque le petit boiteux faisait maintenant route vers son rêve.

Ils remontèrent le fleuve jusqu'aux cataractes, mais ils n'y parvinrent qu'à la tombée du jour. A tout instant, ils s'arrêtaient, puis repartaient. Et tout cela prenait beaucoup plus de temps qu'ils ne l'avaient prévu. A bord du *Toshka*, tantôt Faras discutait avec le capitaine en hurlant dans le tube de plomb du porte-voix, tantôt il se précipitait sur la plage arrière pour vérifier le bon état des câbles d'acier que l'on avait déroulés au-dessus des plats-bords. Ils se rendirent compte que les flots commençaient à s'agiter lorsqu'ils perçurent un léger frémissement dans les poutrelles de fer des grues flottantes. Ces deux longs cous se mirent à osciller d'avant en arrière avec un rythme dont la précision évoquait le balancement des pattes d'une gigantesque sauterelle. Cela suffisait pour leur indiquer que la journée était finie. Il leur fallait garder toute leur énergie pour le lendemain matin. Abu Tawab amena le *Taharqa* tout contre le *Toshka* où il s'amarra. Faras monta à bord de ce dernier qui était plus petit pour discuter, et les deux hommes passèrent en revue une foule de détails techniques, des modifications qu'ils avaient apportées ou qu'ils devaient mettre en place, mais ils avaient beau débattre, rien ne parvenait à chasser le nuage sombre qui planait au-dessus d'eux.

"Qu'en pensez-vous ? demanda le capitaine en fixant l'ingénieur. Est-ce qu'on peut vraiment le faire ?

— On verra ça demain matin", répliqua Faras en regardant au loin. Il était tendu à l'extrême, et ne parvenait pas à se défaire d'un vague pressentiment. Cette nuit-là, il dormit mal, il se coucha tôt pour être prêt le lendemain, et pendant des heures il ne cessa de se retourner dans son hamac, écoutant le son d'un luth, puis des voix qui discutèrent jusqu'à l'aube. "Les crétins ! murmura-t-il, en se retournant une fois de plus. Demain, ils auront besoin de toute leur énergie."

Le lendemain matin, tout commença mal, avec, à bord du *Toshka*, un incident mineur, un problème de moteur. Il fallut une heure pour le résoudre. Puis, tout à coup, ils prirent le départ en se dirigeant vers la première passe étroite où jaillissait une eau blanche comme de l'argent.

Devant eux, le *Taharqa* franchit la première partie du goulet. Quand ce fut le tour du *Toshka*, Faras fut surpris de voir que la première étape de cette remontée des cataractes se passait plus facilement qu'il ne l'aurait cru. Ils avançaient aussi vite que possible, trop vite, lorsqu'ils rencontrèrent cette eau blanche. Le gros navire se cabra et frémit, et ils ralentirent tellement l'allure qu'ils avaient l'impression de ne presque plus bouger, mais ils franchirent cette pente sans grande difficulté.

Quand Faras s'aperçut que le *Taharqa* émergeait à nouveau et que le capitaine lui faisait de grands signes, un grand rire joyeux sortit du fond de sa gorge. Il leva le bras et lui rendit son salut. Il était plein d'enthousiasme, très excité, comme s'il participait à une aventure. Et pour la première fois de sa vie, il sentit qu'il s'était finalement embarqué dans une entreprise digne des grands héros du passé.

Dans les heures qui suivirent, ils remontèrent lentement le courant en circulant dans des méandres, conformément aux plans qu'ils avaient faits durant toutes ces semaines. Le soleil commençait à baisser à l'horizon quand ils approchèrent de l'endroit critique : la longue gorge rocheuse qu'ils avaient élargie à coups d'explosifs.

Tout d'abord, la pente s'accrut de façon imperceptible, mais le pont s'inclinait toujours. L'eau se déversait sur l'avant. Les pales des aubes tournèrent lentement et lourdement, puis elles se mirent à battre l'eau beaucoup trop vite parce qu'elles perdaient prise. Une odeur d'huile surchauffée monta de la timonerie, et les moteurs changèrent de régime. On aurait dit qu'on n'avançait plus. Le pont du *Toshka* avait pris maintenant une inclinaison incroyable. Faras se pencha au-dessus de la coque et vit un gros poisson-chat brillant, aussi coloré qu'un arc-en-ciel bondir pour disparaître à nouveau dans le torrent. A cet instant, il crut voir comme un signe, puis il se ressaisit et tenta de chasser cette image de son esprit, pour s'apercevoir que c'était impossible.

Le navire avait beau trembler, les moteurs avaient beau gronder, on n'avançait toujours pas. Insensiblement, ils commencèrent à reculer dans le courant. On donna des ordres pour que l'on arrime les câbles des treuils. Sur la rive, se détachant contre un bandeau de lumière, il vit l'équipe qui actionnait les poulies. Il les entendait chanter en rythme tandis qu'ils tiraient sur les câbles. Lentement, le navire se mit à remonter la pente. A l'arrière, on entendit un cri d'alarme. L'eau qui jaillissait avec force remplissait le bassin vide des cales sèches. Si elle continuait à le faire, les cales allaient les retenir en arrière comme une ancre. Il aperçut les hommes qui actionnaient les pompes avec rage pour les vider. On était à deux doigts d'un désastre. Faras grimpa à toute allure sur l'échelle qui menait à la passerelle, regarda devant lui, et vit que l'un des treuils avait un problème. Sur la rive ouest, pour une raison qu'il ignorait, peut-être à cause de la rupture d'un levier, l'équipe qui était sur le promontoire rocheux avait arrêté son travail, de sorte que maintenant le câble s'était relâché et pendait. Le vapeur était en train de perdre cette bataille, car la force du courant le poussait contre la paroi de la rive opposée. Et Faras ne pouvait rien faire.

"Si ça continue, il va falloir couper le câble de bâbord", dit-il à l'homme de barre. A coup sûr, cela aurait signé leur défaite, mais c'était la seule façon d'éviter que le navire ne soit mis en pièces. On courait aussi le risque de sombrer, c'était sérieux, et même si cela ne se produisait pas, il était impossible de savoir si les machines allaient tenir le coup lors d'une seconde tentative. Le *Toshka* gémissait, renâclait et s'épuisait de rage. Une fumée épaisse montait de la salle des machines. Et si maintenant on coupait la vapeur, alors le navire courait le risque d'éclater sous la force du courant. A vrai dire, ils étaient coincés. Puis, tout à coup, dominant le hurlement de l'eau et des embruns, Faras reconnut le son de la corne du *Taharqa*. En escaladant la glissière de sécurité, il aperçut au loin et au-dessus d'eux la pointe de ses cheminées qui s'approchaient du promontoire. Son cœur battait très fort ; le capitaine Abu Tawab avait tout compris, il leur montrait le passage. Mais l'homme de barre cria que, pour eux, c'était trop tard.

"Il faut larguer les câbles, sinon les roues à aubes vont lâcher !

— Attends, dit Faras avec insistance. Il faut leur laisser une chance."

Cela sembla durer des heures, mais en fait tout ceci se déroula en quelques minutes. C'est alors que le câble de tribord se mit à trembler. Faras jeta un coup d'œil à l'arrière pour voir où en étaient les cales sèches. Si la situation ne s'améliorait pas rapidement, on allait les perdre. Quand à nouveau il regarda devant lui, il vit le câble qui se soulevait, tout étincelant d'eau et qui brillait au soleil comme si c'était du cuivre. La puissance de ces flots était stupéfiante. Le *Toshka* se retrouvait coincé là comme une bûche que l'on aurait enfoncée dans la gueule d'une bête féroce.

"En avant toute !" ordonna-t-il à la salle des machines. Sous ses pieds, les planches se mirent à branler et à trembler. Une timbale de fer-blanc tomba de son étagère. Une vitre éclata en morceaux avec un bruit de coup de feu. Autour d'eux, tout vibrait comme si tout allait se rompre. Le vieux vapeur craquait et se pliait si fort qu'il n'aurait pas été surpris de le voir tout simplement se casser en deux. Puis il sentit une légère aspiration, moins que rien : ils avaient bougé. De chaque côté du treuil, les équipes actionnaient les leviers d'avant en arrière avec une force démoniaque. Avec une inclinaison incroyable, l'avant se dressait en l'air. Faras agrippa le montant de la porte de la passerelle. L'homme de barre ne cessait de répéter ses prières à voix haute.

Ils restèrent ainsi suspendus entre ciel et eau, lorsque le câble du treuil de tribord se rompit net. On entendit une sorte de musique, comme la corde d'un luth que l'on pince, bientôt suivie d'un sifflement strident lorsqu'il serpenta dans l'air. Le *Toshka* frémit, mais pourtant il tint bon. C'était un signe. Ils étaient en train de gagner.

Et maintenant, il suffisait de persévérer. Les grosses machines se mirent à rugir, les pales de bois frappaient l'eau avec le rythme régulier d'un tambour, c'était presque trop facile, et ils se glissèrent hors du goulet pour pénétrer dans des flots paisibles.

Des acclamations fusèrent de toutes parts. Le *Toshka* fit sonner sa corne à plusieurs reprises. Avec un rire de soulagement, Faras fit des signaux à l'équipe du treuil qu'il apercevait sur la rive est, bondissant de joie. Puis on vira paresseusement dans ces eaux calmes. Faras ordonna au pilote de faire route vers la rive ouest où le *Taharqa* s'était amarré. Il descendit de la passerelle et se fit un chemin à travers l'équipage qui l'acclamait et lui donnait des tapes dans le dos. Puis il sauta vite au-dessus du vide pour passer à bord de ce navire.

"Où est le capitaine ?" demanda-t-il d'un ton pressant, trop impatient pour pouvoir attendre une réponse. Il passa sur le côté face à la terre, puis grimpa sur la rive pour s'approcher de la foule qui s'était regroupée au bord du fleuve. Alors, il s'arrêta, car il voyait bien que ces hommes étaient immobiles et silencieux. Qu'est-ce qui s'était passé ? Faras se fraya un passage. Il regarda un visage sans expression, puis un autre. "Mais où est le capitaine ?" En jouant des épaules, il continua à avancer, il pressait le pas, follement inquiet. "C'est le câble !" lui dit l'un d'entre eux. Tout d'abord, il ne vit qu'une masse sanguinolente, puis quand il comprit, cela lui fit froid dans le dos : c'étaient des restes humains. Faras s'avança brutalement. C'est alors qu'une silhouette vint vers lui.

"Ah, grâce à Dieu, vous voilà !" fit Faras en riant, soulagé, et en lui tendant la main. Mais

Abu Tawab se garda bien de sourire, il ne le regarda même pas. Sans un mot, il se retourna vers le cadavre déchiqueté de Buhen. En cinglant l'air, le câble d'acier lui avait sectionné le cou, le séparant presque de ses épaules.

"Dieu donne, et puis il reprend selon sa volonté, murmura le capitaine.

— Mais qui était-ce ? demanda Faras au moment où Abu Tawab se redressait.

— Un jeune garçon, dit ce dernier en se détournant pour regarder le fleuve, un petit boiteux."

CHAPITRE XXXIV

Toutes les fenêtres et toutes les portes de l'hôtel étaient grandes ouvertes. Sittu était assise dans la véranda, sur l'une de ses grandes cantines de métal. Son départ ne manquait pas de style. C'est à bord d'un bateau qu'elle devait descendre le fleuve jusqu'au nouveau barrage et là, elle devait prendre le train en direction du nord et disparaître à jamais dans la ville, dans cette masse grouillante qui peuplait le delta. C'était la fin d'un voyage, mais aussi beaucoup plus que cela.

Argin se tenait sur le perron, en plein soleil, et il s'éventait avec son chapeau.

"Vous allez nous manquer, commença-t-il, ce ne sera plus pareil !

— Vous ne resterez pas ici longtemps, aussi vous ne remarquerez même pas mon absence."

Un parfum lourd s'était répandu dans l'air. A la main, elle tenait un éventail de soie qu'elle agitait tout doucement. Elle avait revêtu un très bel ensemble en crêpe qui semblait flotter autour d'elle.

"Je vais regretter ces repas que nous prenions ensemble", avança-t-il.

Avec un gloussement, en se parlant à elle-même, elle dit d'un ton calme : "Vous les hommes, vous êtes tous les mêmes, vous ne pensez qu'à votre estomac !"

Cela le fit tiquer intérieurement. Depuis quelque temps, il en avait bien conscience, ce qui se passait entre eux avait changé, même si absolument rien au monde ne lui permettait de dire au juste ce qui n'allait pas. Il avait le sentiment qu'une occasion s'était offerte à lui, et qu'il l'avait laissée passer. Il aurait bien aimé trouver les mots qu'il avait envie de lui dire. Mais dans son cœur tous les sentiments se mélangeaient : alors, comment faire pour s'y retrouver ? Il aurait aimé que tout soit comme avant. Sa compagnie allait lui manquer, beaucoup plus que sa cuisine, de cela il était sûr, mais comment le lui dire ? Il essaya de faire un pas de plus.

"Ces derniers mois, votre compagnie m'a été d'un grand réconfort."

Elle cessa d'agiter son éventail.

"Pour moi, nos discussions ont été particulièrement enrichissantes." Elle le dévisageait de telle façon qu'il en eut la bouche sèche. Il s'efforça de s'éclaircir la gorge. "Ce fut une source d'inspiration, réussit-il à lui dire dans un souffle. J'espère que ma présence ne vous a pas trop pesé.

— Voulez-vous insinuer que tout le temps que nous avons passé ensemble avait quelque chose d'inconvenant ?

— Mais non, pas du tout, lui répondit-il, pris de court.

— Alors, j'aimerais vous dire, sachant que vous êtes un homme d'honneur, que je n'avais qu'un seul souci, la crainte de vous faire perdre votre temps en vous empêchant de vous occuper des tâches qui vous attendaient à l'extérieur."

Argin retournait son chapeau dans ses mains et ne voyait plus que ses doigts gauches se détachant sur son rebord. "J'ai beau retourner tout cela dans ma tête, je ne connais personne d'aussi estimable que vous !"

Sittu marqua une pause, puis elle se mit à agiter son éventail avec une énergie accrue. "Cela fait trop longtemps que vous vous tenez là en plein soleil. Venez donc vous asseoir une dernière fois à côté de moi, et à l'ombre."

Alors Argin ouvrit la porte coulissante et s'avança sur la véranda, mais il ne put se résoudre à s'asseoir. En silence, ils fixaient du regard la lumière aveuglante qui s'abattait sur les jardins de l'hôtel. Là-bas s'écoulait ce même fleuve qui les avait rapprochés et qui leur faisait maintenant prendre une direction opposée.

"J'aurais aimé… commença-t-il.

— Oui ?

— Non, rien. J'aurais simplement aimé que nous puissions continuer à nous retrouver ensemble, comme maintenant. Oui, pour moi, c'est presque parfait !" Il leva son regard, vit qu'elle souriait, et détourna les yeux.

"Peut-être nous retrouverons-nous un jour, dit-elle d'une voix douce.

— Cela serait pour moi un grand plaisir.

— Alors, laissons faire le temps."

Argin resta là un moment, à fixer l'amoncellement de cartons et de malles empilés sur la véranda. C'était sans doute le moment d'ajouter quelque chose, si c'était encore possible, mais en vérité il ne parvenait absolument pas à trouver les mots qu'il cherchait. Aussi, il se contenta de sourire, et son regard se perdit dans le lointain.

CHAPITRE XXXV

De toute sa vie, Gemai n'avait jamais vu autant de monde. Les gens tournaient autour du train comme des chèvres autour d'une balle de foin. Mais d'où sortaient-ils donc ? Ils arrivaient portant sur la tête des valises nouées avec des cordes, soulevaient et poussaient à travers les fenêtres étroites des sacs regorgeant de secrets de famille. De gros paquets de draps enroulés se mettaient à pousser des petits cris : il s'agissait, en fait, de nouveau-nés. Les maris disaient à leurs femmes de se dépêcher, elles tiraient par la main leurs enfants et ceux-ci, très mécontents, poussaient des hurlements. Mais, à part Gemai, personne n'avait le temps de faire attention à quoi que ce soit. Il y avait aussi des gens qui montaient sur le dos des autres pour pouvoir atteindre le toit du train. On hissait des grands-mères fragiles et toutes tremblantes le long de ces échelles humaines, et leurs pieds pédalaient dans le vide, sans tenir aucun compte de leur dignité. Des rustres pétrissaient et poussaient la croupe d'une forte femme pour la faire passer par la portière du compartiment, au grand dam de son mari mince comme une allumette qui tentait de l'aider tout en écartant ces mains secourables.

Gemai observait tout cela bouche bée. En fait, elle était bien contente d'être dans ce train.

C'était la première fois de sa vie qu'elle en prenait un, et, en outre, c'était mieux que de se
retrouver écrasée dans cette cohue. Elle s'agenouilla sur la banquette de bois, et mit son nez
contre la vitre pour essayer de voir son petit
frère qui avait imprudemment fourré sa tête
entre les barreaux et commençait à comprendre
qu'il était coincé. Il lui demandait de l'aider, mais
elle n'en tint aucun compte. Il n'avait qu'à
attendre, car elle avait vraiment mieux à faire.
Juste en dessous de sa fenêtre, son père, tout
ébouriffé, étouffait un bâillement et s'accrochait
au compartiment de bois, comme s'il voulait
garder avec lui sa famille au moment où elle le
quittait.

Avec sa prudence habituelle, Murjan avait
réveillé les siens au milieu de la nuit pour les
amener à la gare dans l'obscurité, il avait pris les
plus petits dans ses bras, et guidé les plus
grands qui dormaient debout, et se seraient
égarés sous la voûte étoilée s'il ne les avait pas
dirigés comme un troupeau de moutons. Toujours très astucieux, Murjan s'était attendu à ce
vent de panique qui s'emparait maintenant de
tout le monde. Il avait compris que s'ils n'arrivaient pas à temps, en dépit du pourboire qu'il
avait glissé au contrôleur, on allait leur prendre
leurs places. Pourtant, il fut étonné de voir
toute cette foule qui s'agitait sur des voies mal
éclairées et plongées dans le noir. On aurait dit
que toute la population de cette ville avait tout
d'un coup décidé qu'il n'y avait plus aucune
raison de rester ici, et qu'il fallait s'en aller.

Or, six heures plus tard, apparemment, le train
était toujours en instance de départ. Une femme
assise à côté de Murjan se mit à pleurer sans
raison apparente. Au-dessus de lui, un jeune se

penchait à l'extérieur, et s'accrochait imprudemment à une tuyauterie d'où s'échappaient par moments d'inquiétants petits nuages de vapeur. Maintenant, sans se soucier du risque qu'il courait de se brûler, il se hissait péniblement sur le toit arrondi du wagon où des tas de gens étaient déjà en train de s'installer. Ils allaient rester là dix-huit heures d'affilée, assis, allongés, assoupis sur ce toit dur tandis que le train serpenterait à travers un désert nu, en direction du sud. Les gens leur lançaient d'en bas des paniers et des valises. Un homme avait perdu une sandale qui était tombée par terre, et il pria quelqu'un de bien vouloir la lui jeter. On essaya plusieurs fois, mais finalement elle vint voler au-dessus du train pour atterrir de l'autre côté. Ça ne valait pas la peine de perdre sa place, si précaire qu'elle puisse être, pour une vieille sandale, aussi il y renonça comme il avait renoncé à la vie qu'il avait menée jusque-là. Un moment plus tard, il lança la seconde pour qu'elle rejoigne la première, puis, tout excité, il commença à s'installer, en exhortant ceux qui étaient en bas de se dépêcher, sinon, ils allaient être complètement largués.

Gemai appuya son front contre les barreaux froids. Son père la regarda et sourit.

"T'en fais pas, ma fille, lui dit-il, croyant que la peur de le laisser ainsi derrière eux lui donnait cet air soucieux. Bientôt, on sera à nouveau ensemble." Sa famille devait rester chez sa sœur en attendant qu'il ait réglé ses affaires ici pour pouvoir les rejoindre dans la capitale.

Une secousse brutale l'arracha à ses rêveries : le train recula en haletant. Les freins grincèrent, les roues tournèrent, puis menacèrent de s'arrêter. D'un seul coup, la tête de son frère se libéra, il tomba aussitôt sur le plancher et se mit à pleurer. Cette manœuvre soudaine remplit de panique les derniers traînards. Ils lancèrent leurs affaires dans le train et bondirent sur les marchepieds. Ce n'était pas trop tôt, car à cet instant le convoi se mit à rouler en avant pour de bon et les grosses roues à tourner, comme les aiguilles d'une pendule que l'on pousse sur leur cadran. Derrière eux, sur le quai, paniers, vêtements, sandales, valises et cantines de fer tombaient pêle-mêle du train, abandonnés, oubliés, ou jetés dans la précipitation du départ. Les gens marchèrent, puis trottèrent le long du convoi et finalement se ruèrent à l'assaut des poignées des portières pour s'agglutiner sur les marchepieds déjà combles. Par miracle, personne ne fut laissé à l'abandon. A travers la fenêtre, Gemai fit des signes de la main à son père. Pendant un moment, il courut le long du train en leur criant ses dernières recommandations :

"Et refusez de payer quoi que ce soit si ma sœur vous le demande ! Et si les meubles ne sont pas arrivés, prévenez-moi !"

Et puis il disparut, loin derrière sa famille, et à la fin Gemai ne vit plus qu'un gros arbre poussiéreux et une silhouette qui agitait son béret en l'air. Les petites secousses du train amenaient des bouffées d'air chaud à travers les fenêtres, et tous poussèrent des soupirs de soulagement, desserrèrent les vêtements qui collaient au corps, installèrent leurs affaires en petits tas, plus commodes, en prévision du long voyage qui les attendait.

Gemai ne bougeait pas. Elle restait figée à sa place. A travers les grilles de la fenêtre ouverte, elle pouvait voir la ville, la seule chose qu'elle ait jamais connue de toute sa courte vie. Pour la première et la dernière fois, elle la vit s'éloigner lentement et disparaître dans le sol brun. Les maisons n'étaient plus que des petites boîtes d'argile, les gens de légères touffes de coton blanc, et les palmiers de maigres plumets. Le train siffla pendant qu'en dessous d'eux le cliquetis des roues sur la voie s'accélérait, les entraînant rapidement au loin. Bientôt il ne resta plus rien de cette ville qui renfermait toutes les histoires qu'on avait pu lui raconter, rien qu'une tache floue à l'horizon. Maintenant, ils se retrouvaient seuls dans un paysage inconnu. Elle appuya sa tête contre la fenêtre, ferma les yeux, et essaya d'imaginer ce qui l'attendait.

CHAPITRE XXXVI

Il y a bien des années de cela, quand il était jeune et influençable, Argin pensait qu'un jour il pourrait devenir un grand poète. Pourtant, il tenait ces ambitions cachées, il n'en parlait qu'avec beaucoup de réticence, et il fallait insister lourdement pour lui faire avouer que dans ses moments de liberté il noircissait du papier. Et il ne montrait que rarement ces tentatives. On l'avait même vu, dans sa jeunesse, en deux ou trois occasions, ainsi lors d'un mariage, se laisser entraîner par l'ambiance du moment, se lever, et réciter un passage de l'une de ses compositions. En général, cela était bien accueilli, et pourtant le souvenir de ce moment d'abandon le plongeait pendant plusieurs semaines dans d'atroces insomnies. Argin ne croyait pas qu'il avait de grands talents cachés. Néanmoins, ce genre d'activité lui donnait un grand plaisir, un réconfort, et quand il se sentait inspiré, à des moments où il ne s'y attendait pas, quand il voyait apparaître sur sa page des éléments sans qu'il puisse les expliquer, ni dire comment et où il avait pu trouver tout cela, alors, il était émerveillé. Il éprouvait un grand respect pour ces instants si rares, car il sentait bien qu'il s'agissait là de créativité. Jamais, à aucun moment, il n'avait envisagé de faire une carrière de poète. Il lui semblait que cette idée n'était que vanité, et qu'elle ne pouvait rendre service à personne. En fait, il n'avait jamais entendu parler de poètes qui auraient consacré tout leur temps à l'écriture, et il n'en connaissait pas de vivants. Quant à ceux qui n'étaient plus de ce monde et qu'il admirait, il avait le sentiment qu'ils avaient passé leur vie à traverser de terribles épreuves, ou à affronter des dangers. En outre, se disait-il, comment pouvait-on acquérir une expérience et écrire sur ce sujet si l'on passait son temps à noircir du papier ? Il en déduisit qu'en travaillant beaucoup, un jour, il pourrait écrire un recueil de poésies, et que non seulement il serait très content de les dévoiler à un auditoire, mais qu'en plus elles auraient peut-être même droit à une publication.

Il faut avouer que ces derniers mois il avait beaucoup négligé ce passe-temps. Non sans désinvolture, il avait déposé sur l'une de ses malles une pile de carnets à peine déballés. De temps à autre, il lui arrivait d'en ouvrir un, de le feuilleter au hasard, et de froncer les sourcils en tombant sur une petite idée qu'il avait prise en note, sans pouvoir se remémorer ce qu'il avait en tête au moment où il l'avait consignée. Et toutes les fois qu'il décidait de se consacrer à quelque chose qui exigeait une réflexion approfondie, alors, immanquablement, le stylo lui tombait des doigts et sur-le-champ, épuisé, il sombrait dans un profond sommeil. Le lendemain matin, il avait complètement oublié quelle pensée avait pu déclencher cette envie de s'emparer d'un stylo et d'une feuille de papier. Il pouvait également lui arriver de ne plus penser à consulter les pages de ce carnet. Mais ces dernières semaines les pluies étaient arrivées, un certain nombre de gens étaient partis, les problèmes n'avaient plus la même urgence et son esprit était donc plus disponible, de sorte qu'au coucher du soleil on aurait dit qu'il était seul au monde, seul à écouter le crépitement doux de la pluie tombant goutte à goutte sur les feuilles couvertes de poussière.

Tous les jours, avec Murjan, il faisait des tournées en voiture, rendant visite aux villages tout le long du fleuve pour vérifier s'il n'y avait pas des ennuis de dernière minute. Il y avait largement de quoi l'occuper. Tout d'abord, le maintien de l'ordre public. Une bande de voleurs rôdait dans les maisons abandonnées pour s'emparer des objets de valeur qu'on avait pu y laisser. Le personnel de l'hôtel avait barricadé les chambres et vendu la plupart du mobilier. Les serveurs passaient la journée à somnoler dans les salles à manger, même s'il n'y avait plus de meubles, la tête appuyée contre le mur. Des récupérateurs de matériaux venaient ramasser des bois de charpente et des tôles galvanisées partout où ils pouvaient en trouver. Il fallait surveiller tout cela et le gérer. Il fallait aussi faire payer des impôts. Des fermiers s'entêtaient à vouloir récolter les dernières dattes avant de partir. Puis, peu à peu, ils finirent par s'en aller, par petits groupes, l'un après l'autre. Et la ville s'enfonça progressivement dans un silence lourd et définitif.

Au cours de toutes ces semaines, il se passa quelque chose d'étrange. Argin commença à découvrir cette ville sous un aspect qu'il ne connaissait pas encore. Oui, la ville elle-même avec ses rues, ses maisons, ses arbres. Tout redevenait calme, tout ce qui avait toujours été là, mais caché par le bruit, le vacarme. Il n'avait jamais vraiment pris le temps de la regarder. Il se mit à l'explorer, à ouvrir les portes, à jeter un coup d'œil par-dessus les murs. C'était un peu comme s'il suivait quelqu'un qui marchait devant lui et qu'il ne pouvait pas voir.

Pendant des jours entiers, il ne cessa d'y penser en se demandant : Qu'est-ce que j'ai bien pu trouver dans cette ville abandonnée, qu'est-ce que c'est donc ? A la fin, il se rendit compte que cette recherche pourrait constituer un très bon sujet pour un poème. Il songeait à une sorte d'épopée, une ode, un récit en vers qui raconterait l'histoire d'un esprit hantant la vieille cité comme un témoin. Cet esprit généreux serait sensible à la nature fugace de l'existence humaine : nous venons au monde, nous mourons, mais nous apportons quelque chose avec nous, et nous le laissons derrière nous. Mais aussi, et plus important, il allait raconter l'histoire de ce peuple. L'humanité, l'histoire, il ne parvenait même pas à leur donner un nom, et pourtant, c'est bien de cela qu'il s'agissait, tout ce qu'il avait ressenti lui-même ces derniers jours à la vue des traces laissées après leur départ, ce qu'on ne pouvait ni mesurer ni représenter d'une manière objective, mais que seule la poésie pourrait saisir. Bientôt, il fut persuadé qu'il y avait là un poème, un poème qui viendrait à sa rencontre, comme il l'avait toujours rêvé. Personne, dans le monde entier, personne au cours de l'histoire n'avait été mieux placé que lui pour accomplir cette tâche.

Aussi, il s'enferma dans son bureau et se mit au travail. Il travaillait des heures d'affilée. Murjan assis dans le jardin voyait tout cela d'un mauvais œil, ainsi quand Argin se torturait à répéter à voix haute une phrase, un vers, ou un seul mot, encore et encore, sans être jamais satisfait, Murjan disait : "Cet homme se fustige avec des mots !" Quand il trouvait ce qu'il recherchait,

Argin poussait un soupir de soulagement. Les semaines passaient. Murjan essayait de lui faire manger quelque chose. Il plaçait des plateaux de nourriture près de la porte et quand il revenait il voyait une famille entière de chats en train de se lécher les pattes. Il se glissait dans la pièce sans se faire remarquer, disposait du thé et des sandwiches, puis sortait. Il n'avait jamais vu Argin dans un tel état, replié sur lui-même comme à l'intérieur d'un cocon, et perdant toute notion du temps. Murjan était partagé entre un désir de fidélité et la crainte qu'un esprit ne se soit emparé de la maison et de son maître.

"Mais qu'est-ce qu'il a ? demanda le vieux Kertassi qui arrivait de l'hôtel abandonné pour tenir compagnie à Murjan.

— Cette femme qui portait un pantalon lui a jeté un sort !

— Comment ça, une femme avec un pantalon ?" reprit Kertassi qui n'y comprenait rien.

Des gens qui passaient par là pour lui faire leurs adieux furent surpris, ou offusqués, de voir qu'il ne levait même pas les yeux de son bureau pour leur répondre.

Les semaines passaient. On ferma le bureau de poste avec des planches, le téléphone ne répondait plus. Bien que hors de saison, la pluie continuait à tomber. L'eau envahit l'arrière de la maison. Le vieux Kertassi et Murjan tentèrent d'endiguer cette inondation en édifiant un barrage de boue, sans grand succès. Le niveau montait peu à peu, si bien que pour apporter les repas le fidèle ordonnance, la tête protégée d'une toile de sac, devait maintenant faire l'équilibriste pour passer sur des tabourets disposés avec soin de l'îlot surélevé de la cuisine jusqu'au bâtiment central. Assis dans son coin, Murjan regardait l'eau qui montait du fleuve et se glissait entre les arbres, et il s'inquiétait, se disait qu'il ne reverrait plus jamais sa famille.

Oubliant tout, Argin écrivait toujours. Les feuillets s'accumulaient, se recouvraient de gribouillages fébriles et de taches d'encre, mais très vite il les rejetait. Il biffait des mots, puis des lignes entières. Mécontent, il déchirait les pages les unes après les autres. Son sujet, il le voyait bien, mais c'était encore informe. Il se disait qu'il ne lui restait plus qu'à rassembler tous ces éléments. Sa table se couvrait de tas de papiers tout noircis d'encre et de griffonnages illisibles. Ils tombaient et se répandaient sur le plancher où aussitôt ils prenaient l'humidité. Quelques feuilles, emportées par des bouffées de vent, s'envolaient par les portes et les fenêtres, venaient se poser sur la surface de l'eau et, tournant avec indolence, elles partaient au loin.

Dehors, dans la rue, on avait du mal à distinguer l'eau de pluie de celle qui montait du fleuve. Elle recouvrait à moitié les roues de la jeep. Tout était humide et mouillé : les lits, les tables, la nourriture. Murjan piétinait alentour, à la recherche d'allumettes, et dans sa mauvaise humeur il marmonnait des prédictions funestes. L'eau venait éclabousser la véranda, elle ruisselait le long des volets en bois des fenêtres, et s'étalait sur les carrelages comme un flot d'encre noire. Elle s'égouttait et venait tinter dans une armée de vases, seaux, carafes, bidons, cuvettes en émail, que l'on avait placés aux endroits stratégiques, partout où le toit fuyait.

Dehors, dans la cour de la cuisine, une nappe de velours ondulait à la lueur de la lune tandis que deux silhouettes lasses s'acharnaient en vain à édifier un petit barrage pour arrêter ce fleuve qui montait et venait tourbillonner sur la pelouse. Leurs mains étaient recouvertes d'une boue grasse et blanchâtre. Une eau couleur de lait venait faire des bulles et former une mousse qui giclait entre leurs doigts en filets minuscules. Elle s'emparait des feuilles de nème jaunies pour les faire tourbillonner comme des bateaux.

"Ah, si seulement il ne l'avait jamais rencontrée !" marmonna Murjan, écartant les jambes au-dessus du barrage de fortune et, plongeant ses mains dans l'eau, il en ressortit deux gros paquets de boue qu'il plaqua de chaque côté de la murette glissante.

"Le cœur n'est jamais aveugle, dit le vieux Kertassi. Il voit ce que des milliers d'yeux ne sauraient distinguer." Il s'arrêta un moment, posa une main sur son genou et se passa l'avant-bras sur le front en y laissant une longue trace de boue.

Semblable à un matelas sale enroulé sur lui-même, le ciel menaçait de déverser un autre déluge avant l'arrivée de la nuit. Exaspérés, les deux hommes laissèrent échapper un cri et levant les yeux ils regardèrent en direction de la maison nichée dans un bosquet d'acacias.

"Son âme est à la torture", firent-ils en échangeant un signe de tête, avec l'assurance de ces hommes qui ont depuis longtemps relégué dans le passé leurs chagrins d'amour.

"Peut-être que ce n'est pas du tout à cause de cette étrangère, mais simplement à cause de ce satané barrage !"

Murjan fit non, il n'approuvait pas le pessimisme de son aîné. "On va avoir de belles maisons neuves, de la terre, et de l'eau de qualité. On s'en occupe."

Kertassi se redressa en mettant la main sur ses reins qui lui faisaient mal. "Il y en a parmi nous qui n'ont pas du tout l'intention d'accepter de l'argent contre la terre de nos ancêtres.

— Alors, crois-moi, tu ferais mieux d'apprendre à nager !" lui dit Murjan en riant et en sautant d'un pied sur l'autre pour tenter de remettre son pantalon qu'il avait enlevé pour ne pas le salir, lequel de toute façon était maintenant recouvert d'une épaisse couche de boue. "Qu'est-ce que tu vas faire ?

— Qui sait ? murmura Kertassi en enroulant son foulard autour de son cou. Tu sais, le fleuve ne lâche pas son homme aussi facilement", fit-il en se détournant.

La maison servait maintenant de refuge à toute une faune qui fuyait ce déluge. La véranda était tapissée de grenouilles qui coassaient. Dans les coins sombres, les chevrons se couvraient de fourrures humides.

C'est dans cet état d'immersion qu'Argin parvint à terminer son œuvre. Il comprit qu'il était arrivé à la fin lorsqu'il s'aperçut que ce qu'il recherchait lui avait filé sous le nez. Quand il sortit enfin de sa rêverie, en tenue négligée et avec une grosse barbe, en voyant la mince nappe d'eau qui recouvrait la pelouse, il cligna des yeux.

"Mais pourquoi ne m'as-tu rien dit ?" demanda-t-il. Murjan se contenta de hausser les épaules.

"Nous n'avons plus rien à faire ici, déclara Argin en brandissant sa liasse de papiers, ce chef-d'œuvre qu'il venait de terminer. Il n'y a plus rien à faire !" ajouta-t-il avec un sourire. Il n'était plus que l'ombre de lui-même.

Et voilà, c'était la fin d'une aventure, le début d'une nouvelle vie, un tournant dans sa carrière. A sa grande surprise, on l'applaudit chaleureusement pour tous les efforts qu'il avait fournis, il eut droit à une promotion, et par la suite il grimpa régulièrement les échelons de l'administration pour se retrouver dans une position confortable. Il finit par épouser sa cousine qui attendait cela depuis cinq ans, et elle s'avéra être une bonne épouse fort accommodante. Ils fondèrent une jolie famille, eurent de nombreux enfants, tous en bonne santé, qui grandirent puis suivirent chacun sa route et se débrouillèrent assez bien dans la vie. De temps en temps, il songeait à Sittu, se demandait où elle pouvait bien être et quel genre de vie ils auraient pu mener ensemble, après quoi il estimait que cela n'avait pas été inscrit dans son destin. A la longue, il finit par y croire. Et quand il pensait à l'étrangère, à l'archéologue, à son pays froid et glacé tout là-bas au nord, il s'attendrissait sur sa propre naïveté.

Le poème épique ne fut jamais publié. Il resta dans son tiroir pendant les trente années de sa carrière qui s'ensuivirent, car il ne cessait d'y apporter des corrections. Il lui arrivait de tomber dessus et à la vue de toutes ces liasses les souvenirs revenaient à sa mémoire avec tant de précision que quelques larmes tombaient sur ces feuilles usées et ternies par le temps. Lorsqu'il prit sa retraite, il se mit à écrire ses Mémoires, mais il ne put jamais les terminer à cause d'une santé défaillante. Son manuscrit passa entre les mains de ses enfants, puis de ses petits-enfants quand ils atteignirent l'âge de l'apprécier. Tous, à tour de rôle, ils se penchèrent sur ce texte en essayant de comprendre ce qui avait bien pu se passer pour cet homme âgé quand on l'avait affecté dans une province reculée. Mais d'une manière ou d'une autre il manquait trop d'éléments pour qu'ils puissent se faire une idée de ce qui s'était vraiment passé, ou pourquoi cela avait revêtu pour lui une telle importance. Peu à peu, dispersé par des petits-enfants qui s'entendaient mal, soumis à un partage entre des frères et des sœurs dévorés par l'envie, déchiré par d'interminables querelles de famille, ce poème épique fut vite oublié, et c'était mieux ainsi. Comme il ne méritait pas qu'on se donne le mal de le lire, on le fourra discrètement dans de vieilles valises dont on ne se servait plus, ou dans des boîtes à chaussures couvertes de poussière que l'on balança en haut d'une armoire où il devint un objet de méditation pour les araignées et autres insectes. Et voilà comment cette épopée fut mise en pièces, dispersée jusqu'à sa perte. En de rares occasions, un membre âgé de la famille, plus ou moins gâteux et que l'on tolérait comme un doux excentrique, leur en rappelait un épisode, quelque chose de vague quand ce n'était pas inexact, dans l'espoir d'éveiller l'intérêt d'un jeune ou d'un enfant plein de curiosité, mais bien vite il se retrouvait emporté par le flot quotidien de bavardages futiles, et par des problèmes autrement importants.

CHAPITRE XXXVII

C'est ainsi que la ville devient une mémoire vivante prise au piège d'un temps qui inonde tout. Les maisons et les arbres sombrent dans l'éternité. Les feuillages couverts de poussière penchent la tête vers l'eau. Les seuils vides se remplissent. Les cours sont silencieuses. Les moulins à eau ne grincent plus. Dans les champs, les empreintes de pas sont effacées. Et les citrons verts, les lourdes grappes de dattes jaunes ne sont plus suspendus dans l'air, mais se laissent bercer par les flots.

Au moment où le cours du fleuve s'avance, celui du temps se retire. Il lutte pour remonter la barrière des siècles, dure comme le roc, franchit des chutes déchiquetées, traverse le brouillard épais de l'oubli. Et voici que ces pyramides, ces tombeaux, ces paroles sculptées dans la pierre, ces girafes et ces éléphants, ces chasseurs nomades errant dans la plaine se voient maintenant rassemblés par le flot qui les fait disparaître.

Le vieux Kertassi se disait : Quand nous ne serons plus là, il n'y aura plus rien. C'est pour cette raison qu'il allait d'un lieu à l'autre, tout le long du fleuve, ne dormait jamais dans la même maison, et se juchait en haut des murs et des toits en terrasse. Il éprouvait un plaisir physique à tous ces déplacements, ce qui aurait rempli d'étonnement tous ceux qui depuis des années l'avaient vu traîner les pieds autour de l'hôtel. On aurait dit qu'il était redevenu enfant, que ses membres avaient retrouvé leur agilité, et ses articulations leur liberté, leur bien-être. Au début, il se déplaça autour de la ville, puis, quelques semaines plus tard et après le départ des derniers traînards, il s'aventura plus loin, en amont, loin de l'eau qui montait. Ce n'était pas qu'il voulût rester, mais tout simplement qu'il ne cessait de repousser la date de son propre départ. Il vivait dans le silence, en ayant le sentiment d'être à sa place, ce qui le soulageait. Il décrivit des cercles de plus en plus larges, et finalement se mit à marcher d'un village à un autre pour occuper des maisons que les gens avaient abandonnées, pour prendre leur place, s'asseoir à leur table, se coucher dans leur lit. Dans son sommeil, il s'imaginait mener leur vie.

Il ne parvenait pas à se souvenir de la multitude de décorations qu'il rencontrait. Symboles tracés à la peinture, ornements, silhouettes décorant les façades, comme si chaque maison avait un langage différent. Dans sa mémoire, bientôt, il lui fut impossible de distinguer ce qu'il avait vraiment vécu de ce qu'il pouvait imaginer. En songeant aux dieux, à leurs légendes, à leurs chars et à leurs armées, il se disait parfois que l'avenir n'était jamais qu'un autre de ses rêves.

Une eau noire et plombée se répand sur le sol brûlé et dur d'une cour. A sa surface, des brindilles et des feuilles jaunes de nème dessinent des cercles. Et un tapis d'un bleu indigo vient lécher une terre délaissée comme une encre qui cherche son lecteur pour lui raconter une histoire.

CHAPITRE XXXVIII

Au milieu du silence qui régnait dans le compartiment du président, on n'entendait que le léger cliquetis du train sur les rails et un ronronnement régulier, un ronflement persistant qui montait du gros fauteuil de cuir vert placé derrière le bureau. Car le président de la République avait fini par s'effondrer, et il lui restait exactement deux heures pour dormir avant leur arrivée. Deux heures, c'était mieux que rien. Kuban avait soigneusement fermé derrière lui la porte coulissante et, secoué par le ballottement du train, il longeait maintenant le couloir, en direction de la cuisine. Il n'allait pas avoir le temps de piquer un somme, même de cinq minutes. Bientôt, une escorte d'assistants et de secrétaires qui avaient dormi toute la nuit demanderaient instamment, dès leur réveil, qu'on leur serve un thé chaud et sucré. Bientôt, il lui faudrait donner un coup de pied au tabouret du steward, un paresseux logé dans ce petit cagibi situé derrière la cuisine pour l'en faire descendre, et alors il lui dirait de faire bouillir de l'eau, et de préparer le petit-déjeuner pour la voiture-restaurant.

Comme il s'approchait des soufflets au bout du wagon, Kuban s'arrêta un instant pour ouvrir une fenêtre et laisser entrer un peu d'air frais. Il avait fait ce qu'il pouvait. Il avait dit ce qu'il avait à dire. Peut-être que cela n'avait plus aucune importance, mais il avait vidé son sac et il continuerait à le faire tant qu'il serait vivant. Qu'est-ce que cela changeait ? On allait terminer ce barrage, la vallée se remplirait d'eau, et ces terres disparaîtraient à jamais. Et dans quelque temps, les gens qui se souvenaient de la vie qu'on y menait auparavant allaient eux aussi disparaître.

Des histoires que son père lui avait racontées, il ne lui restait que quelques bribes, et il en avait été probablement de même pour lui. Un bond de plusieurs siècles en arrière, alors, nous propulse dans un monde différent. Personne n'a le droit de dire ce qui s'est passé avant. Prenez le cas de ces gens qui fouillent ruines et tombeaux : quelle différence avec les pillards du passé ? Aucune ! Il ne reste que de vieux ossements et des poteries poussiéreuses. Ils les emportent dans leurs musées, leur propre pays, là où ces objets ne seront plus jamais les mêmes. Et que penseraient ceux qui avaient édifié ces tombeaux, ces maisons, sculpté ces statues, en voyant leur monde sacré ainsi exposé ?

Non, vraiment, il ne s'agissait pas de maintenir intacte la gloire des anciennes coutumes et de ce monde antique. Ce qui comptait, ce n'était pas de faire de tout cela un récit complet, ou de s'assurer de son exactitude. Non, ce qui comptait, c'était le besoin de raconter cette histoire. Parce qu'elle dit ce que nous sommes, avec ce qui nous tient à cœur, et ce que nous oublions. Quant à la suite des événements, il n'en était plus responsable. Il avait dit ce qu'il avait sur le cœur, un point c'est tout. Aux autres de savoir si l'histoire importait. Peut-être lui tourneraient-ils le dos, et subirait-il le sort de tous ces animaux bizarres qu'on trouve parfois sur des rochers, et dont on dit qu'ils vivaient là il y a des millions d'années. Bien sûr, personne ne les a jamais vus, mais ils nous disent qu'ils ont vraiment existé.

Il se prenait à rêvasser ! Le lac constituait un témoignage valable, car tout lac est une nappe d'eau, un miroir renvoyant au monde sa propre image. Approchez-vous donc, et regardez. Approchez-vous, et regardez ce que vous êtes en train de faire de vous-mêmes. Voyez ce que vous êtes devenus. Un miroir vous dit qui vous êtes.

Au bout d'un moment, il sortit sa grosse montre de la poche de son gilet et regarda l'heure. Puis il la remonta, la remit dans son gousset et, étouffant un bâillement, s'étira et à nouveau s'engagea d'un pas chancelant et las dans le couloir qui se balançait tandis que, là-bas, la lumière commençait à réveiller l'obscurité.

CHAPITRE XXXIX

Le dernier soir que nous avons passé ensemble au café, pour pouvoir nous entendre, il fallait dominer le bruit de gens en train de jouer aux dés, et celui d'une vieille télévision qui braillait du haut d'un frigidaire où on l'avait perchée. Ce film est distrayant. Il se passe dans ce pays où nous sommes maintenant, et il y est question d'archéologie, le héros est un acteur américain. Dans la salle, les gens semblent adorer le film. Ils sont totalement insensibles à ses incohérences. Dès qu'il y a de la bagarre, ils applaudissent, poussent des hurlements, mais rient aussi très fort devant une scène du genre Ali Baba, où une fille kidnappée est cachée dans un panier. Apparemment, ils ne sont aucunement offusqués de se voir ainsi caricaturés. La salle prend nettement parti pour le héros. Bien qu'ils soient eux-mêmes présentés comme des perdants, le héros sort son revolver et descend un type qui l'attaque en faisant tournoyer son épée, tous crient et l'acclament de nouveau.

K. regarde l'écran et sourit. "Pour se moquer des gens, ils sont forts !"

Il parle des réalisateurs. Ce film introduit une pause dans notre conversation. Il me faut du temps pour pouvoir réfléchir. Et je reste sans réponse, car je ne m'attendais pas qu'il me dise qu'il allait rentrer au pays.

"Pour traverser ce lac, je vais prendre le ferry, exactement comme on le fait dans l'une de tes histoires, mais, celle-là, je ne sais pas du tout comment elle va se terminer."

Même si je m'y attendais un peu, je n'aurais jamais cru que cela se ferait de façon aussi spectaculaire. Je savais qu'il l'envisageait. Cela me faisait peur, et j'essayais de l'en dissuader, mais je sentais bien que mes arguments n'étaient pas convaincants.

"Ici, je vis les choses à moitié. Ça ne peut pas continuer. Si cette décision doit me coûter cher, le moment venu, je l'accepterai. On ne peut pas passer son temps à vivre comme un fantôme."

En vérité, j'admire son courage. Et je sens alors que je suis bien léger, voire superficiel. S'il peut le faire, pourquoi pas moi ? Ou est-ce que dans tout cela je ne m'accorderais pas trop d'importance ? Est-ce que je ne serais pas en train de me fabriquer une excuse pour ne pas rentrer ? Et si j'avais fini par prendre goût à vivre dans les nuages ? dans une sorte de zone intermédiaire, entre être et non-être ? Est-ce que, comme K. le dit souvent, je ne chercherais pas à me glisser dans la peau de l'un de mes personnages ? Il est vrai que maintenant je suis sur une liste noire, interdit de publication, mais quand même. Les temps changent. Il se peut tout aussi bien qu'on m'ait complètement oublié, et que si je rentre il ne se passe rien.

Cela fait beaucoup de questions, et je ne vais pas répondre à toutes à la fois. Pour l'instant, je suis triste à l'idée de perdre la compagnie de K. Je vais m'occuper de ses toiles, là-dessus, je suis d'accord. Quand il sera installé, si cela se produit jamais, il me demandera de les lui expédier.

Le lendemain matin, je prends mon petit-déjeuner sur le balcon branlant qui domine le fleuve. Des palmiers s'inclinent paresseusement et, çà et là, la brise fait claquer une voile rapiécée, son long mât se tend vers le ciel comme un javelot qui attend qu'on le lance. Cette scène est hors du temps. On peut aisément imaginer que les choses n'ont pas beaucoup changé depuis quelques siècles, à part ce gros bateau de croisière qui vient de faire son apparition et maintenant il déverse sur la rive ses touristes bronzés et joyeux.

Il y a des gens qui disent que l'histoire n'a à vrai dire aucun sens, qu'elle n'a pas la moindre importance, mais dans ce cas nous serions de simples otages du temps qui passe, à la merci du monde, perdus dans une bulle vide à l'intérieur de laquelle il y a beaucoup de lumière, de la gaieté, mais où en dehors de ses limites il fait noir. Ce qui compte peut-être vraiment, c'est de s'inscrire dans ce paysage. L'histoire, pour peu que l'on cesse d'agiter un drapeau et de faire de l'exégèse, cela consiste à redonner vie à un passé dont le flot nous traverse, non pas pour la postérité, mais pour que le monde ait plus de sens. Car si nous voulons aller plus loin dans ce passé, ne plus nous contenter de l'effleurer du bout des doigts, alors nous ne pouvons nous envoler vers cet horizon que sur les ailes de l'imaginaire.

J'aperçois la silhouette gauche de K. penchée au-dessus du bastingage, sur le pont supérieur de ce vieux ferry. Elle se détache nettement sur ce ciel du Sud, et des volutes de fumée bleue s'échappent de ses doigts. Il ressemble à un corbeau hirsute et gras posé un instant sur une branche. Et l'arbre devient plus petit, il s'éloigne, alors que moi, je ne bouge pas. J'ai l'impression de regarder le temps qui s'éloigne à vau-l'eau. Puis solennellement, non sans appréhension, le ferry s'engage en haletant sur la surface du lac. J'imagine K. plongé dans ses pensées, perdu dans la contemplation de ce que l'on peut voir à partir du lac, la rive, la ville, le bleu du fleuve qui devient plus profond, le bruissement d'une voile qu'on amène, et, plus loin, les collines couvertes de sable. Tandis que je l'observe, il remonte le temps, revient sur son propre passé, à la recherche d'un élément qui, croit-il, manque à sa vie. Je ressens comme une pointe de jalousie, face au soulagement que serait la possibilité de dire adieu à cette existence crépusculaire pour revenir à la réalité, même si ce doit être désagréable, ou dangereux.

Le ferry n'est plus qu'une ombre floue, et je ne distingue plus la silhouette sur le pont supérieur. J'imagine que K. est toujours là, appuyé au bastingage, soufflant de la fumée et contemplant son reflet dans les eaux sombres. Je suis persuadé que nous ne nous reverrons plus jamais. Et je commence déjà à me demander s'il a véritablement existé, ou si tout simplement il n'est pas le fruit de mon imagination.

Ken Saro-Wiwa, *Sozaboy*, traduit de l'anglais (Nigeria) par Samuel Millogo et Amadou Bissiri, Babel n° 579.

Wole Soyinka, *Ibadan, les années pagaille*, traduit de l'anglais (Nigeria) par Etienne Galle.

Wole Soyinka, *Climat de peur*, essai traduit de l'anglais (Nigeria) par Etienne Galle.

Véronique Tadjo, *L'Ombre d'Imana. Voyages jusqu'au bout du Rwanda* (Côte-d'Ivoire), Babel n° 677.

Véronique Tadjo, *Reine Pokou* (Côte-d'Ivoire).

Frank Tenaille, *Le Swing du caméléon. Musiques et chansons africaines 1950-2000*.

Aminata D. Traoré, *L'Etau. L'Afrique dans un monde sans frontières* (Mali), Babel n° 504.

Henk Van Woerden, *La Bouche pleine de verre*, traduit du néerlandais par Pierre-Marie Finkelstein.

Poèmes d'Afrique du Sud, anthologie composée et présentée par Denis Hirson, traduite de l'afrikaans par Georges-Marie Lory et de l'anglais par Katia Wallisky.

Ouvrage réalisé par l'atelier graphique Actes Sud. Achevé d'imprimer sur Roto-Page en février 2006 par l'Imprimerie Floch à Mayenne pour le compte des éditions Actes Sud Le Méjan Place Nina-Berberova 13200 Arles.
Dépôt légal 1re édition : février 2006.
N° impr. 65143
(Imprimé en France)